LE FILS DE SARINA
*est le deux cent soixante-dix-neuvième livre
publié par Les éditions JCL inc.*

JCL
1977-2002
25
ANS
d'histoires

Données de catalogage avant publication (Canada)

Roche, Micheline, 1941-
   Le fils de Sarina
   ISBN 2-89431-279-2
   I. Titre.
PS8585.O381F54 2002   C843'.6   C2002-940865-2
PS9585.O381F54 2002
PQ3919.2.R62F54 2002

© **Les éditions JCL inc., 2002**
Édition originale : août 2002

LE FILS DE SARINA

DE LA MÊME AUTEURE :

Madame Curé, roman, Chicoutimi, Éditions JCL, 2001, 331 pages.

© **Les éditions JCL inc., 2002**
930, rue Jacques-Cartier Est, CHICOUTIMI (Québec) G7H 7K9
Tél.: (418) 696-0536 – Téléc.: (418) 696-3132 – www.jcl.qc.ca
ISBN 2-89431-279-2

MICHELINE ROCHE

LE FILS DE SARINA

LES ÉDITIONS JCL

À la mémoire de JPB.

« Je suis persuadé que, si l'on ne changeait pas, les amours seraient éternelles; mais chacun se transforme de son côté; on n'a plus ni les habitudes, ni l'humeur, ni la figure même d'un autre temps : comment donc conserverait-on les mêmes affections? »

NERVAL, *Fragments*, « *Paradoxe et vérité* »

Nous reconnaissons l'aide financière du gouvernement du Canada par l'entremise du Programme d'aide au développement de l'industrie de l'édition (PADIÉ) pour nos activités d'édition. Nous bénéficions également du soutien de la SODEC et, enfin, nous tenons à remercier le Conseil des Arts du Canada pour l'aide accordée à notre programme de publication.

Gouvernement du Québec – Programme de crédit d'impôt pour l'édition de livres – Gestion SODEC

Prologue

Catherine est essoufflée et la sueur perle à son front. Elle sarcle, taille, arrache depuis plus d'une heure. Elle s'arrête un moment pour admirer la plate-bande qu'elle vient de désherber et se masse le dos. Pour elle, jardiner est un plaisir toujours renouvelé. Humer la terre chaude, en respirer les relents troublants, la remuer, y plonger ses mains pour en extirper une mauvaise herbe, y planter un bulbe, quelle soupape de sécurité pour l'esprit! Que vouloir de plus quand on peut en même temps y sarcler ses souvenirs, y désherber sa mémoire ou mettre de l'ordre dans ses projets, car, c'est bien connu, un travail manuel machinal libère l'esprit. Aujourd'hui, cependant, ses pensées n'ont rien de mélancolique ni de préoccupant. Son esprit vagabonde plutôt d'une idée à une autre, sans s'y attarder, comme un papillon folâtrant au-dessus d'un pré fleuri.

Pendant qu'elle manie binette et sécateur, notre horticultrice dresse la liste des courses à faire, se souvient qu'elle doit se rendre à la poste chercher un colis recommandé, refait dans sa tête la décoration de la chambre jaune, celle réservée aux amis... Chambre d'amis... « Au fait, quelle date sommes-nous? » se demande-t-elle soudain. N'est-ce pas dans deux semaines, en effet, que Thierry, son beau-fils, doit venir de France avec sa femme et leur fille Nadine pour passer deux semaines avec eux? « Mon Dieu, il faudrait que j'aille en ville demain. Et les rideaux de la petite chambre dont l'ourlet n'est pas encore fait! » Quoiqu'il fasse très chaud, elle se dit qu'elle a bien fait de profiter d'un jour où elle est seule pour jardiner, car elle n'aura pas le temps d'arracher ne serait-ce qu'un pissenlit quand les enfants seront là. Et quelle bonne idée de la part d'Olivier, leur voisin et vieil ami, d'avoir invité son mari Bertrand à une partie de pêche jusqu'au lendemain!

Malgré la chaleur moite de ce dimanche de la fin août, l'automne a déjà entrouvert la porte. Quelques feuilles rougies aux érables qui ombragent la maison ne trompent pas, c'est la chute annoncée pour elles toutes. Catherine repousse vers l'arrière son vieux chapeau de paille, au ruban mauve défraîchi, lisse derrière l'oreille une mèche rebelle que l'humidité fait friser davantage, s'essuie le front avec le coin de son tablier puis se lève. À soixante-sept ans, son teint clair de rousse, presque sans rides, la fait paraître plus jeune que son âge. Son mètre soixante-dix est à peine tassé et son air déterminé la classe dans le lot des femmes qui ne s'avoueront vaincues qu'au moment d'exhaler leur dernier souffle.

Elle déclare une trêve et aspire au bon thé citron glacé, déjà prêt dans le frigo, quand le crissement de pneus descendant l'allée vient troubler ses réflexions. Perplexe, elle s'interroge tout haut :

— Qui peut bien venir jusqu'ici aujourd'hui?

Sa voix a conservé les traces de vingt ans de vie parisienne, dans cette France où elle se plaisait beaucoup, mais qu'elle n'habite plus qu'épisodiquement depuis que Bertrand et elle ont décidé de passer la majeure partie de leur retraite au Québec, à la *Colombière*, cette maison de l'île d'Orléans qu'elle a héritée de ses grands-parents à leur décès, où la rattachent les souvenirs d'une enfance paisible. Sans être parisien, son accent n'est toutefois plus de sa région, de son Québec natal, quitté jeune.

Après avoir éliminé, comme visiteurs potentiels, sa fille Valérie et son mari Frédéric, en vacances en Louisiane, leur fils Rémi, en stage dans un camp d'été des Cantons-de-l'Est, leur fille Marielle qui lui avait téléphoné le matin même pour lui dire qu'elle partait faire de la bicyclette, et Bertrand et Olivier en train de taquiner la truite jusqu'au lendemain dans le parc de la rivière Jacques-Cartier, elle déclare forfait!

— Bonté divine, qui peut bien venir troubler ma paix? grommelle-t-elle.

Troubler quelle paix? Sa paix dominicale ou sa paix tout court? Comment pourrait-elle deviner, en effet, que le chapitre final d'une vieille histoire refluant de son passé est en train de s'entamer?

Étirant le cou pour mieux voir à travers les arbres, elle aperçoit une petite voiture rouge, japonaise sans doute, qui roule manifestement en direction de la *Colombière*. Si c'était un visiteur pour Marie-Luce et Olivier, ses voisins d'en haut, la voiture se serait déjà arrêtée, raisonne-t-elle. Patiemment, Catherine attend que l'automobiliste, s'il ne s'est pas trompé de chemin, descende de sa voiture.

Un tout jeune homme ouvre la portière d'un air hésitant et s'adresse à Catherine en extirpant son mètre quatre-vingts d'une Toyota de location.

— Je cherche madame Catherine Blouin... heu... madame Pion...

— Bonjour, jeune homme, l'accueille-t-elle en retirant ses gants de jardinage maculés de terre et en lui tendant la main. Ne cherchez pas plus loin, vous êtes à la bonne adresse : je suis les deux : Catherine Blouin-Pion.

Malgré le ton affable, le jeune homme en question perçoit une pointe de curiosité impatiente dans la voix au timbre énergique de la propriétaire des lieux. Il devine qu'avec elle, la meilleure tactique est sans doute d'aller droit au but. Poussant un soupir de soulagement, il affiche son plus beau sourire pour lui dire :

— Chère madame, je suis vraiment confus de faire intrusion chez vous en plein dimanche après-midi, sans m'être annoncé auparavant. Enfin! Je suis heureux de vous avoir trouvée, j'ai eu du mal, vous savez! Un vrai parcours du combattant!

Il hésite un moment avant d'ajouter :

— J'aurais peut-être dû vous téléphoner...? Je n'ai pas osé... Je n'étais même pas sûr d'avoir le bon numéro d'ailleurs...

— Peu importe, maintenant que vous êtes là, ne perdons pas notre temps en excuses inutiles. J'avais besoin de faire une pause de toute façon. Je me dépêchais de finir de désherber avant que mon mari ne revienne de la pêche, mais j'ai presque terminé. Aussi bien profiter de votre présence pour m'arrêter un peu et soulager mon pauvre dos. Ah! la vieillesse, quelle horreur. On pense avoir toujours vingt ans, même quand on en a le triple. Avec l'âge « nous sommes les jouets éternels d'illusions stupides et charmantes toujours renouvelées », pour citer Maupassant.

Joignant le geste à la parole, elle se frotte le bas du dos en faisant une grimace. Puis elle lui sourit comme pour se faire pardonner, consciente que sa manière de l'accueillir a dû lui paraître brusque et dénuée de cordialité.

Le jeune étranger – elle a bien vu et entendu qu'il l'était – semble intimidé. Et intrigué, car il se demande qui est, au juste, cette femme encore belle, à l'air résolu qui – les sourcils en accents circonflexes – attend des explications de sa part. Il l'observe pendant qu'il lui parle, remarque le menton volontaire adouci par une bouche aux lèvres pleines, les rides très fines qui s'étirent des yeux vers les tempes quand elle sourit, le front haut sur lequel dégringolent quelques mèches frisées et humides de transpiration. À la couleur des sourcils, il admire le talent de son coiffeur qui a su redonner à sa chevelure toute la chaleur de l'acajou dont il devine que c'était la teinte naturelle. Cette femme l'intrigue tout en le mettant un peu mal à l'aise. C'est comme si elle lisait en lui. Son regard le fouille sous une apparence anodine d'intérêt poli.

— C'est aussi qu'au téléphone, je n'aurais pas su par où commencer, madame... mon histoire est si compliquée... bredouille-t-il en se tenant près de la portière encore ouverte.

— Vous piquez ma curiosité. Si vous me disiez d'abord comment vous vous appelez et d'où vous venez?

— Mon nom ne vous dira rien. Je m'appelle Soni Lucas et je viens de Nouméa en Nouvelle-Calédonie.

À ces mots, Catherine pâlit légèrement, car elle pressent ce qui va suivre. Passant nerveusement la main dans ses cheveux dont elle sent qu'ils sont encore mouillés d'avoir été trop longtemps couverts par son chapeau, elle redresse le buste, puis lui fait signe de la suivre.

— De Nouméa à Québec, le chemin est long. Je dois être bien importante pour qu'on parte à ma recherche de si loin, essaie-t-elle de plaisanter. Mais ne restez pas planté comme un piquet de clôture. Venez me raconter tout ça à l'ombre, sur la galerie. D'abord, comment êtes-vous arrivé jusqu'à moi?

— À partir de votre ancienne adresse à Paris, retrouvée dans les affaires de maman après sa mort. Elle est décédée l'an dernier...

— Je suis désolée. Vous êtes si jeune... Comment s'appelait votre maman?

— Sarina.

Chapitre 1

MARIE-LUCE

À les voir ensemble quand elles étaient jeunes, Catherine Blouin et Marie-Luce Pichette auraient difficilement pu passer pour deux sœurs, tellement elles étaient différentes physiquement. On ne pouvait imaginer contraste plus frappant, en effet, entre la timide et délicate Marie-Luce au visage encadré de cheveux noirs et lisses, et la grande blonde rousse au teint clair et à la tignasse opulente qui était son amie. La peau plutôt mate et les traits fins, la jeune Pichette regardait le monde à travers deux grands yeux bleus, saisissants de limpidité. Mince et petite, elle se trouvait maigrichonne, mais elle n'était que menue et ignorait à quel point sa délicatesse lui conférait de grâce. Ayant une tête de plus qu'elle, Catherine avait les attributs de sa taille. Bien charpentée sans être forte, la poitrine bien formée à peine pubère, les jambes longues et la taille fine, elle respirait la santé et posait sur tout un regard mutin aux reflets d'écume de mer. Son abondante chevelure cuivrée, qu'elle qualifiait de tignasse, déferlait en boucles serrées sur son dos. Les deux amies riaient parfois en se comparant mutuellement. L'une se lamentait en tirant sur ses cheveux trop frisés à son goût, alors que l'autre lui faisait remarquer qu'elle lui passerait bien volontiers un peu de la raideur de ses baguettes chinoises. Et quand cette dernière pestait contre sa taille trop petite, qui la faisait paraître plus jeune que son âge ou passer pour une gamine, elle s'entendait dire par sa voisine que d'être toujours reléguée au fond de la classe à cause de son « gigantisme » et de se faire parfois traiter de « grande biche » était un sort guère plus enviable. C'était à l'époque de leur adolescence où tout est prétexte à dramatiser et où la loupe de l'intransigeance propre à cet âge amplifie la moindre imperfection.

Catherine et Marie-Luce s'étaient connues avant même d'emprunter le chemin de l'école. Antoine Blouin, veuf avant d'avoir eu le temps de fêter son cinquième anniversaire de mariage, avait dû se résigner à se séparer de ses deux enfants afin d'accepter le poste qu'on lui proposait à l'étranger. Il espérait pouvoir les reprendre aussitôt que sa situation se serait stabilisée et ne voyait dans cet arrangement temporaire que la meilleure solution pouvant satisfaire à la fois les deux grands-mères. Car, malgré sa réticence à voir ses petits séparés, son choix avait été dicté par une simple équation d'âge. Il était venu confier Catherine, la plus vieille de ses deux enfants qui faisait déjà preuve d'autonomie, à ses parents plus âgés. À deux ans à peine, le petit Marc avait été laissé chez sa grand-mère maternelle, à Montréal. La plus jeune des deux, Claire Drolet, mère de sa défunte épouse, était davantage en mesure de s'occuper d'un bébé encore aux couches que Madeleine Blouin et ses cinquante ans bien sonnés. Le jeune père s'était résigné à ce compromis, en espérant qu'il pourrait un jour réunir sous un même toit les deux orphelins de mère. Mais, auparavant, il lui fallait aller tailler sa brèche dans l'univers émergeant de l'après-guerre au milieu de ce pays de cocagne qu'était la Californie.

Catherine fut accueillie par ses grands-parents comme un oisillon tombé du nid, un petit être en mal de bras maternels. Ils lui fournirent et le nid et les bras... le tout amplifié par les tonnes d'amour qu'ils avaient à lui offrir! Arrivée chez eux par un accident du destin, la *petiote* de Madeleine et Auguste Blouin s'installa dans leur cœur et dans leur foyer où elle fut traitée comme une petite fleur poussée tardivement qu'il fallait protéger contre la première bise automnale.

Quand, des années plus tard, Marie-Luce descendrait – comme elle le faisait souvent – l'abrupt chemin qui menait chez les Blouin, la femme qu'elle était devenue reverrait quelquefois en une vision évanescente sa petite voisine d'alors, telle qu'elle lui était apparue la première fois. Après avoir entendu ses parents parler de la « petiote » de leurs voisins, elle n'avait pu résister à l'envie d'aller voir sur place à quoi

pouvait bien ressembler une telle curiosité. Sortant subrepti-
cement de la maison un matin de septembre, elle avait couru,
en pyjama, jusque vers la maison du médecin et elle l'avait
aperçue qui la regardait venir. Suçant son pouce, pieds nus
dans la rosée matinale, Catherine se tenait debout, contre
les barreaux du portillon derrière lequel le jardin de ses
grands-parents déployait des plates-bandes dignes d'un cata-
logue d'horticulture. Les deux fillettes s'étaient observées,
de part et d'autre de la clôture de piquets blancs, la délicate
bambine aux nattes brunes et la blonde enfant à l'épaisse
toison flavescente.

— Comment t'appelles-tu? avait demandé la visiteuse.
Moi, c'est Marie-Luce, mais on m'appelle la « puce ». J'ai
cinq ans et j'irai bientôt à l'école.

— Moi, j'ai eu quatre ans la semaine dernière et je m'appelle Catherine... Catherine Blouin, et mon papa c'est Antoine Blouin. Ma maman est partie au ciel, avec les anges.

— Oh! Est-ce que ça veut dire que tu es orpheline?

— Ça veut dire quoi, orpheline?

— Ça veut dire qu'on n'a plus de papa ni de maman.

— Mais j'en ai un, papa; seulement il est parti très loin...
Et puis, j'ai ma mamie et mon papi.

— Oui, mais je pense que tu es quand même orpheline.
Songeuse, elle ajouta :

— Je vais demander à maman, elle le saura, elle!
Puis, d'un ton où pointait la curiosité :

— C'est ta grand-mère qui va te garder?

— Oui, et aussi mon grand-père. Il s'appelle papi Gus et
je l'aime beaucoup.

Géraldine Pichette interrompit ce premier échange de
civilités en rappelant sa fille sur un ton qui n'admettait
aucune réplique.

— Veux-tu bien remonter immédiatement à la maison?
Tu vas prendre ton coup de mort. N'attends pas que j'aille te
chercher!

Marie-Luce haussa les épaules en faisant danser ses nattes et, sans se presser, s'engagea dans le raidillon qui creusait
un sillon à travers l'herbe et constituait un raccourci entre

les deux maisons. Mais avant, elle rassura sa nouvelle amie qui lui avait demandé :

— Est-ce que tu veux jouer avec moi?

— Je vais demander à maman, elle dira oui, j'en suis sûre.

— Oh! Je serais contente. Moi aussi, je vais demander à mamie. Elle nous fera peut-être des galettes?

De ce jour, la « petiote » devint l'amie inséparable, la quasi-sœur de la petite dernière des Pichette. Dans la maison d'en haut, comme on appelait la demeure des Pichette, on adopta tout de suite la petite-fille du docteur Blouin. Les deux fillettes allaient dorénavant tresser ensemble leur enfance et leurs confidences.

Alors que l'inlassable Catherine poursuivait son destin en enfonçant toujours plus loin les limites de son horizon, Marie-Luce vécut toute sa vie sur l'île d'Orléans. Elle naquit, fut élevée et s'installa avec son mari dans la maison que lui léguèrent plus tard ses parents, décédés tous les deux à quelques mois d'intervalle. Quand, petite, Catherine rentrait du pensionnat pour retrouver ses grands-parents, elle les embrassait rapidement, puis elle courait tout droit chez les Pichette, où Marie-Luce attendait qu'elle lui raconte les derniers événements de sa vie de couventine. Les deux amies pouvaient passer des heures à bavarder, à parler de l'avenir, à se confier des secrets d'adolescentes, à se pâmer ensemble devant la photo d'un acteur ou à rêvasser tout simplement. Elles allaient cueillir, en saison, des fraises et des framboises que mamie Madeleine ou madame Pichette transformait en confitures. Un suave parfum de fruits gorgés de soleil envahissait alors les deux maisons pendant toute une journée. Et les pots bien rangés dans la réserve faisaient les délices des petits déjeuners d'hiver, leur rappelant que l'été existait aussi dans ce pays de froidure.

Plus tard, c'est de leurs émotions amoureuses qu'elles s'étaient entretenues. C'est à Catherine que Marie-Luce avait révélé son amour pour Olivier et confié son embarras devant le choix qu'elle aurait peut-être à faire s'il lui demandait de l'épouser et de partir avec lui.

Catherine rêvait, elle aussi, d'un « Olivier » qui lui ferait la cour, l'embrasserait derrière le sapin géant qui masquait en partie la maison des Pichette, en s'imaginant que personne ne les voyait, et qui lui offrirait sa pierre de naissance en guise de bague de fiançailles. Mais elle était si contente pour son amie qu'aucun sentiment d'envie ne venait ombrager sa joie de la voir heureuse. Car en l'intégrant souvent à leurs sorties, Olivier avait su se faire une alliée de la voisine de sa promise.

Chapitre 2

L'ASSUREUR RASSURÉ

Olivier Bouchard était originaire du Lac-Saint-Jean, mais il s'était établi à Québec après des études en commerce. L'avant-dernier d'une famille de treize enfants, le jeune Bouchard avait eu, très jeune, comme objectif de devenir autonome le plus tôt possible et de ne pas constituer un fardeau pour sa mère, veuve, ni dépendre de ses frères aînés, engagés dans leur propre combat pour se tailler un avenir à la mesure de leurs aspirations. Le père était mort renversé par son tracteur, un jour d'automne, au bout de son champ d'avoine qu'il labourait. Ce soir-là, à la brunante, la mère, inquiète, avait envoyé le jeune Olivier à la recherche de son père et c'est lui qui avait fait la macabre découverte. Il l'avait trouvé, le corps broyé par le poids de l'appareil, le visage figé dans un rictus éternel. L'enfant n'avait que onze ans. Avec Gilbert et Léandre, qui l'encadraient par l'âge, il avait été placé dans un orphelinat, le temps de permettre à leur mère de se retourner.

Ce malheur avait été, en quelque sorte, le déclic qui avait poussé l'enfant vers les études. Il ne voulait pas finir comme son père, pauvre malheureux qui avait trimé toute sa vie comme un damné pour finir en abreuvant de ses tripes cette « terre nourricière » devenue « terre meurtrière »! Olivier avait bûché dur pour finir sa douzième année et pour se faire accepter à la faculté de Commerce de l'Université Laval. Pour vivre, il avait usé ses yeux à inspecter les entrailles de moissonneuses-batteuses en devenir dans une usine de la région pendant les vacances d'été et en livrant des commandes d'épicerie le soir et le samedi.

Après ses études, il avait ouvert un cabinet de courtier en assurances et c'est Marie-Luce qui fut sa toute première cliente. Elle voulait assurer sa petite Volkswagen bleue, dont l'acquisition récente la remplissait de fierté. Ce contrat mémorable allait avoir des suites que ni l'un ni l'autre ne pouvaient deviner et allait déboucher sur un engagement beaucoup plus important, quelques mois plus tard. Olivier avait en effet recommandé à l'assurée de fraîche date de prendre une assurance vie et, pour mieux lui en expliquer les dispositions, il avait proposé de se rendre chez elle, à Saint-François. Tombé amoureux sur-le-champ à la fois de la jeune fille et de l'île, il devint un habitué de la maison de l'avenue Royale et il se mit à penser que l'idée d'ouvrir un bureau en milieu rural ne serait peut-être pas si mauvaise. De son côté, Marie-Luce fut conquise par l'attitude sérieuse du jeune homme qui lui manifestait une dévotion sans équivoque. Olivier n'avait pas eu de prédécesseur et Marie-Luce comprit qu'il n'aurait pas de successeur, car Cupidon l'avait atteinte du même trait de flèche. La perspective d'un mariage qui l'emmènerait loin de ses parents, dont elle était l'unique fille succédant à quatre frères, la faisait cependant réfléchir. Il lui aurait été difficile de quitter la maison familiale, surtout après la légère attaque dont son père avait été victime l'hiver précédent. Elle se rendait bien compte que ses parents, maintenant âgés – puisqu'elle était leur dernière enfant née dix ans après leur quatrième fils – voyaient d'un œil suspect cet agent d'assurances prétexter le besoin d'une signature urgente au bas d'un contrat d'assurance pour venir sonner à leur porte.

Les choses s'arrangèrent cependant assez facilement. Prenant un jour Olivier à part, le père Pichette lui fit remarquer :

— Écoute, mon gars, j'ai bien compris tes agissements. Elle t'est tombée dans l'œil, notre Marie-Luce, avoue-le! Tu n'auras bientôt plus de régimes d'assurance à lui vendre et je présume que tu voudrais bien élargir la gamme de tes sujets de conversation?

Pris au dépourvu, Olivier rougit. Ce qui amusa un peu Amable Pichette, qui l'avait laissé se dépêtrer avec son embarras comme un éperlan au bout de la ligne d'un pêcheur. Il aimait bien le jeune homme mais adorait le faire *étriver*[1] de temps en temps parce qu'il rougissait comme un jouvenceau sous sa barbe pourtant forte.

— Ne vous méprenez pas, monsieur Pichette, je n'ai pas

---

1. Taquiner

d'intentions louches concernant votre fille. J'avais l'intention de lui demander de m'épouser. Mais, si j'ai hésité jusqu'à maintenant, c'est que j'avais peur de la mettre devant un choix difficile en lui demandant de vous quitter pour venir vivre avec moi. Je vois bien à quel point elle vous est attachée. C'est pour cela que je ne me suis pas encore déclaré.

— Cette délicatesse est tout à ton honneur, jeune homme. Marie-Luce est une bonne enfant, et le dilemme serait grand pour elle. Ma Germaine n'est pas du dernier printemps, pas plus que moi d'ailleurs. La présence de notre fille nous est précieuse, non seulement parce qu'elle est toute notre vie, mais aussi parce qu'elle se charge de toutes les petites tracasseries de la vie quotidienne, ce qui nous soulage énormément. Par exemple, je ne vais plus très loin avec la voiture et Germaine n'a jamais passé son permis. Tu comprendras qu'en nous quittant, elle nous obligerait à déménager en ville, ce qui ferait mourir ma femme.

— Voyons, monsieur Pichette! Il n'est pas question que je vous l'enlève... Non, je pense avoir trouvé une solution. Je ne voulais pas en parler tout de suite par crainte de faire fausse route. Mais j'ai justement du nouveau et je suis content de vous l'annoncer. Au lieu de voyager tous les jours à Québec pour travailler, j'ai décidé de m'installer sur l'île. Qu'en pensez-vous?

— Excellente idée. Toujours dans les assurances?

— Bien entendu. J'ai déjà une clientèle, il ne tient qu'à moi de continuer à bien la traiter pour qu'elle ne sente pas que je l'abandonne. Ce n'est pas comme si je changeais de province, voire de région.

— Je suis curieux d'entendre le reste. Où comptes-tu accrocher ton enseigne?

— Ça, c'est le meilleur. Le notaire Jinchereau, à qui j'en parlais le jour où je suis allé lui faire signer le renouvellement de sa police d'assurance habitation, a proposé de me louer le bureau occupé autrefois par son frère, qui était aussi son associé. Depuis que Réjean Jinchereau est parti poursuivre sa carrière à Montréal, son bureau est demeuré vide. Je travaillerai donc à Saint-Jean.

— Eh bien, mon garçon, pour une bonne nouvelle, c'en est toute une! Si tu ne vois pas d'inconvénient à supporter deux vieux malcommodes comme nous, je te propose même de vous céder une partie de la maison où vous pourrez vous installer.

C'est ainsi que Catherine fut demoiselle d'honneur quelques mois plus tard et qu'elle attrapa le bouquet lancé par la nouvelle mariée. Les nouveaux époux s'installèrent chez les Pichette, qui leur avaient aménagé l'étage. Olivier déménagea ses affaires de Québec à Saint-Jean, et se créa une clientèle solide sur l'île. Pour sa part, Marie-Luce continua d'enseigner jusqu'à la naissance de leur premier fils. Elle ne reprit son travail que plus tard, l'année où Camille entra à l'école, deux ans après l'aîné, Laurent. Pendant vingt ans, elle vit défiler toute la marmaille du coin.

Après ses études secondaires, Marie-Luce avait en effet choisi l'enseignement, et elle passa une partie de sa vie à préparer de petits bouts de chou à faire leur entrée dans la grande école, celle où les menait l'autobus jaune tous les matins après avoir fait le tour du voisinage. Elle ne voulut jamais en changer ni enseigner dans une classe de grands, disant qu'elle adorait accueillir chaque année ces petits minois candides qui la prenaient pour le bon Dieu en personne.

Son école ferma l'année où Camille suivit Laurent à Montréal pour partager son appartement et sa vie d'universitaire. La population avait vieilli et les rares enfants qui restaient étaient maintenant véhiculés jusqu'à Saint-Pierre. Olivier lui dit alors :

— Tu as fait ta part. Mes affaires vont bien. Profites-en donc pour rester à la maison. Depuis le temps que tu veux écrire!

Marie-Luce ne protesta pas. Ses années d'expérience en tant que jardinière d'enfants lui fourniraient la matière de sa prochaine carrière : elle écrirait des contes pour enfants. S'équipant d'un bon ordinateur, elle transforma la chambre de Laurent en bureau, et consacra chaque matinée à la création de personnages qui faisaient rêver les petits. À son étonnement, elle connut le succès, et son éditeur évoqua même la possibilité de faire traduire quelques titres en anglais.

Chapitre 3

GEORGE

Catherine avait terminé ses études chez les sœurs et obtenu son diplôme d'études secondaires peu de temps après les fiançailles de Marie-Luce et d'Olivier. Elle avait hésité entre le secrétariat, l'enseignement et les sciences infirmières. À la fin des années cinquante, peu de carrières étaient ouvertes aux jeunes filles, et s'écarter de la voie tracée pour s'engager dans de longues études universitaires n'était pas le lot de toutes les finissantes.

C'est alors qu'elle fit la connaissance du futur officier George MacNaughton, inscrit à un cours d'été à l'Université Laval. Ils s'étaient rencontrés – ou plutôt, elle lui était tombée dans les bras – sur la terrasse Dufferin dans des circonstances qui n'étaient en rien exceptionnelles pour les Québécoises. Le port de talons aiguilles faisait alors fureur. Or, il était incompatible avec les planches de la terrasse qui offraient le piège de leurs interstices aux inconditionnelles des diktats de la mode. Ce qui était le cas de la coquette Catherine. Perdant l'équilibre après que le fin talon de sa chaussure vert amande se fut coincé entre deux planches, elle avait inconsciemment tendu le bras pour s'accrocher à quelque chose... ou à quelqu'un. Ce quelqu'un s'était trouvé être George qui avait suivi la scène d'un œil amusé.

Ils étaient tombés amoureux l'un de l'autre très rapidement. Le côté différent de George l'avait attirée. À vrai dire, l'ancienne pensionnaire fut éblouie, car sa connaissance des garçons se résumait aux frères ou aux cousins de ses amies et aux quelques voisins avec lesquels elle avait été élevée. Catherine ressortit aussitôt ses manuels d'anglais et maudit son manque d'intérêt à l'école pour la langue de Shakespeare. De son côté, George fit des progrès fulgurants en français, son langage s'émailla même d'expressions du cru et il entreprit de faire la cour à grand-mère Madeleine qui rougissait

sous son chignon de neige. Au moment de boucler ses valises pour repartir vers l'Ouest, son diplôme de français en
poche, George demanda la main de Catherine à Auguste et
Madeleine, qui lui tenaient lieu de tuteurs légaux depuis que
son père, qui s'était remarié avec une Américaine, vivait en
Californie. Ils n'opposèrent aucune résistance, conquis par
les bonnes manières du jeune homme autant que par les
efforts qu'il faisait pour s'intégrer à leur milieu.

Vis-à-vis de ses anciennes camarades de classe, Catherine fit figure d'anticonformiste. Toutes s'étaient rangées ou
allaient le faire avec des gars de la région, et la perspective
d'avoir un mari et une belle-famille incapables de s'exprimer
dans leur langue et vivant aux antipodes – à leurs yeux – les
aurait effarouchées. C'était mal connaître Catherine. Curieuse de nature, elle ne rêvait que de découvrir le « vaste »
monde, de voyager, de rencontrer des gens différents. Après
tout, sa grand-mère avait bien suivi son grand-père après la
Grande Guerre pour venir vivre au Canada!

Bref, le beau George MacNaughton emmena sa fiancée
en Colombie-Britannique pour la présenter à sa famille qui
habitait Salt Spring Island, petite île située dans le détroit
Juan de Fuca, entre la grande île de Vancouver et le continent. Elle tomba amoureuse de l'endroit, de ses parents et
de sa sœur autant que de celui qui l'y avait emmenée. Ses
futurs beaux-parents l'adoptèrent sur-le-champ, enchantés
du choix de leur fils et ravis de constater que leur future bru
était, elle aussi, une insulaire. Son anglais scolaire était rudi-
mentaire, mais elle réussit à communiquer avec eux plus
facilement qu'elle ne l'aurait cru.

Leur union fut célébrée dans l'église de Saint-François, à
l'endroit même où l'ancêtre des Blouin avait le premier pa-
raphé d'une croix le registre des mariages au XVIIe siècle.
Les MacNaughton, qui avaient traversé le continent, se frot-
tèrent pour leur part à des insulaires d'une langue et d'une
culture inconnues avec lesquels ils n'eurent aucun mal à s'entendre à défaut de se comprendre... après quelques toasts
portés aux nouveaux mariés.

Marie-Luce vit partir son amie d'enfance les larmes aux

yeux. La vie allait les séparer pour la première fois puisque Catherine allait suivre son beau militaire là où sa carrière l'appellerait, mais elles promirent de s'écrire. Pendant dix ans, leurs longues lettres firent le pont d'une province à l'autre, et rien d'important ne fut omis dans la narration détaillée de leurs quotidiens, si différents pourtant! Leur amitié se renforça de confidences plus facilement écrites que dites, et elles se retrouvaient chaque fois comme si elles s'étaient quittées la veille.

Ainsi furent décidées les options de carrière de Catherine. Mariée à dix-neuf ans, elle eut sa fille avant d'être majeure, et commença à changer des couches avant d'avoir le droit de vote. De son côté, George avait été promu au rang de lieutenant de marine et avait été envoyé sur la côte atlantique, en poste à Shearwater. Catherine avait dû composer avec la vie militaire, tellement différente de celle qu'elle avait connue jusqu'alors. Élevée comme une enfant unique, gâtée par ses grands-parents après la mort de sa mère et le remariage de son père, elle se retrouvait au sein d'une culture nouvelle, d'un univers inhabituel, même si les étrangers en question étaient ses compatriotes. L'adaptation difficile à la vie sur une base militaire, l'éloignement de Québec, l'impossibilité de trouver du travail, puisqu'elle n'avait aucune formation professionnelle, conjugués à sa solitude quand George partait en mer, usèrent peu à peu leur ardeur du début. Ainsi commença la lente érosion de leur mariage.

Quand elle lui disait qu'elle aurait aimé occuper son temps de façon plus enrichissante que de prendre le thé avec les épouses d'autres officiers, il lui répondait qu'elle n'avait pas besoin de travailler. Il était capable, disait-il, de faire vivre sa femme et sa fille. Elle avait beau lui rappeler qu'elle possédait autre chose qu'un corps pour lui plaire et les servir, lui et sa fille, et que Dieu lui avait donné une intelligence à elle comme à lui. Rien n'y fit!

Sur la base, on l'appelait *Frenchie* à cause de son accent et aussi parce qu'elle était différente, sans s'en rendre compte. Toujours vêtue avec recherche, propre, coquette, elle suscitait l'envie et une pointe de jalousie chez les femmes des autres officiers. Lors des réceptions officielles auxquelles elle était invitée en raison des fonctions de son mari, elle faisait figure de carte de mode malgré le petit budget qu'elle consacrait à ses toilettes. George était fier d'elle et le lui disait, mais elle se sentait inconfortable en présence des épouses plus âgées d'officiers supérieurs qui la tenaient à l'écart. Il était le seul officier marié à une Canadienne française. Elle n'aurait pas encore eu la témérité de se dire québécoise. On se méfiait presque d'elle, et les gens craignaient toujours qu'elle n'utilise le français avec son mari et sa fille pour parler en mal d'eux.

Valérie fréquentait l'école de la base, en anglais seulement. Après deux affectations, l'une à Comox en Colombie-Britannique, et l'autre à Greenwood sur l'île du Prince-Édouard, ils étaient revenus en Nouvelle-Écosse. Elle s'était fait de nouveaux amis, elle s'adaptait bien, mais en oubliait son français, ce que Catherine ne pouvait supporter. Elle avait décidé de ne lui parler que dans cette langue à la maison, mais c'était peine perdue. Aussitôt qu'elle retrouvait ses amis, sa fille avait presque honte de connaître le français. Elle voulait se fondre dans la masse et faire oublier qu'elle était différente. Catherine en était mortifiée. Elle ne savait quelle attitude adopter pour inculquer à son enfant la fierté de sa double origine et lui montrer à quel point elle était privilégiée d'avoir accès, par ses langues maternelles, à deux des plus importantes cultures du monde occidental.

Dans ce climat peu confortable, George commença à se sentir mal à l'aise à la maison et il alla retrouver de plus en plus souvent ses amis après le travail. On aurait dit qu'il se sentait comme un étranger chez lui. Il n'osait contrarier Catherine, qui lui disait : « Pourquoi ne demandes-tu pas une mutation à Ottawa? Valérie pourrait fréquenter une école et un milieu francophones et je pourrais vivre dans les deux langues. Ici, c'est impossible, tu le sais bien. » C'était dans l'Ouest que George aurait aimé être muté. On entre dans la Marine parce qu'on veut voir la mer et non pour moisir dans un bureau. Le climat des Maritimes lui pesait, la corne de brume l'énervait et la côte sans relief de la Nouvelle-Écosse lui faisait paraître ses Rocheuses plus majestueuses encore. Il avait demandé – sans l'obtenir – une mutation à Esquimalt près de Victoria parce qu'il aurait aimé se rapprocher de sa famille. Pour un jeune officier, obtenir le transfert de son choix était quasiment impossible. Il fallait attendre les années et les galons.

Valérie avait neuf ans. Elle continuait de fréquenter l'école de la base, toujours en anglais ; le bilinguisme de Trudeau faisait de timides percées, mais, à l'aube des années soixante-dix, la mode n'était pas encore à l'immersion totale. Au grand plaisir de sa mère, cependant, l'enfant manifestait du goût et du talent pour la musique. Catherine avait emporté dans ses meubles le piano reçu de ses grands-parents pour son septième anniversaire. Elle chérissait l'instrument pour la double raison qu'il lui venait d'eux et qu'il lui procurait des heures de détente quand elle s'installait devant son clavier. Elle avait étudié le piano pendant huit ans chez les sœurs et jouait encore passablement bien. Ses cahiers étaient en constant désordre sur le dessus de l'instrument, car il ne se passait pas une journée sans que l'envie lui prenne de faire ressusciter Mozart ou Beethoven sous ses doigts. Les stations de radio locales n'avaient jamais entendu parler de musique classique et, sans son piano, elle aurait vécu dans un désert musical.

Tout naturellement, Catherine se mit à la recherche d'un professeur pour leur fille après en avoir parlé à son mari, et elle dénicha une jeune Anglaise qui acceptait de se déplacer pour donner des leçons à domicile. Sharon Roberts, diplômée de conservatoire, rêvait d'être concertiste mais avait dû abaisser la barre de ses ambitions pour se contenter d'enseigner son art afin de subsister. Elle venait à la maison deux fois par semaine à raison d'une demi-heure chaque fois. Au début, agacé par sa présence qui coïncidait souvent avec son retour du travail, George partait passer l'heure de la leçon au mess des officiers. Puis il s'était graduellement attardé, manifestant un soudain intérêt pour les progrès musicaux de son rejeton. Il offrait même d'aller reconduire la jeune musicienne chez elle, pour lui éviter d'avoir à attendre la navette qui reliait la base au centre-ville. Finalement, les seuls soirs où il rentrait à la maison sans passer par le mess étaient les lundis et les jeudis.

Les autres jours, il prit l'habitude de préférer le coin des fléchettes du mess à sa salle de séjour. Catherine tomba enceinte et fit une fausse couche. Elle s'en remit mal. George attribua son état dépressif à un manque d'intérêt à son égard et sortit de plus en plus en célibataire. Il arriva ivre à la maison plus d'une fois. Un soir qu'elle s'était couchée tôt, se doutant bien que son mari n'allait pas rentrer pour regarder la télévision avec elle, elle fut réveillée en pleine nuit par le bruit qu'il faisait en titubant dans l'entrée. Au bout d'un moment, n'entendant plus rien, elle se leva, inquiète, et le trouva affalé dans le vestiaire qu'il avait pris pour les toilettes. Toutes les chaussures étaient inondées d'urine. La fois précédente, il avait cassé une jolie lampe dans le salon, cadeau de mariage de son parrain. Catherine était horrifiée à l'idée que Valérie puisse voir son père dans un tel état. Elle bénissait le ciel que cela se produisît toujours le soir tard ou pendant la nuit. Mais ses nerfs commençaient à montrer des signes d'épuisement. Elle n'en pouvait plus!

Le fossé entre eux avait pris des proportions de ravin et tendait vers la vallée quand Catherine décida d'aller rendre visite à ses vieux grands-parents et profita d'une semaine de congés scolaires pour y emmener Valérie. « Un peu d'immersion totale ne peut lui faire de tort », avait-elle décidé péremptoirement.

Une fois à Québec, Catherine se sentit revivre. Son fleuve était tout ce qu'elle demandait comme aperçu maritime. Il lui offrait les marées, les navires venus d'ailleurs et l'air bienfaisant de son île sans la brume, les odeurs d'algues mortes et les « beach parties » où tout le monde s'enivrait autour de caisses de bière et de homard bouilli.

Auguste avait rangé depuis longtemps son stéthoscope et sa vieille trousse. Il allait à petits pas voir les vieux du village qu'il connaissait depuis l'enfance, du moins ceux qui restaient. Ensemble, ils se remémoraient l'époque où les cultivateurs de l'île attelaient leur cheval pour aller vendre leurs primeurs dans les rues de Québec ou encore les hivers d'antan quand le pont vers la rive nord était coupé par la tempête, rendant leur île à sa condition première, celle d'une terre isolée au milieu de l'eau. Madeleine bêchait encore son coin de jardin et se retrouvait l'automne venu avec suffisamment de légumes pour nourrir une famille nombreuse. Ils vivaient le crépuscule de leur vie en toute quiétude, bercés par la satisfaction de voir leurs petits bien installés, les supposant heureux dans le mode de vie qu'ils avaient choisi. Antoine s'était remarié et leur avait donné deux autres petits-enfants qu'ils voyaient rarement, la Californie étant si loin. Leur fils venait parfois leur rendre visite, seul, comme pour se retremper dans l'atmosphère familiale sans avoir à tout traduire pour sa femme et ses fils, au français hésitant. Il arrivait aussi que Marc et Catherine se donnent rendez-vous à la *Colombière* quand ils savaient leur père de passage.

C'était l'occasion pour Auguste et Madeleine de sortir la nappe damassée et l'argenterie, et de faire revivre les beaux jours de la salle à manger aux larges fenêtres donnant sur le fleuve. Et de dépoussiérer l'album de famille afin de se souvenir, l'instant d'un regard nostalgique, d'un vieil oncle à monocle ou d'une petite fille aux boudins bien serrés, surmontés d'un nœud d'organdi.

Catherine trouva son papi et sa mamie fanés comme ces fleurs de papier dont les couleurs sont passées. Auguste marchait avec une canne, mais avait toujours le regard vif sous ses sourcils broussailleux. Le chignon de mamie ne ramassait plus qu'une touffe de cheveux blancs, tenus comme d'habitude par son antique peigne de corne rapporté des vieux pays. Mais elle était toujours coquette et laissait sur son passage, partout dans la maison, l'odeur agréable de son parfum vanillé.

Madeleine décela chez sa petite-fille une lassitude qu'elle attribua rapidement à un malaise de l'âme plutôt que du corps. Elle ne lui posa aucune question, mais l'entoura d'une affection ouatée et la conforta dans la certitude qu'elle trouverait toujours dans leur maison l'appui nécessaire et inconditionnel, si elle en avait besoin un jour. Elle gâta Valérie qui la suivait pas à pas et elle lui racontait de menues anecdotes sur sa maman, exagérant parfois expressément certaines bêtises commises quand elle savait que Catherine l'entendait, ce qui faisait bondir cette dernière :

— Voyons, mamie, tu y vas fort! Tu vas en plus lui donner des idées et c'est moi qui écoperai.

— Ma Catou chérie, pourquoi les enfants doivent-ils croire que leurs parents étaient parfaits? Il y a de quoi leur donner des complexes, ma foi. C'est vrai, j'exagère un peu, tu me diras, mais tu n'étais pas toujours un ange!

— Oh! Je n'étais pas pire que les autres, tu le sais bien, mais tu veux me faire passer pour une haïssable afin que Valérie te plaigne d'avoir eu à m'endurer et qu'elle ait surtout une arme contre moi lorsque je lui reprocherai quelque chose.

— Allons, allons, n'aggrave pas les choses. La pauvre madame Pichette pourrait en raconter, elle aussi, si elle vivait. Il fallait vous voir, Marie-Luce et toi... Cela dit, tes bêtises comme tes bonnes actions ont été le rayon de soleil de notre existence, à ton grand-père et à moi. Si je les fais resurgir du passé, c'est pour m'amuser un peu et si je les mets sous la loupe, c'est que, vois-tu, à mon âge, on a la vue qui baisse.

Et Madeleine d'essuyer ses lunettes en riant de l'air déconfit de la jeune femme. Elle avait tout au moins réussi à lui changer les idées et à la faire sortir de cet état mélancolique qu'elle affichait depuis son arrivée.

Un soir, après souper, Valérie demanda à son arrière-grand-mère comment elle avait rencontré papi. Ravie de faire revivre ces moments heureux de sa vie, Madeleine alla s'asseoir à côté de « son » vieux et repoussa les frontières du temps de plus d'un demi-siècle. Son accent de Parisienne refit surface et c'est les joues rosies par l'émotion qu'elle commença son récit. Auguste, lui, se contentait de l'écouter, corrigeant un détail au passage ou ponctuant une affirmation d'un discret signe de tête, comme s'il avait craint de brouiller d'une remarque trop précise le délicat tableau que dépeignait sa femme au profit de leur petite-fille et de leur arrière-petite-fille. Catherine se joignit à sa fille sur le canapé du salon pour écouter son aïeule répéter l'histoire, maintes fois entendue.

Chapitre 4

LE CAPITAINE BLOUIN

Auguste Blouin avait participé à la Première Guerre mondiale en tant que médecin militaire. En 1917, alors que dans la Somme l'espoir ne barrait pas encore l'horizon des poilus pataugeant dans leurs tranchées, il avait eu comme assistante une jeune infirmière du nom de Madeleine Després. Madeleine était fille de médecin, un spécialiste des os à l'Hôpital de La Salpetrière, et elle s'était enrôlée dans la Croix-Rouge dès ses vingt ans avec la bénédiction de son père. Auguste et elle avaient travaillé ensemble dans les pires conditions qu'on puisse imaginer. Les tranchées dégurgitaient des flots d'estropiés et de soldats gazés qu'ils s'acharnaient à essayer de sauver. La guerre n'est jamais rose mais celle-là saignait de toutes ses plaies sur l'Europe exsangue. Le médecin et l'infirmière vivaient dans un univers éprouvant où le sommeil était un luxe, l'eau et le savon, des produits rares. Quand, enfin, Auguste eut droit à une permission, Madeleine lui proposa d'accepter l'invitation que ses parents joignaient à leur lettre, car elle voulait le leur présenter. Elle ne précisa pas qu'elle avait mis ces derniers au pied du mur en disant qu'invitation ou pas, elle avait bien l'intention de faire du jeune médecin son chevalier servant pour rentrer à Paris. À Auguste, elle fit miroiter les agréments de longs bains prolongés dans l'appartement bourgeois de ses parents, tout en admettant qu'il faudrait plusieurs heures de ce traitement pour se débarrasser un peu de la puanteur qu'ils avaient l'impression de traîner dans leur sillage, à force de travailler sur des membres déchiquetés et des visages défigurés. Elle lui ferait visiter la capitale, peut-être pas sous son meilleur jour, mais au moins auraient-ils sous les yeux pendant quelque temps autre chose que le cortège d'éclopés qui composaient leur paysage quotidien.

Le grand-père de Catherine venait d'un milieu rural. En

ce temps-là l'île d'Orléans – qui ne serait reliée par un pont à la rive nord du Saint-laurent qu'en 1935 – symbolisait la campagne éloignée pour les citadins de Québec. Et, comparée à la capitale française, Québec n'était qu'une bourgade. Paris, tel qu'elle le lui fit découvrir, fut pour lui une révélation. Pour Madeleine aussi, sortie de son hôpital de campagne et dépouillée de son uniforme, qu'elle avait remplacé par des vêtements élégants d'avant-guerre. Ils se virent mutuellement d'un œil différent, tombèrent amoureux l'un de l'autre et Auguste fit sa demande au docteur Després et à son épouse, à peine revenus de leur surprise devant la détermination de leur fille à épouser son bel étranger. Le médecin et l'infirmière retournèrent ensuite à leurs scalpels et à leurs pansements. Dès la fin du conflit, ils firent un détour par Paris pour passer devant le maire du VIe arrondissement, firent leurs adieux aux Després encore sous le choc et partirent pour Le Havre. Auguste reprit à l'envers le chemin qui l'avait amené sur le sol de la mère patrie avec, cette fois, un bien agréable fardeau à son bras.

Madeleine avait accepté le fait qu'elle allait devoir suivre Auguste dans son pays après la guerre. Ce qui ne semblait pas la contrarier, loin de là. « Qui prend mari, prend pays », disait-elle, et c'était bien ainsi. Celle qui avait pris l'initiative de joindre le front à vingt ans n'allait pas se laisser rebuter par la traversée d'un océan. Après tout, on parlait le français dans le pays de son beau capitaine! Elle lui servirait d'infirmière dans le cabinet qu'il ouvrirait au Canada. Sur son île. Dans son village natal. Elle l'aiderait à mettre au monde les enfants des cultivateurs, à les soigner.

Ce qu'elle fit admirablement bien en dépit des petites tracasseries de Mémère Blouin qui avait lorgné d'un œil critique la Française à l'accent pointu descendue du bateau avec son fils. Mais qui, devant les efforts de sa belle-fille en vue de s'intégrer rapidement, avait vite rangé pour ne plus les ressortir les préjugés inhérents à son milieu.

Madeleine leva les yeux sur Auguste qui lui tapota la main, la pipe en accent circonflexe dans l'air.

— Dis, mamie, est-ce qu'il était beau papi Blouin quand tu l'as rencontré?

— Comment « était »? Veux-tu dire que je ne suis plus beau?

Valérie laissa entendre un petit rire en cascade, un peu gênée parce qu'elle ne savait trop comment interpréter la remarque de son aïeul qui avait, de plus, pris une grosse voix pour lui parler.

— Voyons, Auguste, tu lui fais peur! Mais oui, ma chérie, il était beau. À toi d'en juger, tu verras.

Madeleine se leva pour se diriger vers l'antique secrétaire en chêne dont les portes étaient décorées d'un treillis délicat en forme de feuilles, de chêne justement. Dans le tiroir du haut logeait un vieux carton plein de photos protégées, chacune, par un feuillet de soie. Celle du dessus portait la signature, tout en fioritures, d'un photographe parisien. Valérie se pencha et détailla d'un air sérieux le jeune homme à moustache, raide comme un piquet de clôture et portant canne et gants souples qui la regardait depuis les presque soixante ans de la photo.

— Tu marchais déjà avec une canne à l'époque?

Catherine et sa grand-mère se regardèrent et pouffèrent de rire. Auguste dissimula sa réaction dans une toux fort appropriée qui lui permit de sortir son mouchoir. Interdite, Valérie ne savait plus si elle devait rire avec les adultes ou afficher l'air vexé de quelqu'un dont on se paie la tête. Or, le rire de sa mère venait de se transformer en sanglots et, l'instant d'après, elle la vit s'aplatir contre la poitrine de sa grand-mère qui lui tapotait le dos.

— Mon lapin, qu'est-ce qui ne va pas? Je ne t'ai pas vue sangloter autant depuis le jour où ta chienne Princesse s'est fait écraser par une voiture. Tu avais douze ans.

— Oh! mamie, si tu savais. De vous voir tous les deux, papi et toi, vous regarder comme de jeunes amoureux après toutes ces années passées ensemble, ça me chavire le cœur, tu ne peux pas t'imaginer.

— Cela ne te fait pas plaisir?

— Mais si, voyons; ce n'est pas ça... C'est que je m'imagine mal en faire autant avec George dans cinquante ans, en supposant que nous soyons toujours en vie.

— Je me doutais bien que l'abcès allait crever tôt ou tard mais, si tu le veux bien, pourquoi ne pas attendre à plus tard pour le sonder calmement?

Et Madeleine glissa à l'oreille de Catherine :

— Comme j'ai un peu idée de ce que tu as à me dire, attendons que la gamine soit au lit. Il vaut mieux lui épargner les détails de ce qu'elle devine peut-être déjà. Les enfants ont de fines antennes, souvent plus perceptives que les nôtres.

Dès les premières larmes de sa petite-fille, Auguste avait attiré Valérie sur ses genoux et commencé à lui raconter pourquoi il était photographié avec une canne. L'enfant voulut faire un geste vers sa mère, mais le vieillard n'entendait pas être laissé pour compte aussi facilement.

— Laisse, *Rinette*. Les femmes, ça pleure comme ça rit et ça ne sait pas toujours pourquoi. Ta mère est impressionnable, voilà tout. Ça va lui passer. En attendant, tu m'as posé une question, il est bien normal que j'y réponde.

Et Auguste expliqua avec force détails pourquoi on se faisait photographier à l'époque devant des toiles représentant souvent des paysages bucoliques ou mythologiques, dans ses plus beaux habits, ceux du dimanche, quelquefois avec haut-de-forme, canne et gants pour les messieurs et ombrelle pour les dames. Il ajouta qu'il fallait rester longtemps immobile pendant que le photographe, dissimulé sous sa cape noire, faisait les longs ajustements nécessaires à la prise d'un seul cliché.

Catherine avait repris son calme et s'essuyait les yeux. Elle s'excusa auprès de ses grands-parents de sa crise de larmes soudaine et expliqua à sa fille qu'une belle histoire d'amour la faisait toujours pleurer. Elle insista pour que sa grand-mère continue l'histoire de la famille au profit de Valérie et aussi pour son propre plaisir.

— La tradition orale, mamie, il n'y a rien de tel. Te rends-tu compte que Valérie pourra à son tour raconter un jour à ses petits-enfants – et pourquoi pas à ses arrière-petits-enfants? – ce qu'elle aura entendu de ta bouche?

Madeleine ne se fit pas prier. C'était comme si elle avait répété sa leçon et appris à décliner les annales de la famille pour le cas où on lui ferait passer un oral.

Leur premier fils était né à Saint-François, en 1919. La grippe espagnole les avait fait trembler, elle et Auguste, pour la vie de leur petit Antoine, mais il faut croire que l'absence d'un pont avait dissuadé le virus. Sa sœur Henriette avait suivi de près, deux ans avant la naissance de Paul, le cadet. Auguste et Madeleine s'étaient installés dans la maison paternelle des Blouin pour y élever leurs trois enfants. Mémère Blouin avait vécu avec eux jusqu'à sa mort, et son aide leur avait été précieuse, principalement au cours des premières années, car Madeleine avait décidé de seconder son mari dans l'art de soigner les maux du corps. La cuisine d'été avait été isolée convenablement et transformée en cabinet médical. Madeleine y régnait en maîtresse femme, s'assurant scrupuleusement que tous les instruments étaient stérilisés et rangés soigneusement dans leurs bocaux et que la trousse de son mari était toujours prête.

Antoine était tombé amoureux à son tour d'une belle jeune fille, Liliane, rencontrée pendant ses études au cours de l'autre guerre, faible réédition de celle que leurs pères n'avaient pas terminée convenablement. Auguste avait un peu rouspété pour la forme quand il avait été mis au courant des projets matrimoniaux de son aîné, disant que les jeunes ne savaient plus attendre, que vouloir mener deux barques à la fois relevait de l'inconscience, et c'est à contrecœur qu'il avait donné son consentement. Il se l'était vivement reproché après ce qui arriva moins de cinq ans plus tard quand sa bru laissa son fils veuf avec deux enfants à la suite d'une grossesse qui s'était terminée avec la mort de la mère et de l'enfant. C'est ainsi que Catherine avait échoué à Saint-François pour être élevée par ses grands-parents paternels. Sa tante Henriette étant missionnaire chez les Sœurs blanches et son oncle Paul, encore aux études, il allait donc de soi qu'Auguste et Madeleine prennent la petite avec eux. Désemparé, Antoine la leur avait confiée avant de partir travailler aux États-Unis où il avait trouvé un poste dans une société pétrolière. Il se remaria deux ans plus tard avec une Américaine peu désireuse de prendre en charge une enfant dont elle ne connaissait pas la langue. Auguste et Madeleine avaient un peu tremblé à l'idée de voir leur *petiote* partir au bout du monde, mais ils avaient été vite rassurés dès la première visite que leur firent leur fils et sa deuxième épouse. Maureen ne considérerait comme sa famille que les enfants qu'elle aurait avec Antoine, dont le premier était en voie de confection.

Après ses études primaires poursuivies à l'école du village avec Marie-Luce, Catherine avait été placée chez les sœurs Saint-Louis-de-France à Loretteville où elle était pensionnaire pendant l'année scolaire. Ses grands-parents avaient estimé qu'elle avait besoin d'être entourée de femmes plus jeunes et de jeunes filles de son âge pour ne pas se fossiliser en leur présence, eux d'une autre génération. Elle sortait aux grandes vacances, à Noël et à Pâques et quelquefois au cours de l'année pour une circonstance exceptionnelle. Malgré la crise qu'elle leur fit parce qu'on l'arrachait à son amie Marie-Luce, Catherine aima l'existence de pensionnaire, le régime de vie sain et la discipline appliquée avec douceur par des femmes soucieuses avant tout d'inculquer à leurs élèves des règles de vie, plutôt que de leur inspirer la crainte instinctive de l'autorité. Son caractère s'y prêtait. C'est là qu'elle acquit le goût de la lecture, de la musique et de l'étude. Elle y apprit aussi le piano, la diction ainsi qu'un peu de danse classique. L'enseignement était solide, étoffé et bien prodigué. Une douzième année obtenue dans un tel établissement valait son pesant d'or à l'époque. Et les bonnes manières qu'on y apprenait duraient toute une vie.

Valérie était émue. Elle suçait son pouce, ce qu'elle faisait quand elle était soumise à de fortes émotions, qu'elle était troublée ou fatiguée. Pour l'instant, elle méditait sur cette histoire qu'elle ne connaissait que par bribes pour avoir entendu sa mère y faire de courtes allusions à l'occasion. Elle demeurait l'air songeur, le pouce bien fiché dans la bouche, regardant tour à tour les grands-parents de sa mère. Elle décida enfin de ne plus lutter contre la fatigue et demanda à aller se coucher. Lui entourant les épaules, sa mère

LE FILS DE SARINA

lui dit qu'elle avait bien raison, qu'elle devrait en faire autant, elle aussi, car il se faisait tard et la journée de demain s'annonçait longue.

— Nous avons plusieurs heures de train jusqu'à la maison, mon chaton. Mieux vaut faire provision de sommeil, et comme je ne suis pas sûre que papa pourra venir nous chercher à la gare, il faudra ajouter une bonne heure avec l'attente. Va! Va faire dodo, je te rejoins dans quelques minutes.

Valérie embrassa les trois adultes et appela le chien, qui avait pris l'habitude de coucher sur le tapis tressé au pied de son lit. Ficelle – qui surveillait la fillette d'un regard expectatif – n'attendait qu'un signe d'elle pour la suivre.

Madeleine contempla sa petite-fille, qu'elle connaissait si bien, et attendit. D'un regard qu'elle lui lança, Auguste comprit que son départ de la pièce serait tout à fait excusé.

Les deux femmes seules, le silence retomba dans le salon. Madeleine attira sa petite-fille contre elle et lui caressa les cheveux, comme lorsque, enfant, elle avait un gros chagrin. Catherine se laissa aller tout doucement à faire des confidences à sa grand-mère. Elle avait honte, disait-elle, honte de ne pas savoir consolider son mariage, car elle savait, elle sentait qu'il se désagrégeait lentement.

— J'ai l'impression, mamie, d'être au sommet d'une dune et de voir le sable me glisser entre les orteils sans que je puisse le retenir. Et, plus je fais d'efforts, plus je sens l'effritement de la dune qui fuit de tous ses grains de sable.

— Ma chérie, la seule question qu'il faut se poser, c'est celle-ci : aimes-tu ton mari? Je veux dire, l'aimes-tu encore?

— J'aime encore le George que j'ai connu, oui. L'ennui, c'est que je le cherche sous les traits de l'homme avec lequel je vis, mais il semble avoir disparu.

— Laisse-moi un instant jouer l'avocat du diable : retrouve-t-il la jeune fille qu'il a épousée quand il regarde la Catherine que j'ai sous les yeux en ce moment?

Catherine eut un rire amer, presque rauque pour répondre.

— Il me regarde si peu que j'en viens à me demander s'il se souvient qu'il habite encore avec moi... Mamie, qu'est-ce

LE FILS DE SARINA

que je vais devenir? Tu sais comme moi que le divorce est à peine entré dans les mœurs, ici, au Québec. J'aurai l'air de quoi auprès de la famille et des amis à revenir, comme ça, au bout de dix ans, tenant une fillette par la main? Parce que j'en ai le pressentiment, je reviendrai bientôt, tu peux en être sûre!

— Ne dramatise pas outre mesure! Prends le temps de t'asseoir avec ton mari, demande-lui de t'écouter et écoute-le, toi aussi. Il n'y a rien qui ne puisse se régler avec des mots quand on prend le temps de les choisir et de bien les utiliser pour exprimer ce que l'on ressent. Il y a aussi la paix sur l'oreiller, je ne vais rien t'apprendre, je l'espère!

Catherine rougit. Pour faire la paix sur l'oreiller, il fallait d'abord partager le même lit et la même chambre, ce qui n'était plus arrivé depuis sa fausse-couche. Cela dépassait les confidences qu'elle était prête à faire à sa grand-mère. Même Marie-Luce, son amie de toujours, n'apprendrait jamais le semi-échec sexuel du mariage de Catherine. Néanmoins, elle promit à sa mamie de tenter un dernier effort et de ne pas laisser sombrer son union sans avoir au moins lancé un signal de détresse.

Puis les deux femmes se séparèrent et Catherine monta d'un pas lourd retrouver sa fille dans la chambre que, jadis, elle occupait.

Chapitre 5

SHARON

Quand Catherine et Valérie revinrent à Shearwater, George n'était pas à la gare. Catherine l'appela à son travail, mais il était parti en mission pour deux jours sans l'avoir prévenue. Déconcertée, elle prit un taxi jusqu'à la maison, car il n'était pas question de flâner. Valérie allait reprendre l'école le lendemain, et elle avait hâte de défaire ses bagages et de renouer avec ses habitudes.

Pleine de détermination et décidée à mettre en pratique les conseils de sa grand-mère, elle entra dans leur chambre à coucher et commença à vider sa valise. Finis les états d'âme, les bouderies et les brouilles enfantines, elle allait redevenir la femme de son mari et faire en sorte que leur mariage redémarre du bon pied. Ouvrant ici un tiroir, là la porte d'un placard, elle constata qu'on avait déplacé ses affaires. Mise en alerte par un sixième sens, elle explora la pièce plus avant et vit dépasser un bout de tissu de dessous le lit. L'attirant vers elle, elle découvrit un tee-shirt de petite taille portant la marque d'un magasin britannique. Son pouls se mit à battre sauvagement et elle ne savait plus si sa brusque fureur était causée par l'humiliation d'avoir été trompée ou par la justesse de ses pressentiments.

Elle alla ranger sa valise, intacte, dans la chambre d'amis devenue sienne depuis les dernières semaines, et elle attendit son mari.

George rentra le lendemain, en plein milieu de la journée. Valérie était à l'école. Il trouva Catherine en train de trier le courrier reçu pendant son absence. Sa colère était tombée pour faire place à une froide détermination. La nuit avait été longue et l'insomnie qui l'avait habitée lui avait permis de cataloguer ses sentiments et ses émotions. Elle brandit sous le nez de son mari la pièce à conviction, sans dire un mot.

— Darling, je...

— Garde tes « Darling » pour l'autre, veux-tu?

Il voulut se défendre en attaquant sa femme qui l'avait laissé seul pour courir se faire dorloter par sa mamie, tenta en vain de s'expliquer, bredouilla quelque vague prétexte puis émit une faible apologie.

— Tu ne vas pas faire un drame pour une petite aventure de rien du tout! C'est elle qui s'est jetée dans mes bras...

— ... que tu avais sans doute fermés sur la poitrine? Non, ne perds pas ton temps à inventer des excuses, je suis trop fatiguée pour les entendre. Dire que j'étais prête à faire tous les compromis possibles pour remettre notre mariage sur les rails. J'étais rentrée pleine de bonne volonté et déterminée à me battre pour que nous retrouvions le goût l'un de l'autre. Mais je vois que tu préfères un menu plus exotique.

— Catherine, je t'en prie, ne mets pas tous les torts sur mon dos. T'es-tu seulement regardée agir ces derniers temps? Un vrai frigidaire, pas approchable. Et mes amis ne sont jamais acceptables à tes yeux. Chaque fois que je propose notre maison pour y tenir une partie de cartes, tu fais la moue. Dès que l'un d'eux s'aventure à raconter une blague un peu osée, tu joues à la vierge effarouchée. Tu as beaucoup changé.

— Entre un humour légèrement égrillard et vos histoires crues de mauvais goût, il y a une différence que je n'apprécie pas, voilà tout! Et puis, tu fais dévier la conversation. J'en ai jusque-là de tes parties de fléchettes ou de poker et de tes beuveries à la bière avec les copains, de nos soirées au mess comme divertissement *nec plus ultra*. Et aussi de l'homme fantôme qui n'habite plus cette maison que pour y changer de vêtements ou se faire servir un bon repas chaud. J'ai envie d'autre chose.

— Je ne changerai jamais assez pour être conforme à l'image à laquelle tu voudrais que je ressemble. Oublie-le!

— Qui te demande de ressembler à une image? Je veux un mari en chair et en os, qui se préoccupe de mes goûts comme des siens, qui met de l'eau dans son vin et qui arrête de fuir au mess dès que je tente un semblant de dialogue sérieux. C'est bien la première fois que nous nous asseyons pour discuter calmement.

— Puisque nous discutons calmement, comme tu dis, j'en profite pour te souligner que toi aussi tu pourrais modifier ton attitude. À commencer par la façon dont tu te comportes en général. Tu es snob et tu te donnes des airs de princesse.

Catherine pencha la tête pour cacher les larmes qui lui montaient aux yeux.

— Je suis triste, George, de voir que tu emploies maintenant le terme de « princesse » avec mépris alors qu'il coulait jadis comme du miel dans ta bouche quand tu m'appelais ta « princesse de l'île ».

George se sentit mal à l'aise. Il ne savait plus s'il devait continuer sa longue litanie de doléances à l'égard de sa femme pour éviter qu'elle n'entame la sienne à son endroit ou s'il devait tout laisser tomber pour la prendre dans ses bras. L'élan mourut dans son esprit avant de se traduire en paroles, car Catherine avait envahi le champ laissé libre par son silence.

— Je pense que notre mariage est trop fragile pour surmonter le choc de nos deux cultures, George. Nous avons été téméraires de croire que l'apprentissage de la langue de l'autre réussirait à aplanir nos différences. Même si cela a favorisé notre rapprochement.

— Toujours aussi raisonneuse! Décidément, tu as été pétrie par l'esprit cartésien français.

— Tu vois? Dès que je fais un pas de travers, c'est à cause de mes origines. On dirait que tu regrettes de n'avoir pas épousé une authentique WASP[2]!

— Catherine, je t'en prie, cesse de chercher des arguments creux pour m'attribuer tous les torts.

— Tu es assez intelligent pour avoir remarqué que notre couple boite depuis un bon moment déjà! Préfères-tu continuer de faire semblant? Ou veux-tu que nous en parlions vraiment?

---

2. White Anglo-Saxon Protestant.

— Tu dramatises, voyons. Tous les couples ont des hauts et des bas dans leur mariage. Pourquoi serions-nous différents?

— Justement, nous le sommes. Nous ne nous sommes jamais lancé de vaisselle par la tête. Nous avons toujours été pleins de réserve dans nos différends. Ce n'est pas pour autant que nous soyons le couple modèle de l'année! C'est plus insidieux. Ne vois-tu pas s'élargir le fossé entre nous?

— Tu es restée romantique comme à vingt ans. Ce que tu prends pour un fossé n'est peut-être que le résultat d'une routine normale pour un couple marié depuis dix ans. Pourquoi t'obstines-tu à vouloir tout remettre en question?

Catherine devina que son mari esquivait de son mieux la possibilité qu'elle pouvait le quitter. Le divorce était encore mal vu dans leur milieu. Qui plus est, George était demeuré conventionnel et il était très sensible à l'opinion des autres. Pourquoi alors ne lui disait-il pas qu'il ne voulait pas qu'elle le quitte parce qu'il l'aimait, qu'il ne pouvait vivre sans elle, qu'il ne voulait pas d'un foyer brisé pour lui et pour leur fille? Rien dans son attitude ne laissait entrevoir qu'il voulait la retenir pour ces raisons.

— Et Valérie dans tout ça? lui demanda-t-elle.

— Essayons de ne pas l'impliquer dans nos querelles. Pour l'instant, nous discutons. N'est-ce pas ce que tu voulais?

— Bon, d'accord. Discutons. Inutile de te dire que j'ai l'intention de mettre fin aux leçons particulières de notre fille. Je lui trouverai bien une école où elle pourra continuer d'étudier le piano. Quant à ta Sharon, je ne veux plus la revoir dans les parages. Elle pourra se racheter un autre tee-shirt!

Décontenancé, George ne sut plus s'il devait s'accrocher à la boutade de sa femme pour désamorcer une situation qui commençait à lui peser, ou poursuivre sur le ton de confrontation qui les enveloppait tous les deux. Il choisit le compromis.

— Écoute, Catherine, si on essayait d'oublier tout ça et qu'on faisait un dernier effort? Je suis un peu stressé par le travail, je dois bientôt partir en mission pour deux semaines. Pourquoi ne pas profiter de cette période pour réfléchir?

Nous pourrions essayer de redresser les choses et donner une dernière chance à notre mariage. On ne balaie pas dix ans de vie commune d'un revers de la main, tout ça pour un tee-shirt oublié sous un lit.

— Sous *notre* lit, ne l'oublie pas!

Penaud, George accusa le coup.

— O.K., O.K., I'm sorry! Tournons la page, veux-tu? Ce n'est pas en remâchant nos griefs à l'infini que nous allons régler nos problèmes. Je demande une trêve, je lève le drapeau blanc. Mieux, je t'invite ce soir au restaurant. Nous demanderons à Jennifer, la femme de Tim, si elle veut bien garder Valérie à souper. De toute façon, elle passe la moitié de son temps avec Shirley, leur fille. Nous sortirons en amoureux.

Il alla ouvrir la porte du frigo pour en sortir une *Moosehead* bien fraîche qu'il emporta dans le salon où il alluma la télé. Pour lui, la discussion était close.

— Pourvu que ce ne soit pas la première d'une demi-douzaine, pensa Catherine en voyant son mari boire sa bière à même le goulot de la bouteille. Parce que le repas au restaurant risque de tourner en pizza vite commandée s'il a trop bu, comme cela lui arrive trop souvent.

Elle resta assise à la table de la petite cuisine de leur PMQ[3]. La porte était ouverte sur la salle à manger attenante. Son regard s'attarda sur les meubles de bois sombre, au style banal, fournis avec la maison et pareils à tant d'autres chez les officiers de la base. Plus loin, comme en enfilade, le salon offrait la vue de son canapé et de ses fauteuils beiges, flanqués de tables d'appoint imitation acajou sur fond de moquette tout aussi fade. La seule note attrayante était son joli piano qu'elle devinait dans l'angle, près de la fenêtre.

Avec sa haute armoire à pointes de diamant, sa vieille pendule au son grave suspendue au-dessus du buffet en hêtre assorti à la table et aux huit chaises de la salle à manger, sa large cheminée en pierre rarement au repos l'hiver, son anti-

---

3. *Permanent Married Quarters*, maisons attribuées aux militaires vivant sur une base des Forces armées.

que secrétaire en chêne, la bergère profonde de son grand-père, le canapé moelleux qui faisait face à l'immense fenêtre panoramique donnant sur le fleuve, la maison de ses grands-parents s'imposa à son esprit avec toute la puissance du souvenir frais qu'elle en conservait. Elle repensa aux amis et voisins qui débarquaient souvent sans façons, à Marie-Luce qui avait toujours une soupe ou un gâteau en préparation et qui pouvait recevoir dix personnes à l'improviste grâce à ses provisions et à son sens de l'organisation. Elle revit la postière qui lui tendait son courrier avant qu'elle ne le demande, l'épicier qui lui faisait toujours un brin de causette en l'appelant m'amselle Catherine, la préposée de la Caisse populaire qui connaissait par cœur le numéro de compte du docteur Blouin quand elle allait y verser son chèque de pension. Cet univers où elle s'insérait comme une pièce de puzzle lui paraissait maintenant inaccessible, et elle souffrit de savoir qu'elle et sa famille n'étaient qu'un numéro comme les autres dans le dossier d'un officier de l'administration, là-bas, à Ottawa. Son avenir avec George était tracé d'avance, jalonné par les multiples postes où il serait muté avec sa famille. Elle prit conscience qu'en tant qu'épouse de militaire, elle devrait toute sa vie faire et défaire des cartons, rependre des rideaux qui étaient rarement adaptés aux fenêtres de ses nouvelles demeures, s'habituer à de nouveaux voisins, réapprendre le chemin d'une banque, d'un supermarché, d'une librairie.

Dehors, la grisaille de l'hiver posait un voile de tristesse sur les maisons alignées, toutes semblables, et aucun signe de vie ne venait animer la rue, les enfants étant toujours à l'école. Ses voisines jouaient sans doute au bridge, préparaient la prochaine danse ou prenaient le thé entre elles en papotant sur les possibilités d'avancement de leur mari ou sur leur prochaine mutation. Aucune d'elles ne travaillait à l'extérieur, la plupart n'avaient pas fait d'études supérieures, n'avaient jamais voyagé hors du pays, ne lisaient pas autre chose que des romans à l'eau de rose ou des magazines à potins. Et toutes vivaient pour ainsi dire en vase clos. Catherine se joignait parfois à l'un ou l'autre groupe de femmes où on soulignait – sans malice, il est vrai – son accent *absolutely charming* qui la rangeait néanmoins parmi les étrangères, elle qui était autant de ce pays qu'elles toutes!

Catherine se sentait si éloignée de tout cela, mais elle ne savait pas, au fond, ce qu'elle voulait réellement et elle en éprouva une tristesse incommensurable. Si, en plus, son mari se mettait à courir le jupon, elle se demandait ce qu'elle pouvait bien ficher dans ce coin perdu.

Ce mode de vie n'était pas mauvais en soi et il convenait à la majorité de ceux qui l'avaient embrassé. Elle-même avait cru s'y faire au début. Cela avait été une erreur de jugement de sa part de croire qu'en aimant l'homme, elle allait aimer tout ce qu'il représentait. Comment l'aurait-elle su?

Son café était froid depuis longtemps et la crème s'était figée sur le dessus, formant une nappe inégale plus claire sur le liquide sombre. À côté, la télé diffusait une émission sportive qui absorbait George totalement. La porte d'en avant s'ouvrit sous la poussée d'une main pressée et l'on entendit le cri joyeux de Valérie qui se précipitait dans les bras de son père. Elle ressentit un coup au cœur en les voyant; ces deux-là s'adoraient! Allait-elle pour autant sacrifier le reste de son existence à ménager la complicité entre le père et la fille au détriment de son bonheur à elle? L'aventure de son mari était-elle un simple incident de parcours ou l'indice d'un malaise plus profond? Maintenant qu'elle y repensait, elle était sûre que cet incident n'était pas un cas fortuit. Des bribes de souvenirs lui revinrent à l'esprit qu'elle relia entre eux, et elle se dit qu'elle avait été une belle oie de ne pas comprendre plus tôt.

Allait-elle abdiquer devant l'idée de le quitter afin d'éviter une rupture qui les plongerait tous les trois dans le chaos? Elle ne savait plus. Si seulement il l'avait prise dans ses bras en lui disant qu'elle seule comptait pour lui. L'attitude de son mari renforça sa détermination : elle n'était pour lui que la mère de leur enfant, l'épouse qui lui conférait un statut social, l'hôtesse qui savait si bien recevoir d'autres officiers et leurs épouses, la maîtresse de maison qui lui assurait la chaleur d'un foyer confortable. Que savait-elle du temps qu'il passait loin de la base? Loin d'elle?

Dès lors, la jeune femme sut que ses pressentiments ne l'avaient pas trompée et elle réalisa que leur mariage allait dorénavant être conjugué au passé. Pourquoi continuer de faire semblant que tout allait bien? Elle savait que leur couple allait échouer sur l'un de ces récifs pareils à ceux parsemés sur la côte, qu'il allait sans doute faire naufrage et qu'il faudrait sortir les canots de sauvetage avant qu'il ne soit trop tard. Mais quels canots? Ceux qui les ramèneraient tous les trois à bon port ou ceux qui les mèneraient, elle et sa fille, loin de tout cela, dans un monde où elle pourrait recommencer à zéro?

Trop lasse pour continuer de supputer ce que lui réservait l'avenir, elle débarrassa la table et entreprit de préparer le souper.

Valérie et elle étaient rentrées du Québec depuis tout juste une semaine. Ravalant son amertume, Catherine avait à peu près repris le cours normal de sa vie. Pour être tranquille avec sa conscience, elle s'était donné quelques jours de réflexion. George était parti depuis huit jours à bord du porte-avions *Bonaventure,* auquel il était rattaché, après lui avoir promis de rentrer directement à la maison sitôt débarqué. Le soir tombait et elle était en train de préparer un pâté chinois que Valérie adorait, quand le téléphone sonna. À l'autre bout, elle eut du mal à reconnaître la voix de sa grand-mère qui lui apprenait qu'Auguste ne s'était pas réveillé de sa sieste et qui lui demandait de revenir de toute urgence à la maison avant les funérailles qui devaient avoir lieu deux jours plus tard. Son frère Marc avait été prévenu et il allait être là dès le lendemain. Quant à son père, il prendrait, lui aussi, le premier avion.

Elle téléphona aussitôt à l'officier de permanence pour lui demander d'entrer en contact avec son mari, en mission sur le *Bonaventure.* On lui répondit que le navire était rentré au port la veille et que le capitaine MacNaughton n'était plus en service. Catherine crut avoir mal entendu, mais ne voulut pas insister pour ne pas aggraver le sentiment d'humiliation qui l'envahissait. Elle aurait dû savoir alors où était son mari. N'y pouvant plus, elle composa le numéro de Sharon pour en avoir le cœur net. La jeune femme mit un certain temps à répondre et dès qu'elle comprit la question de Catherine, elle lui répliqua sur la défensive qu'elle ignorait où se trouvait le capitaine MacNaughton. Catherine allait raccrocher quand elle distingua la voix de George :

« Who is it, darling? »

Elle raccrocha vivement, furibonde, mais sa fureur se mua aussitôt en un immense sentiment fait tout à la fois de soulagement et d'appréhension. George lui facilitait la tâche puisqu'il lui indiquait la voie à suivre. Elle allait le quitter. Dès maintenant! La mort de son grand-père était, elle aussi, un signe.

Chapitre 6

LE RETOUR AUX SOURCES

Catherine refit ses bagages et quitta la maison en laissant une note sur la table de la cuisine pour expliquer qu'elle allait assister aux obsèques de son grand-père. Elle reprit le chemin de Saint-François-en-l'Île, les yeux secs, sa fillette dans son sillage. Elle n'allait pas accorder à son mari le plaisir de se servir de son départ précipité pour lui reprocher plus tard de l'avoir quitté sans préavis. Son voyage au Québec était parfaitement justifié et aucun juge ne pourrait l'accuser d'avoir abandonné le domicile conjugal.

Toute la famille était réunie pour porter en terre l'homme vénérable qu'avait été Auguste Blouin. Le village entier défila devant la dépouille du vieux médecin qui avait tant donné à ses proches. Valérie était un peu perdue devant tous ces parents dont elle ne connaissait pas la moitié, mais elle se sentit moins désemparée quand elle entendit les deux demi-frères de sa mère parler à leur père en anglais. Elle alla se joindre à eux pendant que sa mère se renfermait dans son chagrin. Les larmes que versa Catherine ne surprirent personne, mais sa grand-mère y vit néanmoins davantage que l'expression de l'immense chagrin ressenti par sa petite-fille.

Quand tous furent partis, la vie dans la grande maison redevint à peu près normale. Catherine avait pris les choses en main et sa grand-mère se reposait entièrement sur elle. Madeleine restait de longues heures dans sa chambre à se remettre, disait-elle, mais sa petite-fille savait bien qu'elle voulait s'isoler pour mieux pleurer la perte de son compagnon d'un demi-siècle de vie.

La jeune femme profita du tête-à-tête avec sa fille pour lui annoncer qu'elle ne retournerait plus vivre avec son père et qu'elle allait demander le divorce ainsi que sa garde. Valérie parut d'abord consternée, puis elle demanda pourquoi. Dans des mots simples qui évitaient de faire porter l'odieux de la situation à l'un ou à l'autre de ses parents, Catherine lui expliqua que deux personnes ne peuvent plus continuer de vivre ensemble quand la confiance ne règne plus entre elles et que la présence de l'autre n'est plus recherchée. Elle lui dit qu'il valait mieux pour elle que ses parents se séparent maintenant, sans faire trop de vagues, plutôt que d'attendre la tempête qui causerait des dégâts irréparables.

Catherine n'avait encore rien dit à Madeleine, jugeant les circonstances inappropriées pour lui dévoiler ses problèmes personnels. Elle avait simplement annoncé à la ronde qu'elle prolongerait son séjour afin d'aider sa grand-mère, mais cette dernière s'étonna au bout d'un certain temps de ne pas l'entendre parler de son retour en Nouvelle-Écosse. La vieille dame n'était pas dupe, mais elle attendait le moment propice pour sonder celle qu'elle avait élevée.

Un jour que la mère et la fillette étaient occupées à ranger dans le buffet de la salle à manger les nombreux plats et couverts qui avaient servi quand la maison était pleine de monde, Madeleine demanda tout bonnement à Valérie si elle allait bientôt reprendre l'école. Catherine y vit une façon détournée de l'interroger, elle, sur son avenir. Déjà elle s'en était bien sortie pour expliquer à sa famille l'absence de son mari à ses côtés en un moment où d'habitude tous les liens familiaux se resserrent. Elle devait maintenant remettre les pendules à l'heure vis-à-vis de son aïeule, elle qui avait toujours été d'une franchise absolue envers ses grands-parents. Elle répondit pour sa fille.

— Crois-tu qu'on l'accepterait à l'école du village?

Nous y sommes, se dit Madeleine. Le chat va enfin sortir du sac.

— Il me semblait aussi que tes valises étaient volumineuses. Tu ne t'embarrasses pas de tant de vêtements, d'habitude!

— Mamie, je savais que tu devinerais en me voyant, mais ce n'était pas le moment d'en parler.

— Bien qu'il se doutât que tout n'allait pas pour le mieux entre George et toi, ton pauvre grand-père en aurait eu beaucoup de chagrin.

— Hélas, mamie, mes antennes étaient déployées et captaient des signaux que je ne savais pas interpréter. C'est un peu de ma faute. J'ai beaucoup réfléchi et j'ai demandé à papi de m'aider de là-haut. Je suis encore jeune, je vais recommencer à neuf en essayant d'avoir plus de jugement la prochaine fois qu'un homme m'approchera.

— Dans l'immédiat, que vas-tu faire?

— Consulter d'abord un avocat, car je vais demander le divorce pour adultère, puisqu'il faut bien invoquer un motif. Ensuite, me trouver du travail à Québec.

— Tu auras toujours ta place ici, tu le sais bien, mais la petite...

— J'espère bien que le juge m'en confiera la garde. Sinon, je suis prête à me défendre bec et ongles pour l'obtenir. Pour l'école, le plus urgent est de la placer ici afin qu'elle rattrape un peu le temps perdu. Je n'ai pas le choix. Il faudra qu'elle apprenne à suivre les cours en français. Elle n'est pas bête, elle s'y mettra. Elle devra sans doute redoubler, c'est à voir. Elle a de bonnes notes, en général.

— Malgré tout le chagrin que me cause ta séparation d'avec ton mari et les événements bouleversants que tu traverseras, je dois t'avouer que la vieille égoïste que je suis est heureuse de te ravoir près d'elle. Avec ta fille.

— Oh! mamie! Je suis heureuse, moi aussi, de revenir à la maison. J'avais déjà commencé mentalement à me détacher de George et de tout ce qui l'entoure. C'était une question de temps. La mort de papi a simplement accéléré les choses. C'est peut-être mieux ainsi, vois-tu.

Catherine prit sa grand-mère dans ses bras et la serra longuement en silence. Puis elle se pencha vers sa fille et essuya les larmes qui inondaient ses joues.

— Ma pauvre puce, tu le reverras, ton papa. Nous nous arrangerons pour que tu passes une partie de tes vacances scolaires avec lui et tu lui téléphoneras aussi souvent que tu le voudras. En attendant, tu te feras de nouvelles amies à l'école, tu seras gâtée par mamie et par moi, et nous ferons plein de choses ensemble. À dix ans presque, tu n'es plus un bébé, tu dois essayer de comprendre.

— Est-ce que je pourrai écrire à Shirley?

— Non seulement tu pourras lui écrire, mais nous l'inviterons à nous rendre visite à l'été. Qu'en dis-tu? Tu n'as pas à abandonner ton amie parce que tu n'es plus sa voisine. Songe aussi que son papa, et le tien également, auraient pu être mutés ailleurs. Vous auriez alors été séparées de la même façon.

Maintenant que la question de l'hébergement était résolue, il lui restait à affronter le marché du travail. C'est tout naturellement vers son amie de toujours que Catherine se tourna pour l'aider à orienter sa recherche.

Marie-Luce avait perdu ses parents à quelques mois d'intervalle. Olivier et elle occupaient maintenant la totalité de la grande maison que leur avaient laissée Amable et Géraldine Pichette par testament. Vu les circonstances du retour de Catherine, Marie-Luce avait teinté d'un voile de sympathie le plaisir de revoir son amie, mais elle ne put lui cacher sa joie quand elle apprit qu'elle avait l'intention de s'installer à nouveau dans la maison voisine. Elle lui promit de la soutenir dans la mesure du possible et demanda à Olivier de lui présenter des clients susceptibles de faciliter sa recherche d'emploi. Elle offrit même d'aider Valérie à s'adapter à sa nouvelle école et de s'en occuper, au besoin, pour soulager sa grand-mère quand elle irait chercher du travail. Bref, elle regorgeait d'idées, trouvait des solutions à des problèmes qui n'étaient pas encore apparus, proposait mille plans à mettre à exécution pour le jour où son amie serait enfin établie dans sa nouvelle vie de femme libre.

Catherine régla d'abord ses problèmes juridiques. Elle rassembla son courage et téléphona à son mari pour lui dire qu'elle demandait le divorce. Bien que George se doutât de la réaction qu'aurait sa femme après avoir découvert sa présence dans l'appartement de sa maîtresse et qu'il ne fût pas dupe quant à la raison de son séjour prolongé au Québec, il eut du mal à digérer le choc. Il commença d'abord par se saouler abominablement, puis fracassa la photo de Catherine contre le mur avant d'aller pleurer chez ses voisins, Tim et Jennifer. Son amour-propre souffrait davantage que son amour, mais il était trop orgueilleux pour l'admettre. Il réclama ensuite sa fille en braillant comme un veau.

Au téléphone, Catherine lui avait cité le nom de l'avocat qu'elle avait retenu pour la défendre et annoncé qu'elle ne retournerait pas dans les Maritimes. Elle prendrait le reste de ses affaires quand elle ferait le voyage pour comparaître devant le juge, et l'avait rassuré sur ce qu'elle allait emporter. Elle n'allait pas le dépouiller, car elle n'avait pas besoin de grand-chose à part son piano, puisque sa grand-mère insistait pour qu'elle habite avec elle. De toute façon, la maison de l'île allait probablement échoir à son frère Marc et à elle, un jour, et elle aurait suffisamment de quoi se meubler. Concernant leur fille, elle s'était montrée conciliante quant aux droits de visite mais n'avait pas démordu de son intention de garder Valérie avec elle. Ce à quoi George rétorqua qu'elle allait voir de quel bois il se chauffait. Valérie était sa fille autant que la sienne et il avait plus les moyens qu'elle de la faire vivre! Catherine sortit brisée de cette conversation. Il fallait, coûte que coûte, qu'elle se débrouille pour prouver au juge qu'elle était capable de subvenir aux besoins de sa fille et qu'elle n'était pas uniquement dépendante d'une pension alimentaire pour survivre.

Quelques jours après avoir inscrit Valérie dans la classe de quatrième de la paroisse, Catherine se mit à chercher du travail. Sur les conseils d'Olivier, elle alla se présenter au propriétaire d'un petit commerce de vente de matériel de bureau qui venait tout juste de se lancer en affaires. Benoît Gosselin ignorait en grande partie en quoi consistait le travail d'une secrétaire; il savait seulement qu'il lui fallait en embaucher une, ne serait-ce que pour répondre au téléphone et assurer une permanence quand il serait à l'extérieur. De toute façon, il y avait tout à faire! Elle fut engagée au salaire de cent vingt-cinq dollars par semaine et commença le lundi suivant. Elle allait toucher la première paye de sa vie!

Olivier, qui venait de vendre une assurance commerciale au nouveau chef d'entreprise, lui avait recommandé Catherine en lui signalant que les secrétaires bilingues ne couraient pas les rues de Québec et que, s'il voulait traiter avec le reste du Canada, force lui serait de le faire en anglais. Heureusement pour la jeune femme car, en dehors de sa connaissance de l'anglais, ses notions de secrétariat ne pesaient pas lourd! La chance lui sourit, car elle eut tout le temps nécessaire pour apprivoiser les divers appareils mis à sa disposition et pour monter à sa façon ce qui allait être son bureau. Elle remercia le ciel d'avoir eu l'idée de suivre des cours de dactylo chez les sœurs et de posséder une plume soignée qui fit sourire son patron dès les premières lettres qu'il lui demanda de rédiger. Épuré des tournures élégantes qu'elle utilisait habituellement dans sa correspondance, son style devint à la longue plus adéquat pour vanter les qualités des multiples articles du modeste commerce. Il lui demanda de créer des affiches publicitaires et de rédiger des lettres circulaires destinées à faire démarrer son affaire. Ce qu'elle réussit bien, à sa grande satisfaction.

Peu à peu, Benoît Gosselin se reposa entièrement sur Catherine pour tout ce qui touchait à l'écriture. Puis il lui demanda si elle voulait bien traduire en français quelques articles de journaux, une ou deux notices explicatives ainsi que le chapitre d'un manuel portant sur le fonctionnement d'une photocopieuse. Elle savait bien que ces tâches ne relèvent habituellement pas de la compétence d'une secrétaire, mais elle n'était pas débordée de travail et aimait jouer avec les mots, comme elle disait. Et elle rentrait chez elle chaque vendredi soir avec un chèque bien à elle.

Un samedi après-midi du mois de mai, Olivier proposa à ses deux fils et à Valérie de les emmener sur les plaines d'Abraham où on annonçait un concours de cerfs-volants. « Certains viennent même de Chine », leur dit-il. Après leur départ, Catherine profita de la sieste de sa grand-mère pour aller rejoindre Marie-Luce. Celle-ci l'accueillit avec un râteau, car elle avait décidé d'attaquer le carré de légumes que son père avait toujours cultivé à l'est de sa maison, du temps où il vivait. L'autre accepta avec plaisir et y vit l'occasion de prendre un grand bol d'air frais, après toute une semaine enfermée dans un bureau. Munies de l'attirail du parfait jardinier, les deux femmes entreprirent de préparer la terre et de tracer les sillons qui allaient bientôt recevoir les précieuses semences que la nature transformerait en haricots, pois, betteraves et autres produits maraîchers. Au bout d'une bonne heure, Marie-Luce s'épongea le front et suggéra de faire une pause. Catherine balança son râteau et s'empressa d'aller chercher le jus de pomme qu'elle venait d'acheter à un voisin propriétaire d'un vaste verger. Assises à l'ombre de la galerie, elles se mirent à bavarder de tout et de rien, contentes d'être ensemble et, pour une fois, seules. Au bout d'un moment, Marie-Luce demanda à son amie ce qu'elle pensait de sa nouvelle vie.

— Pour une fois, je me sens utile. J'apprends tous les jours quelque chose de nouveau. Ce n'est pas le Pérou, certes, mais j'y trouve mon compte. J'ai en outre la chance de travailler à une distance raisonnable de la maison. Beauport n'est pas si loin, après tout. Et le patron est correct.

— Cela me paraît idyllique, en effet.

— Pas tant que ça, parce qu'il y a une ombre au tableau : la garde de Valérie. J'espère seulement que le temps arrangera les choses et, surtout, que George ne lui montera pas la tête contre moi quand elle lui rendra visite. Déjà, elle me tient rigueur de l'avoir séparée de son père même si elle se dit « pas malheureuse » de vivre avec mamie et moi.

— Il faut la comprendre et lui laisser le temps. Sans vouloir te juger ni te critiquer, pense un peu que tu l'as arrachée non seulement à son père, mais aussi à ses amis, à son monde, cela sans préavis. L'adaptation est beaucoup plus difficile pour elle que pour toi. Tu es revenue à tes sources, elle a quitté les siennes.

— Ne me culpabilise pas davantage, veux-tu! Je ne suis pas seule dans cette affaire. Je te ferai remarquer que George m'a lui-même fourni la corde pour le pendre. Oh! et puis de toute façon, ce n'était qu'une question de temps. Notre couple commençait à s'effilocher depuis un bon moment. J'aurais pu continuer de faire semblant, je suppose. Mais à quoi bon? Et pourquoi? À l'époque de nos parents, les femmes fermaient les yeux et elles enduraient sans dire un mot jusqu'à la mort. Crois-tu que les enfants étaient plus heureux pour autant? Demande un peu à Monique Poliquin qui était dans notre classe au primaire, je serais curieuse d'avoir son opinion là-dessus!

— Oui, mais rappelle-toi la belle revanche que sa mère s'est payée le jour où elle est devenue veuve. Elle a plaqué ses sept enfants pour s'enfuir avec un homme de quinze ans son cadet. Je me souviens encore du scandale que cela a provoqué à l'époque.

— Moi, je n'aurais jamais attendu d'avoir sept enfants pour ficher le camp.

Catherine se remémora la métamorphose de la pauvre ménagère à l'air battu qu'elle avait connue en une jolie femme élégante, toujours bien coiffée et sûre d'elle.

— Ah! qu'est-ce que l'amour peut faire à une femme! de s'exclamer en duo les deux amies.

Ce qui les fit pouffer de rire.

— Tu peux bien parler, Marie-Luce Pichette. Tu partages le lit de ton grand amour depuis plus de dix ans et rien qu'à vous voir, Olivier et toi, on a envie de tomber amoureux.

— Tiens, tu me rappelles une phrase célèbre de Louise Labé[4], poétesse du XVIe siècle dont on s'est bien gardé de nous mentionner l'existence dans nos cours de littérature quand nous fréquentions l'école. Juges-en par toi-même : « Le plaisir le plus doux qui soit après l'amour, c'est d'en parler. »

— Hum! madame a de ces lectures... Et qu'a-t-elle encore écrit, cette belle poétesse?

— Tu ne vas pas le croire! L'un de ces poèmes s'intitule « Baise m'encor »...

— Même si le sens n'avait pas encore glissé vers celui qu'on lui connaît de nos jours, cela a dû faire glapir les saintes nitouches autour d'elle!

Catherine soupira et, le regard absent, but lentement une gorgée de jus. Marie-Luce, qui l'observait, devina qu'elles

---

4. Louise Labé (1526-1566), poétesse de l'École lyonnaise, aussi connue sous le surnom de « Belle Cordelière », parce qu'elle avait épousé un cordier.

n'en étaient plus à l'atmosphère insouciante des minutes précédentes. Elle comprit aussi que son amie avait envie et surtout besoin de parler, de se confier.

— N'aimais-tu pas George quand tu l'as épousé, dis-moi?

Cette question laissa Catherine songeuse. Cette introspection, elle la pratiquait depuis quelque temps. Seule avec elle-même, elle revisitait souvent son moi intérieur pour y chercher la lueur qui avait flambé quand elle avait rencontré George, lueur qui avait commencé très vite à vaciller, comme sous l'effet d'un souffle orageux.

— Pour tout te dire, je me demande si, à l'époque, je ne suis pas tout simplement tombée amoureuse de l'amour. Un bel officier en uniforme me courtisait, disait m'aimer... mais voulait coucher avec moi. C'était la première fois qu'on me faisait pareille proposition. J'ai bien failli envoyer promener tous les nobles principes qu'on m'avait inculqués, mais mon éducation a eu le dessus. J'ai résisté en lui opposant l'intégralité des beaux raisonnements que j'avais retenus de nos cours d'éducation religieuse et lui expliquai qu'une jeune fille bien devait se présenter vierge au pied de l'autel. On nous avait tellement répété que l'amour physique devait être réservé au mariage, que je prêchais en convaincue. Devant ma détermination, il m'a demandé de l'épouser. Qui sait ce qui se serait passé si je lui avais cédé? Nous aurions peut-être eu une agréable aventure, sans plus, et nous aurions probablement constaté au bout d'un certain temps que nous n'étions pas faits l'un pour l'autre.

— Tu ne peux pas détricoter ce qui est fait. D'ailleurs, les mœurs n'étaient pas ce qu'elles sont aujourd'hui et tu n'aurais jamais risqué de tomber enceinte à une époque où la pilule n'existait pas encore. Tu vois la tête de tes grands-parents si tu leur avais annoncé « je vais avoir un bébé » alors que tu n'étais pas mariée?

— À propos de bébé, ce n'est pas avec l'éducation sexuelle que j'ai reçue de mamie que j'aurais su que j'étais enceinte ou comment j'aurais pu éviter de l'être. J'étais pour ainsi dire une véritable oie blanche, en d'autres termes une A.O.C. d'ingénuité!

— Je n'en savais guère plus que toi, remarque. Mais, dans mon cas, Olivier a procédé dans l'ordre inverse : la demande en mariage puis la tentation. Parce qu'après nos fiançailles, nous avons été bien près de remplir un peu les « devoirs » conjugaux qui nous attendaient une fois mariés. Est-ce la sagesse ou la peur du bébé qui nous a retenus? Mes parents n'auraient pas été plus faciles à aborder que tes grands-parents en cas d'accident!

— La pilule, le divorce, l'amour libre, l'avortement... Ils en auront vu, les grands-parents, au cours de leur vie. Je ne dis pas que, par rapport à aujourd'hui, la vertu était universelle à leur époque. La preuve, c'est que la littérature est pleine d'amants célèbres. Les gens étaient peut-être hypocrites, qui sait! En tout cas, la société dans laquelle nous avons été élevées était certainement puritaine. « Couvrez ce sein que je ne saurais voir...[5] » aurait pu sortir de la bouche d'une multitude de tartuffes, pas tous sur la scène d'un théâtre. La liberté des mœurs telle qu'on la connaît est une révolution tout aussi tranquille que sa réplique politique.

— Une chose est sûre, nos adolescents aborderont la vie d'une façon différente. On ne les élève plus à coup d'interdits, on fait appel à leur sens des responsabilités et on les laisse exercer leur jugement. Je ne dis pas qu'ils feront moins de bêtises mais, au moins, ils les feront en connaissance de cause.

— Si jamais Valérie me demande de prendre la pilule, je ne lui dirai pas non. Cela prouvera au moins qu'elle a une tête sur les épaules. Liberté sexuelle ne veut pas nécessairement dire vie de débauche. Aurais-tu été une débauchée si tu avais couché avec Olivier avant de l'épouser? Et moi, avec George? On verra bien ce qui résultera de tous les divorces qui se multiplient depuis quelques années. Tu crois que tous ces nouveaux « célibataires » attendront d'être unis par un juge de paix pour consommer?

— Moi, j'ai des garçons, c'est différent. Il reste qu'il nous incombe, à Olivier et à moi, de faire d'eux des hommes de cœur et de conscience.

---

5. *Tartuffe*, III, 2, Molière.

Regardant sa montre, Marie-Luce sursauta.

— Mon Dieu! Tu as vu l'heure? Quelles philosophes nous faisons, toi et moi, quand nous nous y mettons! Olivier va bientôt revenir de Québec avec nos trois loustics, sans doute affamés comme des loups. Et le jardin qui est resté en friche...

— J'apprécie beaucoup la façon dont ton mari s'occupe de Valérie. Le fait de la voir entourée par lui et vos deux garçons me réconforte tellement! Ma fille a besoin d'attention en ce moment et Laurent et Camille sont une présence équilibrante pour elle.

— Dis, si on la mariait un jour avec l'un de mes garçons? lança Marie-Luce en riant.

— Si tu veux jouer à la marieuse, commence par la mère! Je ne voudrais pas sécher sur pied comme la cousine Bénédicte. J'ai presque atteint l'âge canonique de trente ans, tu ne trouves pas que mon cas mérite une attention toute spéciale?

— Ah! Si je connaissais l'homme qui pourrait te rendre heureuse, je te l'apporterais volontiers sur un plateau, ma chère Catherine.

— Sais-tu que je serais bien embêtée si tu pouvais mettre ton plan à exécution? Est-ce que je saurais seulement comment m'y prendre, avec un tel bonhomme, tellement j'ai perdu confiance en moi depuis ma séparation d'avec George? J'ai l'impression que plus un seul homme ne voudra me regarder. C'est comme si j'avais le mot « échec » écrit en plein front. J'avoue aussi que l'idée de recommencer une relation amoureuse avec quelqu'un m'intimide beaucoup, tout en souhaitant que cela arrive un jour... Je suis bête, ne fais pas attention!

Les deux femmes s'apprêtaient à reprendre leur travail quand on entendit les pneus d'une voiture mordre le gravier de l'allée. Un claquement de portières ainsi que des pas précipités venant vers elles signifièrent qu'il était trop tard. Quatre visages réjouis, à moitié dissimulés par d'énormes cornets de glace, leur apparurent bientôt. Voyant les deux femmes assises sur la galerie, devant un verre de jus qu'il prit pour du vin blanc, Olivier ne rata pas l'occasion de les taquiner en montrant aux trois jeunes l'œuvre inachevée de leurs mères.

— Petites natures, va! Ça bêche un bout de jardin puis ça prend le reste de l'après-midi pour se reposer à l'ombre en sirotant du jus de la treille!

— La bave du crapaud n'atteint pas la blanche colombe. Raté, mon cher, je ne ressens pas l'ombre d'un remords. On est si bien ici. Tu en veux?

Et Marie-Luce remplit un verre qu'elle tendit à son mari, d'un air moqueur. Olivier y trempa les lèvres puis jeta à sa femme le sourire penaud d'un gosse pris en défaut. Catherine n'avait rien perdu de la complicité totale qui existait entre eux et elle envia cette qualité de leur couple qui n'était pas donnée à tous. Puis elle prêta l'oreille à Valérie qui, les yeux brillants, lui faisait le récit de ce qu'elle avait vu et appris. Après le spectacle, disait-elle, ils avaient visité un kiosque avec plein de photos et de brochures. Un type leur avait expliqué que le cerf-volant a fait son apparition il y a plus de trois mille ans, en Chine.

— Regarde, je t'ai rapporté une belle carte postale. J'ai choisi celle qui représente le plus joli de tous!

— Comme il est beau! Tiens, je vois que son propriétaire porte un nom chinois et ça ne m'étonne pas. Le cerf-volant, c'était pour les Chinois comme un lien magique avec le ciel. Ils s'en servaient pour sonder le destin, prévoir l'avenir, célébrer les naissances, les événements heureux et les victoires. Ils leur donnaient une dimension mythique et religieuse. De Chine, le cerf-volant s'est propagé dans toute l'Asie, puis plus tard en Europe. Mais ce n'est qu'à l'époque moderne qu'il s'est fait connaître en Amérique. En Chine et dans les autres pays orientaux, le cerf-volant n'est pas un simple jouet d'enfant. Il est considéré comme une œuvre d'art qui relève de la culture nationale. Il possède un caractère sacré et joue un rôle symbolique. Mais comme nous sommes en Amérique, je vais t'en offrir un. Aimerais-tu avoir ton propre cerf-volant?

— Ouiiii. Est-ce que je pourrai choisir moi-même les couleurs? Nous irons ensemble, tu veux bien?

— C'est promis! Maintenant, va remercier Olivier, nous devons rentrer. Telle que je la connais, mamie aura déjà commencé à préparer le souper.

Catherine descendit le raidillon, sereine. Cela lui avait fait du bien de parler à cœur ouvert avec Marie-Luce. Ce tête-à-tête entre les deux amies n'était pas inaccoutumé depuis le retour de Catherine. Elles avaient repris l'habitude de se réunir ainsi toutes les deux dès qu'elles en avaient la possibilité, et leur entente découlait de la facilité avec laquelle elles arrivaient à s'analyser l'une et l'autre, à aller au fond des choses en toute sincérité et à se conforter mutuellement. Comme disait Catherine en riant : « Dégage cette poutre dans mon œil qui m'empêche de voir la paille dans le tien! »

Un mois plus tard, Catherine dut se rendre en Nouvelle-Écosse pour comparaître devant le Tribunal des divorces. L'audience de leur cause ne dura guère plus longtemps que la cérémonie qui les avait unis l'un à l'autre, une dizaine d'années auparavant. Considérant le travail du père de l'enfant, qui le tenait éloigné de son foyer de façon répétée même s'il ne s'agissait la plupart du temps que de courtes absences, le juge confia la garde de Valérie à Catherine. Il stipula toutefois que, vu la distance qui séparait les deux parents, ces derniers devraient s'entendre pour que leur fille fasse des séjours prolongés auprès de son père. Il fixa le montant de la pension alimentaire que George devait verser à son ex-femme pour les besoins de l'enfant, étant entendu que Catherine ne demandait rien pour elle-même puisqu'elle était désormais autonome sur le plan financier.

George sortit du tribunal sans lui jeter un regard. Elle reprit le chemin de l'aéroport, seule. Ses affaires avaient été triées, emballées et expédiées quelques jours auparavant alors qu'elle avait vidé la maison de ce qu'elle voulait garder. Catherine MacNaughton était entrée dans la salle d'audience, Catherine Blouin en ressortit.

À la maison, la vie reprit son cours normal. Valérie avait terminé son année scolaire sans trop de peine. Elle allait passer en cinquième. Marie-Luce proposa de l'aider en français, histoire de la remettre à niveau. Catherine partait tous les matins dans sa petite Datsun qu'elle avait achetée d'occasion. Quant à Madeleine, son chagrin était adouci par la présence de ses deux petites qui rendaient moins pénible l'absence d'Auguste. Le souvenir du vieux docteur était partout dans la maison, mais elle ne voulait rien changer, comme si elle allait le voir rentrer avec son chargement de petit bois pour allumer le feu.

Catherine aussi s'ennuyait de son grand-père. Elle n'osait même pas s'asseoir dans le fauteuil qu'il préférait, comme si elle avait peur de commettre un sacrilège. Elle aurait tant aimé se réfugier à ses pieds, comme lorsqu'elle était petite, et lui demander conseil. Son papi Gus savait si bien dédramatiser une situation et analyser les événements à leur juste valeur.

Au moins, elle n'était pas malheureuse. Elle avait l'amour de sa grand-mère et de sa fille, un travail régulier, la précieuse amitié de Marie-Luce et des siens, même si sa vie amoureuse était un désert total. Bref, les morceaux de sa vie commençaient tranquillement à se recoller lorsque Mathieu entra dans sa vie.

Chapitre 7

MATHIEU

Catherine avait connu Hélène Rancourt au pensionnat et elles avaient continué de s'écrire de façon plus ou moins régulière après la fin de leurs études. Divorcée, elle aussi, elle élevait seule ses deux filles. Son mari l'avait quittée après six ans de vie commune et elle n'avait plus jamais entendu parler de lui. Quand elle apprit que Catherine se retrouvait dans la même situation qu'elle ou à peu près puisque George, lui, assumait ses responsabilités, elle l'invita à venir lui rendre visite à Montréal où elle s'était installée. Possédant des doigts de fée, elle cousait pour les autres, à la maison. Son carnet de commandes était toujours plein. Elle qui tournait en dérision le mariage s'était spécialisée dans les robes de mariée et les toilettes de noces.

Catherine accepta. Les deux femmes étaient très différentes l'une de l'autre, mais le changement de cadre lui fit du bien. Elle riait de l'insouciance de son amie qui ne s'en faisait jamais pour rien, surtout pas pour le ménage! Son appartement était un véritable capharnaüm, et il n'était pas rare de trouver des factures impayées traînant sous une pile de vêtements à repasser, un livre de recettes dans les toilettes, des épingles à linge dans le salon. Sans compter les bobines de fil, les bouts de tissu, les patrons Vogue et McCall à la mode et les robes faufilées suspendues un peu partout. Sa passion consistait à mijoter de bons petits plats et son tour de taille était l'indice qu'elle les goûtait abondamment avant de les servir à ses amis. D'ailleurs, les occasions de cuisiner étaient nombreuses puisque sa maison était ouverte à qui de ses amis ou connaissances voulait faire honneur à ses réussites culinaires. Sa demeure était le lieu d'un perpétuel va-et-vient, et c'était à se demander comment elle s'y prenait pour livrer à temps les somptueuses toilettes qu'elle confectionnait.

Il ne fallait donc pas s'étonner de partager son repas avec, un jour, une astrologue à l'allure de gitane venue souper chez elle parce que son frigo était vide. Ou, le lendemain, avec un « pathe » quelconque dont elle oubliait invariablement le préfixe : naturopathe, ostéopathe, homéopathe, qui lui promettait de l'aider à maigrir. Hélène était généreuse et sans complication, et Catherine remerciait le ciel d'avoir eu l'idée d'accepter son invitation.

Son amie l'agaçait toutefois avec son envie de toujours vouloir courir les discothèques à la mode. N'y avait-il pas mieux à faire le soir? L'habile couturière ne buvait pourtant que du Perrier, ne fumait pas et dansait à peine. Quant à l'autre raison pour fréquenter ce genre d'établissement, dans cette huitième décennie du xxᵉ siècle, ce n'était pas non plus son genre. Les rencontres éphémères qu'on y faisait laissaient plutôt sur sa faim, et la liberté sexuelle acquise depuis l'avènement de la pilule et l'ère des « Peace and Love » de Woodstock n'était pas goûtée de la même façon par tout le monde. Hélène aimait simplement sortir, voir du monde et elle appréciait particulièrement ce coin du Vieux Montréal où elle allait souvent. Ce jeudi de la fin juillet semblant propice à une escapade dans le bas de la ville, elle avait entraîné Catherine en lui disant :

— Viens, je vais te faire connaître une nouvelle discothèque. Tu verras, elle n'est pas mal et les gens qu'on y rencontre ont de la classe. Ils savent parler d'autre chose que des éliminatoires de hockey ou du dernier téléroman.

Catherine l'avait suivie par automatisme. Quand il s'agissait de Montréal, elle faisait figure de provinciale, elle la Québécoise sortie de ses vieux murs. Et après tout, pourquoi ne pas profiter de sa liberté toute récente puisque George avait réclamé leur fille pendant le mois de juillet? Elles descendirent la rue Saint-Denis dans sa vieille Datsun verte, traversèrent la place Jacques-Cartier animée et se garèrent dans une rue transversale. Il faisait bon flâner ce soir-là, la ville brillait des derniers feux d'un soleil d'été et la chaleur relâchait un peu son étau quand Hélène et Catherine se perchèrent sur des tabourets du *Cercle*, la fameuse discothèque en question, chacune devant un Perrier citron. La musique tonitruante les empêchait de poursuivre une conversation plus que monosyllabique. Aussi se contentaient-elles d'observer la piste tout en marquant du pied le rythme de la musique. Au bout d'un moment cependant, elles commencèrent à se demander quelle mouche les avait piquées d'avoir préféré ce boucan d'enfer à une promenade dans le vieux port quand...

Catherine, qui sentait depuis un moment le poids d'un regard lui vriller le dos, se retourna pour voir qui l'examinait avec autant d'insistance. Ce regard l'intimida sans savoir pourquoi. Malgré ses dix ans de vie conjugale, elle ne savait des hommes et de l'amour que ce que le mariage lui avait appris. Elle se sentit mal à l'aise et n'osa pas soutenir ce regard qui continuait de l'envelopper. Car celui qui la dévisageait ainsi l'avait repérée dès son entrée et l'observait depuis un moment. Il appréciait particulièrement la robe à pois qui mettait en valeur la poitrine généreuse de la jeune femme. Grande et svelte, elle portait courts ses cheveux caramel brûlé en une couronne de boucles indisciplinées. Son air un peu effarouché des non-habitués, cet air non pas timide ni distant, mais ailleurs, comme pour se montrer à la fois moderne et sur ses gardes, lui plaisait. Son instinct lui souffla qu'il avait devant lui une conquête différente, inédite. Il décida alors de l'inviter à danser.

Il s'approcha d'elle d'un pas souple, formulant de ses yeux le goût qu'il avait de faire sa connaissance. Pas beaucoup plus grand qu'elle mais bien proportionné, il l'observait d'un regard moqueur, et ses yeux marron pailletés de vert avaient une lueur spirituelle. Sa peau était mate et sa bouche charnue s'échancrait en un large sourire dans un visage à moitié dissimulé par une barbe noire, épaisse et bien taillée. Il portait une chemisette au col ouvert, une gourmette en or au poignet et tenait nonchalamment un verre de whisky à la main.

La salle bondée perdit de sa netteté et tous les autres danseurs devinrent soudainement flous, inconsistants, comme dans un tableau surréaliste.

— Une jolie femme comme vous qui reste vissée à son

tabouret, quel gaspillage! Mathieu Bernier pour vous faire danser, mademoiselle, dit-il en lui prenant la main. Et il déposa son verre sur le bar pendant qu'elle se laissait glisser de son tabouret.

Sa voix – dont elle reconnaîtrait le timbre toute sa vie, peu importe d'où il l'appellerait, peu importe la piètre connexion téléphonique – sa voix avait un timbre chaud, avec des inflexions graves. Pendant un bref instant, elle hésita entre l'envie de fuir et l'excitation que lui procurait l'attente du moment à venir. Il dégageait un tel magnétisme et avait l'air si sûr de lui, si confortable dans la certitude qu'elle n'allait pas lui refuser cette danse, qu'elle ressentit une grande émotion en même temps qu'une exultation indescriptible. Joignant le geste à la parole, il l'enlaça et ils firent plusieurs fois le tour de la piste sans qu'elle sache quels pas ils exécutaient ou quelle musique les faisait se mouvoir de la sorte. Accrochée à son cou, elle avait l'impression d'être tenue d'une façon si sensuelle que leur attitude provoquait le regard désapprobateur – ou envieux – de tous ceux qui les regardaient. Il ne faisait pourtant que lui encercler la taille. Catherine aurait voulu qu'il ne desserre plus jamais son étreinte. Elle ne voulait plus sentir le froid que l'absence de ces bras allait provoquer.

Peu de paroles s'échangèrent entre eux pendant ce premier contact, sinon les banalités habituelles. Il lui dit tout de go qu'il était marié. Elle lui apprit qu'elle avait divorcé depuis peu et qu'elle était mère d'une fillette de dix ans. Un quart de siècle plus tard, il lui avouerait avoir eu peur en apprenant qu'elle vivait avec sa fille Valérie depuis son divorce, tout récent. Habitué qu'il était à des aventures sans lendemain avec des femmes mariées ou des célibataires endurcies, il craignait l'attachement et la souffrance qui en découlerait, dût-il en venir à éprouver envers elle un jour autre chose qu'une simple attirance physique.

Toujours assise au bar, Hélène poursuivait une conversation animée avec un Européen de passage, à qui elle expliquait Montréal à sa façon. Catherine aurait aimé se joindre à eux et partager leur conversation et leurs rires. Afin surtout de regagner un terrain moins hasardeux et de rompre l'envoûtement dont elle sentait qu'elle était l'objet. Après quelques danses, elle voulut entraîner Mathieu tout naturellement vers Hélène et son compagnon, mais son cavalier lui suggéra plutôt de profiter de la fraîcheur enfin descendue sur Montréal pour aller s'aérer un peu.

— On est bête de se démener ainsi sur une piste de danse quand le thermomètre a des accès de fièvre. N'as-tu pas envie de prendre l'air? Fuyons ce vacarme et allons marcher dans le quartier. Il fait trop beau pour rester enfermés dans cette cage enfumée.

Comment refuser une invitation aussi innocente? Cette proposition la troubla néanmoins au plus profond d'elle-même. Elle en tremblait presque. Jamais elle n'avait suivi de la sorte un pur inconnu. Elle était peut-être oie blanche et peu dégourdie, mais pas au point d'ignorer que les invitations de ce genre se terminent rarement dans un restaurant autour d'un café!

Elle fit taire sa raison qui lui criait « *NON, gare à toi!* » car rien n'y parut quand elle offrit son bras à Mathieu qui lui caressa nonchalamment la main alors que ses yeux lui parlaient un tout autre langage.

— Laisse les clés de ta voiture à ton amie, j'irai te reconduire dans la mienne... si tu veux, bien sûr!

S'approchant d'Hélène, Catherine lui tendit les clés de sa Datsun en lui disant d'un air détaché qu'elle s'en allait prendre l'air avec son cavalier qui allait la reconduire chez elle... plus tard.

Ils sortirent dans la nuit moite de juillet en se tenant par la main. Le simple contact de cette main brune et ferme sur sa peau lui donnait la chair de poule. Elle tenta de maîtriser le vertige qui la gagnait mais ne réussit qu'à demi. Ils marchèrent sans mot dire pendant plusieurs minutes, traversant la place Jacques-Cartier, s'arrêtant près d'une terrasse. Un air de jazz filtrait de l'intérieur. Ils hésitèrent un moment, se consultèrent du regard puis reprirent leur déambulation, au hasard des rues.

Ils s'enfoncèrent dans les rues poussiéreuses du Vieux

Montréal, dans la chaleur de juillet, où chaque souffle de fraîcheur était aspiré avec volupté. Ses talons claquaient sur le trottoir, elle remontait constamment une bretelle de sa robe d'été, cherchant inconsciemment à protéger ses épaules de ce regard qui lui brûlait la peau. Mathieu sentit qu'elle frissonnait et en devina la cause. Il la regarda intensément, cherchant chez elle un écho à son désir. Et il le trouva dans le poids de son corps alangui appuyé sur son bras, dans le battement d'une petite veine dans le cou. Traversant la rue, il prit résolument la direction de l'hôtel le plus proche et elle le suivit docilement, sans se demander ce qu'elle faisait là, elle, la jeune fille de bonne famille, élevée par les sœurs. Subjuguée, elle se laissait emmener, consciente qu'était en train de s'écrire l'introduction d'une symphonie qu'elle devinait sublime mais dont le finale lui paraissait inaudible. Faisant taire ses appréhensions ridicules, elle lui adressa un sourire de tout son être.

— Je n'ai pas l'habitude, tu sais. J'ai un peu peur...
— Laisse-toi aller, tu es si désirable.

Il l'enveloppa d'abord des yeux, fit la rencontre de sa bouche et découvrit enfin tout son corps, et le monde bascula autour d'elle. Mathieu fit l'amour à Catherine avec une incomparable douceur, et elle sentit s'ouvrir les digues de sa sensualité mal éveillée. Catherine venait de rencontrer l'amant qui allait l'ensorceler, celui que toute femme attend dans ses fibres. Elle venait aussi d'acquérir une connaissance nouvelle, celle d'elle-même. Comment avait-elle pu vivre jusque-là sans cette connaissance?

La nuit n'était pas au bout de sa course quand elle traversa la ville, la poitrine dénudée par la main de Mathieu qui, tout en conduisant, avait abaissé d'un geste leste les bretelles de sa robe légèrement froissée. Grisée par la vitesse de la voiture qui filait sur un boulevard Lacordaire désert, et par la main caressante de son nouvel amant, Catherine ignorait qu'elle venait de laisser une moitié de sa vie derrière elle. Cette nuit allait être le premier jalon d'une relation qui la laisserait à la fois épanouie et écorchée. Au volant, Mathieu conduisait d'une main, totalement inconscient de la secousse tellurique dont il venait d'être responsable.

Chapitre 8

LE VISITEUR OCCASIONNEL

Au bout de quelques mois, alors qu'elle voyait son Mathieu chaque fois qu'elle le pouvait, Catherine n'avait pu tenir, il fallait qu'elle confie à son amie d'enfance dans quel embrouillamini sentimental elle se trouvait. À Montréal, il y avait bien Hélène qui était au courant de son histoire, mais elle lui faisait des remarques cyniques qui la perturbaient au lieu de l'aider à voir clair en elle-même. Depuis que son mari l'avait laissée sans ressources avec deux enfants, elle était devenue amère et ne pouvait se retenir de faire des commentaires caustiques dès qu'on lui parlait d'un homme. Elle ne fuyait aucunement les membres de l'autre sexe, mais elle leur en faisait voir de toutes les couleurs. C'était sa façon à elle de se venger de son mari à travers tous les hommes qu'elle rencontrait, et elle n'avait foi qu'en une seule réalité : elle-même!

Pour parler de Mathieu, Catherine se sentirait plus à l'aise avec Marie-Luce, son amie la plus proche. Elle lui raconterait tout et se confierait à elle. Elle avait le sentiment que son amie ne l'accablerait pas mais apporterait plutôt la lumière d'un jugement sain et impartial sur sa situation.

Un jour qu'elles étaient sorties toutes les deux pour courir les magasins, elles décidèrent d'aller manger au Paris-Brest, sur la Grande-Allée, et de se mêler à la foule de touristes qui fréquentaient le quartier. Devant le cappuccino qui clôturait leur repas, Catherine raconta son aventure en commençant par le début. D'abord un peu surprise d'apprendre que son amie fréquentait un homme marié, Marie-Luce se retint de passer une remarque en songeant que ce n'était pas le moment de lui faire la morale. Même si son éducation ne l'avait pas préparée à cela, que savait-elle des sentiments éprouvés par les autres? Elle reconnut mentalement qu'on n'était pas toujours maître de ses sentiments et qu'effectivement, ça pouvait arriver à tout le monde.

Catherine lui demanda ce qu'elle ferait, elle, en pareil cas. Elle lui révéla son intention, chaque fois remise au lendemain, de ne plus revoir Mathieu, parce qu'elle souffrait trop de n'être qu'un divertissement pour lui et qu'elle n'était pas du genre à jouer le second violon toute sa vie. Ce à quoi Marie-Luce l'encouragea avec force.

— Secoue-toi, ma vieille, essaie de rencontrer quelqu'un d'autre. Ce n'est pas le seul homme sur terre!

— Le malheur, c'est que je recherche chaque fois quelqu'un qui lui ressemble pour m'apercevoir à la fin qu'un succédané ne peut pas remplacer l'original.

— Il n'est pas unique, ton bonhomme ; arrête de le placer sur un piédestal!

— Ah! si tu le connaissais et si tu le voyais une seule fois...

— Il est comment... comme amant?

— Hum... sans commentaire!

— As-tu une photo de lui?

— Es-tu folle? Je n'oserais jamais lui en demander une. Pas plus que j'aurais le courage d'en prendre une de lui.

— Dommage, j'aurais bien aimé lui voir la binette.

— Sois donc un peu sérieuse! Dis-moi plutôt ce que tu ferais à ma place.

Marie-Luce lui répondit en riant :

— Tu demandes cela à une honnête femme qui s'est mariée à dix-neuf ans avec le premier garçon qui l'a fréquentée? Je n'ai jamais connu un autre homme qu'Olivier et je n'ai nulle envie d'aller voir ailleurs. J'ai tout ce qu'il me faut à la maison. Je n'en demande pas plus. Pourquoi me poser la question? Tu sais très bien ce que j'en pense. Aucun avenir, toujours dans l'ombre, des rencontres à la sauvette... Avec combien de femmes crois-tu qu'il joue le même jeu?

— N'exagère pas! Pourquoi vouloir faire de lui un coureur de jupons invétéré, un collectionneur d'aventures? Si c'était le cas et si les femmes n'étaient pour lui que des objets jetables après usage, pourquoi m'aurait-il rappelée? Parce que je vais te le dire, moi, lequel des deux a poursuivi l'autre : c'est lui qui a fait du charme à la belle Hélène, à Montréal, pour qu'elle lui donne mon numéro de téléphone. Et quand il m'a eue au bout du fil, j'étais tellement surprise que je n'arrivais qu'à bafouiller. Tu penses bien qu'il en a profité pour me donner un rendez-vous que je n'ai pas été capable de refuser!

— Ouais, tu m'as l'air plus atteinte que je ne le croyais. Ma pauvre... Je ne connais pas de remède à part la diète. Ne plus le voir. Lui signifier son congé. Pour te protéger et songer à ton avenir et à celui de ta fille.

Il n'y avait plus rien à ajouter. La conversation dévia ensuite sur un autre sujet; Catherine ne rompit pas avec Mathieu, mais continua de le voir chaque fois qu'il annonçait sa visite au téléphone.

Maintenant que Marie-Luce était au courant, Catherine respirait mieux. Elle n'aimait pas les réponses évasives qu'elle devait fournir chaque fois qu'on la taquinait sur sa vie amoureuse ou qu'on la voyait partir pour Québec, seule dans sa voiture, avec l'air d'avoir des ailes. Elle n'avait plus besoin d'inventer des histoires à dormir debout pour s'évader dès que Mathieu l'appelait à son travail. Or, comme Catherine n'aimait pas que sa grand-mère restât seule avec Valérie trop souvent ni trop longtemps, elle était rassurée de savoir qu'elle pouvait compter sur Marie-Luce s'il arrivait quelque chose pendant que son visiteur était en ville. À Madeleine qui – bien sûr! – ignorait tout de la relation particulière de sa petite-fille, elle disait qu'elle sortait avec une amie ou qu'elle avait envie de se promener dans son cher Québec. Tous ces livres qui paraissaient et si peu de temps pour bouquiner quand on travaille, lui disait-elle. Ou elle mentionnait tel film qui venait de sortir et qu'elle voulait voir à tout prix! Si sa grand-mère avait soupçonné l'existence d'un homme, elle aurait été heureuse de la voir songer à refaire sa vie, et elle lui aurait demandé de l'inviter à la maison. Mieux valait éviter les questions.

Catherine avait l'impression de revivre. Il lui semblait avoir émergé d'une profonde léthargie le jour où Mathieu avait posé les mains sur elle. Non seulement se sentait-elle véritablement femme en sa présence, mais l'amour l'avait rendue plus douce, plus tolérante envers elle-même et les autres, plus expansive. Car ce qu'il lui apportait était précieux à plus d'un titre. Ensemble, ils marchaient longuement dans la nuit, une fois la faim l'un de l'autre apaisée, et il lui parlait de son travail, de ses voyages, de ses expériences. À son contact, elle élargissait ses connaissances. En écoutant parler Mathieu, elle apprit également qu'il avait été élevé dans une ferme au sein d'une famille nombreuse, qu'il s'était endetté pour poursuivre ses études, malgré les petits emplois qu'il réussissait à décrocher pendant les vacances. Il avait fréquenté La Sorbonne à Paris et connu les jours difficiles d'un étudiant impécunieux vivant des maigres ressources de sa bourse, dans une ville qui avait tant à offrir.

À son retour d'Europe, il s'était marié, témérairement, sans emploi stable. C'est son beau-père qui l'avait lancé en lui faisant obtenir un poste à la radio d'État où il était lui-même chef d'un service. Par la suite, il avait acquis de l'expérience, s'était fait un nom et avait pu se placer comme conseiller en gestion auprès d'un organisme gouvernemental qui l'avait envoyé en Afrique. Ainsi avait débuté sa carrière, qu'il avait poursuivie un peu partout dans le monde. Il lui racontait sa vie en Afrique, ses voyages en Chine ou en Amérique du Sud ; elle lui demandait comment on pouvait vivre confortablement dans des pays où la misère s'étalait au grand jour. Il lui répondait que son travail consistait justement à apprendre à ces gens comment mener leur propre barque pour qu'ils cessent de dépendre des pays riches, qu'il valait mieux leur enseigner à pêcher que de leur expédier du poisson. Elle en profitait alors pour lui demander conseil sur la façon d'améliorer son existence à elle.

D'une dizaine d'années son aîné, il usait parfois de cet avantage pour la traiter comme une très jeune fille à qui on fait découvrir la vie. Mais avec une attitude protectrice plus que complaisante. Catherine n'avait jamais franchi les frontières de son pays alors qu'il avait foulé le sol des cinq continents. Catherine n'avait connu que deux hommes dans sa vie, alors qu'il n'avait jamais caché son attirance pour le sexe faible. La mention voilée des aventures qu'il avait eues avec d'autres femmes – qu'il avait sans doute encore! – la tour-

mentait sans qu'elle le lui avoue, mais elle chassait rapidement cette pensée en se disant qu'elle ne valait guère mieux
que celle qui lui avait volé son propre mari. De quel droit
aurait-elle pu reprocher à Mathieu son envie de coucher
avec d'autres femmes qu'elle? Comme elle était consciente,
cependant, de son pouvoir d'attraction sur l'autre sexe! Combien de fois n'avait-elle pas surpris le regard attardé de l'une
ou de l'autre lorsqu'ils sortaient ensemble? Elle était fière
d'être à son bras et de susciter l'envie autour d'elle.

Profondément amoureuse de Mathieu, elle aurait accepté
n'importe quoi pour le garder. Curieusement, pourtant, elle
ne s'attendait pas à ce qu'il divorce pour l'épouser. Était-ce
parce qu'il lui avait annoncé, d'emblée, qu'il était marié,
comme pour affirmer que sa situation n'allait pas changer,
quoi qu'il arrive? Elle voyait leur relation comme faisant
partie d'un monde irréel, la ravissant le temps d'une soirée,
voire d'une nuit, hors des contraintes habituelles qui lient un
couple. Et jamais le moindre mot d'amour n'était prononcé
entre eux. Elle avait bien trop peur de le perdre en lui avouant
qu'elle l'aimait. Elle ne se posait même pas la question de
savoir s'il l'aimait ou non. D'ailleurs à quoi bon? L'important
était qu'il remplisse ses pensées pendant ses absences et la
comble de bonheur quand il était présent. Il apparaissait
après un coup de fil, l'invitait dans un restaurant chic où il la
recevait en la complimentant sur sa toilette ou en lui faisant
remarquer que le désir rehaussait sa beauté et que tous les
hommes autour d'eux ne pouvaient manquer de s'en apercevoir. Elle rougissait abondamment, baissait la tête mais tout
son corps vibrait d'anticipation. Leur soirée se poursuivait
en tête-à-tête, dans l'une des chambres du Château Fronte-
nac où il descendait pour ses affaires. Une fois leurs sens
assouvis, ils fumaient tranquillement en bavardant et en dé-
gustant à petites gorgées un verre de whisky qu'il lui avait
appris à apprécier. Ils se rhabillaient ensuite pour aller ar-
penter dans toute sa longueur la Terrasse Dufferin d'où elle
pouvait voir, allongée entre les bras du Saint-Laurent, son île
qui lui apparaissait comme un pays étranger, une terre éloignée où vivait le reste du temps une autre Catherine.

C'est au cours de l'une de ces lentes déambulations, sur les vieilles planches usées d'avoir été arpentées si assidûment par tous les Québécois amoureux de leur ville, qu'il l'amena à réfléchir sur son avenir. Un avenir où il ne serait pas toujours présent, lui dit-il un jour. Il fallait qu'elle prenne sa vie en main, qu'elle la modèle à sa façon, d'une manière intelligente.

— Un échec n'a rien de déshonorant en soi. Ce qui l'est, c'est l'apathie et le refus de se relever. Tu es jeune, intelligente et sûrement douée pour faire plus que ce que tu accomplis à l'heure actuelle. Il faut que ta vie professionnelle ne soit pas qu'un gagne-pain, pur et simple, mais t'apporte la satisfaction d'un travail enrichissant. Pourquoi n'utilises-tu pas ton excellente connaissance des deux langues pour te diriger vers une carrière intéressante?

— À quoi penses-tu au juste? À la traduction? À l'interprétation?

— Pourquoi pas? Tu parles un français d'une qualité au-dessus de la moyenne et j'imagine que ton anglais est à la hauteur puisque tu as vécu dans un milieu anglophone pendant plusieurs années.

— Je ne serais jamais capable de faire de l'interprétariat, j'aurais un trac fou!

— Il te reste la traduction. Il m'arrive quelquefois, lorsque je suis à Ottawa, d'envoyer un rapport à traduire. J'écris tout en français, ayant la plupart du temps à faire avec des pays francophones. Dans certains cas, il arrive qu'on me demande le texte en anglais. Il existe plusieurs boîtes de pigistes, sans parler des services du gouvernement. Partant du principe que toute demande est assortie d'une offre, le marché de la traduction doit être florissant. À toi de l'explorer.

— Oui, mais pour cela, il faudrait que j'obtienne un diplôme. J'ai trente ans, ce n'est plus un âge pour retourner sur les bancs de l'école. N'oublie pas que j'ai la charge d'une enfant.

— N'essaie pas de te trouver des excuses, Catherine Blouin, ce n'est pas un défi de cette ampleur qui va te rebuter, la taquina-t-il en resserrant l'étreinte autour de sa taille.

— Je n'avais jamais envisagé avant ce soir de reprendre des études. Ton idée n'est pas bête, car je me vois mal passer le reste de ma vie à vanter les mérites des photocopieuses ou des plieuses automatiques machin truc dans des lettres circulaires dont on se fout pas mal de la qualité!

— Bravo! Je me disais aussi que tu n'étais pas douée seulement pour rendre un homme fou, certains soirs...

— Si tu es aussi habile pour réveiller mes ambitions que mes émotions, je te fais confiance pour m'indiquer la route à suivre.

Ils marchaient enlacés depuis une bonne heure, la nuit était avancée et elle dut bientôt s'arracher à l'enchantement de cette soirée, telle Cendrillon, pour retrouver non pas sa citrouille mais sa vieille Datsun qui la ramènerait à l'île.

L'idée fit son chemin et elle commença par en parler à sa grand-mère, sans lui mentionner l'instigateur d'un tel projet.

— Mamie, penses-tu que je serais ridicule si je reprenais des études?

— En quoi le fait de prendre une décision intelligente peut-il paraître ridicule?

— Tu as le don, mamie, de répondre à mes questions par d'autres questions. C'est de ma faute aussi, je pose des questions idiotes. Disons que si je décidais de m'inscrire à l'université, verrais-tu d'un mauvais œil mon départ et celui de Valérie de cette maison?

— Ma chérie, si tu étais restée avec ton mari, tu n'habiterais pas avec moi, n'est-ce pas? Cette dernière année passée avec vous deux est un cadeau inespéré du ciel pour moi. Je serais égoïste et insensible si je vous empêchais de partir.

— Là n'est pas la question, mamie. Si je dois quitter ce que je considère mon foyer pour m'expatrier loin d'ici, c'est que les universités ne poussent pas avec les fraises sur notre île!

— De quelle université veux-tu suivre les cours? Et dans quelle discipline?

— D'abord, celle qui voudra bien m'accepter. J'aimerais étudier la traduction afin d'embrasser une carrière qui me permettra de mieux gagner ma vie et de mieux faire vivre Valérie.

— Cette initiative t'honore, ma petite fille! Il y a tant de femmes qui n'aspirent qu'à se laisser entretenir par un homme ou qui abdiquent toute ambition en laissant l'État pourvoir à leurs besoins dès qu'elles se retrouvent seules.

— Mais, mamie, tu ne comprends pas! Je ne peux pas te laisser toute seule dans cette grande maison. Je serais constamment inquiète en pensant qu'il pourrait t'arriver quelque chose.

— Catherine, je ne suis ni sénile ni manchote et pas encore grabataire, Dieu merci! J'en connais plus d'une dans ma famille qui ont vécu seules jusqu'à un âge avancé sans faire d'histoires. Mes trois cousines de France sont toutes plus vieilles que moi. Une seule d'entre elles a été placée dans une maison de retraite parce qu'elle n'a plus toute sa tête, la pauvre! Les deux autres sont encore valides et bêchent toujours leur carré de potager. Je le sais parce que je corresponds avec elles depuis un demi-siècle. Alors...

Catherine reconnut le ton énergique et sans réplique qu'employait sa grand-mère quand elle était contrariée ou qu'elle émettait une opinion dont elle n'avait pas l'intention de démordre. Elle comprit qu'il valait mieux cesser d'insister. Elle ne voulait surtout pas que Madeleine s'imagine qu'elle la prenait pour une vieille femme gâteuse qui avait constamment besoin de quelqu'un à ses côtés.

— Ma chérie, reprit Madeleine d'un ton radouci, des études universitaires, ça coûte cher. Comment feras-tu? Tu devras quitter ton emploi, car tu ne pourras pas continuer de travailler...

— Je compte sur la pension alimentaire de Valérie et sur les allocations familiales. Pour le reste, je demanderai une bourse ou un prêt universitaire. Je me débrouillerai bien, ne t'en fais pas.

— Ce n'est pas la peine d'aller quémander ailleurs, je ne suis pas indigente, à ce que je sache!

Même ton incisif, mais adouci cette fois par le sourire en coin de la vieille dame, qui s'amusait intérieurement de voir Catherine patauger dans ses arguments. Elle aurait dû savoir, la sotte, que son grand-père ne l'aurait jamais laissée tirer le diable par la queue, surtout pour un projet dont le but était si louable.

— Préfères-tu avoir ta part d'héritage après ma mort ou aimerais-tu pouvoir en profiter dès maintenant? Parce que je te préviens : si tu choisis la première option, tu risques d'avoir les cheveux blancs en arrivant à l'université. Je n'ai pas l'intention d'aller serrer la pince de saint Pierre dans l'immédiat, il peut toujours attendre...

Catherine eut du mal à retenir ses larmes devant l'amour profond que dissimulaient les paroles vives de sa grand-mère. Elle l'embrassa fougueusement, comme une gamine à qui on vient d'offrir sa première bicyclette. La valeur en était cependant nettement plus élevée...

Mathieu fut plus d'un mois sans revenir, mais il lui envoya une carte d'Abidjan. Elle profita de son absence pour faire les démarches nécessaires auprès des universités qui proposaient un cours en traduction. C'est finalement l'Université d'Ottawa qui l'accepta. Elle était ravie, parce que sa fille pourrait continuer de grandir dans un environnement bilingue et apprendre ainsi à bien connaître les deux cultures dont elle était issue.

Quand Mathieu revint la voir, elle se jeta à son cou et l'appela son Pygmalion. Lui-même ne reconnaissait plus la femme qu'il avait rencontrée un soir de juillet, dans la discothèque où il s'était arrêté pour prendre un verre après une réunion fastidieuse dont il était sorti abruti. Elle avait émergé de sa chrysalide et s'était métamorphosée en un papillon éblouissant d'assurance en elle-même, au caractère déterminé et à l'allure enjouée. Mathieu était content de revoir Catherine. Il aimait sa spontanéité, sa vivacité, mais aussi son caractère entier qui les faisaient parfois se heurter quand ils parlaient de politique, par exemple. Farouche indépendantiste, Catherine affichait ouvertement ses couleurs et elle ne comprenait pas qu'il puisse faire partie de l'autre camp. Il constata pour la première fois à quel point il s'était attaché à elle; il l'aimait à sa façon et il prit conscience du danger qu'il y aurait à continuer de la voir.

Il se réjouit de la voir aborder avec enthousiasme le chemin d'une carrière où elle pourrait s'épanouir. Elle était jeune, elle referait sa vie. Une perle pareille ne resterait pas longtemps dans son écrin. Quant à lui, il retournerait à sa femme. Il lui devait beaucoup. C'était grâce à elle et aux relations de sa famille qu'il avait pu accéder aux postes importants qui lui avaient permis de faire sa marque. La reconnaissance cohabite souvent avec l'amour.

Catherine partit pour Ottawa le cœur rempli de sentiments mitigés. Quitter sa mamie et le confort douillet de la vieille maison fut très dur. Se séparer de son amie à peine retrouvée la chavira. Quant à Mathieu, il était partout avec elle puisqu'elle l'emportait dans son cœur. Venir à Québec ou aller à Ottawa pour la voir, quelle différence cela faisait-il à un homme qui vivait la moitié du temps en transit? Elle emménagea dans un petit quatre pièces agréable, non loin de l'Université d'Ottawa, et elle inscrivit Valérie dans l'école séparée du quartier où les cours étaient donnés en français. Elle acheta deux bicyclettes et explora les nombreuses pistes cyclables qui les virent pédaler pendant de longues promenades, elle et sa fille. Elle se procura cartes et plans de la région et entreprit de découvrir ce coin de pays, nouveau pour elle.

Mathieu avait espacé ses visites, car il faisait de plus en plus souvent la navette entre deux ou trois continents. Mais il n'avait pas cessé de voir Catherine. Le plus souvent, il l'appelait de Montréal et lui demandait de le rencontrer à Rigaud, dans un petit hôtel discret, pas très loin de l'autoroute. Elle s'arrangeait alors avec sa voisine de palier, mère d'une préadolescente, elle aussi, pour que Valérie aille coucher chez elle. Valérie connaissait l'existence de Mathieu, qui était venu quelques fois à l'appartement, jamais pour la nuit quand elle était là, mais pour y prendre Catherine avant de sortir. Il lui était arrivé de s'attarder, pendant que Catherine se préparait, et il aidait alors l'enfant à faire ses devoirs ou lui racontait un incident amusant survenu lors d'un voyage. Quand elle savait qu'elle allait passer la nuit à Rigaud, Catherine disait à sa fille qu'elle allait souper avec Mathieu près de Montréal, qu'elle boirait du vin et qu'il était trop risqué de reprendre la route pour rentrer. Elle refusait de penser quelle interprétation sa fille donnait à ses excuses; rien ne l'aurait retenue d'aller rejoindre l'homme qu'elle aimait.

Leur liaison ne prit fin que l'année suivante quand leurs chemins bifurquèrent d'une façon imprévue. Mathieu accepta un contrat de trois ans à Jakarta et partit avec sa femme. Il promit à Catherine de lui écrire et de lui faire signe quand il serait de passage au Canada. Elle pleura toutes les larmes de son corps, mais elle savait que cela devait se terminer ainsi. Déjà, elle s'était créé une niche dans sa ville d'adoption, où elle réussissait brillamment ses études. Il lui suffirait de concentrer son énergie sur le but qu'elle s'était fixé et d'essayer d'oublier le reste.

Elle se fit des amis. Le souvenir de Mathieu alimentait encore ses rêves, mais elle ne gardait pas de lui l'image d'un vilain, car il avait fait en sorte qu'aucune rupture à froid ne vienne donner un caractère mélodramatique à la fin de leur liaison. Il lui avait laissé le temps de se constituer un univers neuf, tissé d'amitiés et de rencontres nouvelles. Et son départ pour l'Indonésie arrangeait bien les choses. Avec le recul du temps, elle était convaincue qu'il avait lui-même fait des pressions pour être envoyé à l'étranger.

Quand le cafard la rongeait, elle retournait à Québec. Marie-Luce était le rempart à l'abri duquel elle continuait de se réfugier pour y déverser ses confidences. Les deux amies s'ennuyaient l'une de l'autre, car les possibilités de visite étaient réduites à cause de la distance et de la contrainte imposée par les congés scolaires. Marie-Luce vint cependant passer une longue fin de semaine dans la capitale nationale, émerveillée de découvrir le Festival des tulipes, les nombreuses pistes cyclables, l'abondance de parcs. Elle avait imaginé une grande cité bourdonnante d'activités, elle découvrait une ville de province, s'étendant nonchalamment le long de la rivière Outaouais et vivant à un rythme mesuré.

Madeleine se ratatinait, mais elle avait toujours l'œil vif et le verbe énergique. Catherine s'était arrangée avec une femme du village qui lui faisait son ménage et ses courses.

Elle avait dû se montrer intraitable pour imposer cette « étrangère » dans la maison, car sa grand-mère ne voulait pas en entendre parler. Pour mieux faire comprendre à Madeleine qu'elle ne démordrait pas de son idée, elle la menaça de revenir à la maison et de laisser tomber ses études pour s'occuper d'elle. Sa grand-mère céda sans plus rien dire. Et Catherine put repartir pour Ottawa, l'esprit tranquille.

De retour dans l'Outaouais, elle réfléchit sur sa situation. Elle ne pouvait continuer de vivre ainsi en recluse, entre ses cours et ses dictionnaires. On aurait dit une veuve qui portait le deuil d'un époux irremplaçable. Elle se força à sortir, à accepter des invitations. Une voisine lui présenta son frère dont l'épouse l'avait quitté pour une autre femme. C'était la première fois qu'elle entendait une histoire pareille. Denis était doux et prévenant, mais plein d'amertume et de méfiance à l'égard des femmes en général. Comme il ne lui inspirait rien d'autre que de la pitié et de la sympathie, elle cessa de le voir. Elle rencontra ensuite un avocat dans la trentaine, divorcé lui aussi. Pierre lui plut davantage et elle pensa qu'il pourrait lui faire oublier Mathieu. Mais dès qu'elle trouvait une carte postale de Jakarta dans sa boîte aux lettres, Pierre perdait son aura et commençait à lui taper sur les nerfs. Il en eut assez des états d'âme de Catherine et cessa de fréquenter l'appartement de la Côte-de-Sable.

La jeune femme réduisit encore le cercle des personnes qu'elle fréquentait. Elle ne voyait plus de façon régulière que ses camarades d'université et les professeurs qui leur enseignaient. Mais est-on sensible à ce qui nous entoure quand on est occupé à lécher ses plaies?

Chapitre 9

BERTRAND

Diplômé en économie, Bertrand Pion avait quitté Paris pour venir enseigner à Ottawa dans le cadre d'un échange de professeurs. Il avait prêté son appartement vieillot du VIIᵉ arrondissement à son remplaçant, qui lui avait remis les clés de son trois pièces niché dans une tour moderne de la rue Fisher, près de la ferme expérimentale.

Au début de sa dernière année d'université, Catherine avait décidé de s'inscrire à un cours d'économie, parce qu'on lui avait dit qu'elle serait sans doute appelée à traduire des textes de nature économique. Avant même de mettre les pieds dans l'amphithéâtre, elle avait entendu parler, par ses camarades féminines, du beau prof français, nouveau dans l'établissement, chargé de donner le cours en question. Beaucoup s'étaient découvert une soudaine attirance pour cette matière abstraite, et l'élément féminin dominait cette année-là dans la composition de la classe de Bertrand. On le savait libre mais il n'invitait jamais aucune fille à sortir avec lui. Il est vrai qu'elles étaient toutes des gamines à ses yeux... sauf Catherine qu'il remarqua dès le début. Le fait qu'elle était plus âgée que ses consœurs la singularisait naturellement. Mais ce furent sa distinction naturelle, son attitude posée et son air sérieux quand elle formulait une question qui attirèrent l'attention du professeur. L'air mélancolique qui voilait parfois son regard suscita sa curiosité et il résolut de tout mettre en œuvre pour faire sa connaissance.

Un jour, en sortant de l'amphithéâtre, il s'arrangea pour se trouver à ses côtés. Il lui demanda si elle aimait le cours qu'il donnait. Étonnée, elle lui répondit oui, mais voulut savoir pourquoi il lui posait une telle question. N'avait-elle pas de bonnes notes pour le prouver? Pris au dépourvu, Bertrand bredouilla que bien sûr il était satisfait de ses résultats, mais il ajouta que son air lointain, presque ennuyé, l'intriguait. Quel secret chagrin pouvait donc attrister son beau visage, si agréable quand elle souriait? Elle ne sut que répondre, ne voulant mettre personne dans la confidence, surtout pas un autre homme. Il devina une blessure intime et quand, en lisant plus tard son dossier, il apprit qu'elle était divorcée, il crut en avoir découvert la cause. Plus il était attiré par elle, plus elle lui semblait distante et réservée. Habilement, il observa ses habitudes et décida d'aller prendre ses repas à la cafétéria des étudiants, à l'heure du midi. Faisant mine de la rencontrer accidentellement, il l'invita à sa table. Elle ne pouvait décemment refuser de s'asseoir avec lui et elle finit par s'habituer à sa présence. Il ne lui posait jamais de questions directes, se contentant de bavarder à bâtons rompus, lui décrivant ses impressions sur le Canada, lui parlant de sa vie à Paris, de ses enfants, de son travail. On s'accoutuma à les voir ensemble, discutant de tout et de rien.

Il l'invita ensuite au cinéma et elle accepta. Une semaine plus tard, il lui demanda de l'accompagner pour faire une randonnée dans le Parc de la Gatineau qui le fascinait avec ses nombreux sentiers, sa nature à fleur de ville et le dépaysement complet qu'il procurait au Parisien qu'il était. D'autres promenades suivirent. Il se livrait à des réflexions qu'aucun de ses compatriotes n'aurait eu l'idée de faire et cela l'amusait. Elle découvrait des attraits nouveaux aux types de paysages qu'elle avait cessé de regarder pour les avoir vus toute sa vie. La camaraderie s'était installée entre eux et Catherine appréciait la compagnie de cet homme mûr qui la traitait en camarade, sans rien exiger en retour. Après George et Mathieu, cet intermède lui plaisait, la reposait.

Un soir, Bertrand changea de tactique. Il avait retenu une table dans un restaurant qui venait d'ouvrir près du lac Dow et l'invita à souper. L'ambiance feutrée, les lumières filtrées par des abat-jour de type Tiffany et le quatuor de Mozart qui diffusait sa musique douce étaient propices aux confidences. Lors de leurs conversations autour d'une table de cafétéria ou en pleine nature, il s'était contenté d'effleurer sa vie personnelle et, du coup, la sienne. Cette fois-ci, jugeant qu'il était temps d'aborder des rivages plus privés, il lui raconta l'histoire de son divorce survenu là-bas, en France, d'une femme dont il s'était séparé peu de temps après l'entrée au primaire de leur deuxième enfant, quelques années auparavant.

— Carriériste avant d'être mère et épouse, Brigitte faisait passer ses obligations familiales après ses rendez-vous d'affaires, ses réunions, ses déplacements. La firme de publicité qui l'employait lui ayant proposé un poste à Londres, elle l'accepta sans s'embarrasser de scrupules. Tant pis pour moi et ma chaire de professeur, elle irait! Cela m'a ouvert les yeux et j'ai compris qu'elle avait attendu cette occasion pour mettre un point final à notre mariage qui ne faisait qu'entraver ses aspirations professionnelles. Elle demanda le divorce, régla la question de la garde des enfants comme un contrat bien élaboré et prit le premier avion pour Heathrow. Je me retrouvai avec la garde partagée d'Éric et Thierry, alors âgés de cinq et de trois ans. Elle les garde pendant l'année scolaire et me les expédie pour les vacances. À Londres, ils sont en pension dans une école française privée qu'elle a largement les moyens de leur offrir. J'en parle maintenant avec désinvolture mais l'épreuve a été dure, je l'avoue. Pardonnez-moi si je me permets de vous poser la question et arrêtez-moi si je suis indiscret, mais comment cela s'est-il passé pour vous? Qu'est-ce qui vous a amenés à divorcer, votre mari et vous?

— Erreur de jeunesse, incompatibilité de goûts et de caractères, évolutions personnelles divergentes... appelez cela comme vous voulez. Il n'en reste pas moins que, lorsque rien ne va plus dans un couple, tous les prétextes invoqués sont bons pour alimenter une bonne cause de divorce.

— Vous deviez être bien jeune quand vous vous êtes mariée!

— Trop jeune, je m'en rends maintenant compte. J'avais dix-neuf ans.

— Vous m'avez dit avoir une petite fille. Vous en avez la garde?

— Valérie a douze ans et j'en ai la garde pendant l'année scolaire. Elle va rejoindre son père durant les vacances.

George vit en Colombie-Britannique et la distance entre Victoria et Ottawa équivaut à peu près à celle qui sépare Paris de Montréal. Pauvre Rinette! ajouta Catherine d'un air amusé, elle en fait des kilomètres entre ses deux parents! Nous vivons peut-être dans le même pays, son père et moi, mais la distance qui nous sépare dépasse de loin celle entre Londres et Paris.

Bertrand rit de sa boutade et la conversation s'enchaîna sur un ton plus intime. Le vin aidant, la jeune femme se sentait détendue, pour la première fois depuis longtemps. Elle avait abaissé son bouclier. Les manières de son compagnon lui plaisaient.

Il lui parla de sa famille et de la France en général. Catherine lui dit que sa grand-mère, qui l'avait élevée, était française, et elle lui raconta l'histoire de ses merveilleux grands-parents.

— Mamie n'a jamais eu l'occasion de retourner dans son pays, et ses parents n'ont pas eu la joie de serrer dans leurs bras leurs trois petits-enfants. C'était avant l'ère des vols nolisés et des voyages à tarif économique. Une autre guerre a ravagé la France depuis son départ et ses parents sont morts pendant l'Occupation. Rien ne l'y attire plus et elle est trop âgée maintenant, de toute façon. Elle a cependant peuplé nos longues soirées d'hiver des récits de son enfance, que j'écoutais alors bouche bée.

De fil en aiguille, ils s'abandonnèrent aux confidences. Catherine demanda à son compagnon ce qui l'avait amené à choisir le Canada pour venir y enseigner. Il lui raconta que, lors d'une soirée du mois de décembre précédent, il avait assisté, avec des amis, au spectacle de Félix Leclerc au théâtre Montparnasse. Ce premier contact avec la musique québécoise l'avait enchanté et il avait eu envie de découvrir le pays pouvant inspirer une telle poésie.

— Mais c'est le père de la chanson québécoise, notre poète de l'île! Il est venu s'installer à l'île d'Orléans, où j'ai grandi, dans une maison qu'il a bâtie lui-même en 1970. Auparavant, il s'isolait dans un camp en bois rond, sur la rive nord de l'île, pas très loin de chez mes grands-parents. Je vous ferai entendre sa chanson *Le tour de l'Île,* qu'il a composée à la gloire de son lieu d'adoption.

Bertrand était ravi d'avoir, sans le savoir, trouvé une faille dans le mur lisse de la personnalité de la jeune femme. Il apprit davantage sur elle en une soirée que durant toutes les semaines pendant lesquelles leurs rencontres s'étaient déroulées sur la note de l'amitié. En la reconduisant chez elle, il s'enhardit à la prendre dans ses bras et à l'embrasser, et elle n'opposa aucune résistance. Il marchait comme sur des nuages en regagnant sa voiture.

— Eh ben, mon vieux, tu dois y tenir à ta petite Canadienne pour te contenter d'un baiser au bout de plusieurs semaines! Deviendrais-tu sentimental avec l'âge ou est-ce parce que tu es mordu au point d'avoir peur de la perdre en brûlant les étapes?

Les lèvres encore brûlantes, Catherine analysait, elle aussi, sa soirée avec le beau professeur. C'était le premier homme à l'embrasser de cette façon depuis Mathieu, et cela lui avait plu. Était-elle en train de tomber amoureuse? Comment était-ce possible? Elle se défendit de penser plus loin. Elle n'allait tout de même pas entrer au couvent ou faire vœu de chasteté parce que sa seule liaison avec un homme avait mal tourné! Comment n'avait-elle pas été sensible, avant ce soir, au charme que dégageait cet homme? Pourtant, à voir les jeunes filles se pâmer en parlant de lui en dehors des cours, elle aurait dû remarquer, comme elles, à quel point il était séduisant! Son regard turquoise et ses yeux qui se plissaient quand il souriait étaient irrésistibles. Et aussi sa façon de repousser d'une main nonchalante ses cheveux châtain clair qu'il gardait un peu longs. Elle adorait l'intonation de sa voix quand il essayait de prononcer des mots de chez elle ou qu'il essayait de sacrer à la québécoise.

Ils se revirent plus assidûment en dehors de l'université. Elle était devenue sa maîtresse et il lui inspirait un sentiment proche de l'amour. En écoutant Bertrand parler de son Paname, elle se mit à rêver et à voir, au-delà de l'homme, le citoyen d'un pays qui la fascinait. À mesure qu'il constatait à quel point ses paroles suscitaient chez la femme dont il était tombé amoureux le désir de découvrir son pays, le professeur, quant à lui, était plongé dans la béatitude.

Du duo qu'ils étaient au début de leurs sorties en plein air, ils devinrent un trio après que Catherine eut commencé à inviter Bertrand chez elle. Adroitement, Bertrand gagna la fille par mille petites attentions et il s'en fit rapidement une alliée. Pour son anniversaire, il commanda une petite maison en pain d'épice, véritable chef-d'œuvre d'un pâtissier alsacien dont il s'était fait un ami. Il l'aidait à comprendre ses problèmes d'algèbre, matière qu'elle détestait et que Catherine fuyait le plus possible pour les mêmes raisons. Ses invitations du dimanche l'incluaient toujours afin qu'elle ne se sente pas délaissée et qu'elle n'en vienne pas à le prendre en grippe pour s'immiscer ainsi, entre sa mère et elle. Il lui disait, par exemple, avoir toujours désiré une fille, que les garçons sont des brutes, imperméables à toute leçon autre que celle qui consiste à taper du pied dans un ballon! Il la complimentait sur ses longs cheveux blonds et lui disait qu'elle allait être aussi jolie que sa maman. Les mots coulaient comme du miel dans les oreilles de la jeune MacNaughton.

Vers la fin de l'année, alors qu'elle allait obtenir son diplôme de fin d'études, Bertrand déclara à Catherine qu'il l'aimait et qu'il désirait l'épouser. Si elle voulait bien l'accompagner, il avait de la place dans ses bagages, lui dit-il. Certes, il n'avait à lui offrir que la vie d'épouse d'un professeur d'université, pas très bien rémunéré, deux beaux enfants à temps partiel et la vie à Paris à côté d'un homme qui approchait de la quarantaine.

Catherine réalisa qu'à quinze ans d'intervalle, un deuxième homme lui proposait de l'emmener dans ses bagages, cette fois outre-mer. Qu'allait-il en résulter?

Une ombre obscurcissait toutefois ce tableau idyllique : elle avait reçu une offre d'emploi du gouvernement canadien. Avait-elle les moyens de refuser? Or, le salaire du poste qu'on lui offrait à Ottawa n'était pas à dédaigner et elle avait la charge d'une enfant. Sans compter que George s'opposerait sans doute au départ de sa fille à l'étranger. Après avoir épousé son Anglaise musicienne, il avait enfin obtenu la mutation convoitée à Esquimalt, dans sa Colombie-Britannique, et il avait un fils, Brian, encore bébé. Plus de dix mille kilomètres sépareraient le père de la fille si la mère l'emmenait avec elle pour vivre en France.

Quel dilemme! Aimait-elle assez Bertrand pour le suivre? Où étaient les feux d'artifice d'antan? Elle avait changé depuis son aventure avec Mathieu, de qui elle recevait d'épisodiques nouvelles. La question qu'elle n'osait pas se poser franchement refit surface un jour qu'elle venait de recevoir un mot de lui. Son ancien amant lui fixait rendez-vous, un midi de la semaine suivante, dans un restaurant de la rue Elgin, alors qu'il serait dans la capitale pour affaires. Depuis la fin de leur liaison, ils avaient pris l'habitude de se revoir de temps en temps, le midi seulement et uniquement dans des lieux publics. Catherine prenait plaisir à déjeuner avec Mathieu quand il était de passage à Ottawa. Il s'intéressait à ce qu'elle faisait, s'informait de Valérie, de ses études et de sa famille. Il lui parlait en retour des difficultés de son travail, mais aussi de la satisfaction qu'il en retirait. Elle résolut d'attendre de l'avoir revu avant de prendre une décision.

Elle arriva une bonne demi-heure à l'avance, nerveuse. Ils n'avaient pas été en présence l'un de l'autre depuis quasiment un an. Il lui parut vieilli, fatigué. Son voyage avait été pénible, il avait dû attendre très longtemps sa correspondance à Rome à cause d'une alerte à la bombe, ses bagages avaient été égarés, il avait attrapé une fièvre qui l'avait beaucoup affaibli et dont il se remettait à peine. Elle aurait voulu le bercer dans ses bras, lui masser le dos, le voir se détendre en sa présence, chez elle, comme avant. L'image de Bertrand vint s'interposer et elle ne sut plus trop ce qu'elle voulait. Pourquoi se torturer inutilement avec des chimères? Reprendre une relation amoureuse avec Mathieu équivalait à emprunter un cul-de-sac. Mieux valait rester sur la voie plus confortable de l'amitié qu'il lui offrait, sans arrière-pensée. Elle décida de parler sans façon à Mathieu de sa nouvelle vie amoureuse et de la proposition de Bertrand.

Devant l'indécision de la jeune femme, la réaction de Mathieu fut spontanée et il n'y alla pas par quatre chemins pour exprimer le fond de sa pensée.

— Prends ce qui passe, ma fille, la vie est si courte! Les avions existent et le téléphone aussi. Nous ne sommes plus au Moyen-Âge. Je te conseille d'abord d'aller faire un tour dans cette France qui t'attire tant. Quand tu auras vu comment vit ton Bertrand, que tu auras fait la connaissance de ses fils, tu pourras décider. Et si ça te va, n'hésite pas. Ta grand-mère a fait le voyage en sens contraire il y a plus d'un demi-siècle, et qui plus est sur un navire qui mettait deux semaines à traverser l'Atlantique. Tu ne seras qu'à six ou sept heures de Montréal et à dix de Vancouver, en passant par le pôle Nord.

— Tu as sans doute raison.

— Mais d'abord, l'aimes-tu?

— Peut-on aimer plusieurs fois tout en aimant chaque fois de façon différente?

— Je le pense... j'en suis même sûr!

Mathieu savait qu'il en était ainsi. Il avait été bien près de succomber à la tentation de se laisser aimer par Catherine et de lui offrir plus que quelques nuits à la sauvette. Elle aurait pu lui donner un enfant. Il s'empressa de chasser cette image. Sa femme et lui formaient un couple solide, malgré les coups de canif qu'il donnait parfois dans leur contrat de mariage. Il était encore à l'université quand il l'avait rencontrée, elle l'avait aidé à établir sa carrière. Elle avait maintenant la sienne, qu'elle poursuivait à Montréal et, même si elle ne l'accompagnait pas souvent dans ses voyages, elle était toujours là à son retour. Il avait pris l'habitude de vivre en célibataire pendant ses séjours à l'extérieur et en homme marié quand il était à la maison. Cet arrangement de permutation continuelle semblait leur convenir, mais il savait que Catherine n'aurait pas supporté pareille situation.

— Dans ce cas, je dois l'aimer puisque l'idée de le voir repartir, seul, me rend très triste. Vois-tu, je suis bien avec lui, j'aime sa manière de vivre. Il n'est pas compliqué. Il m'entoure de petites attentions, et Valérie en est venue à l'adorer. Il est vrai qu'il n'arrive jamais les mains vides, termina-t-elle en riant.

— Alors, épouse-le et sois heureuse. Tu le mérites.

Elle le regarda avec gratitude. Ce n'était pas qu'elle sollicitât sa bénédiction pour convoler avec un autre homme, c'était plutôt qu'elle avait envie, inconsciemment, de classer derrière elle leur liaison en faisant de cette rencontre la ligne de démarcation entre leur amitié amoureuse et leur amitié tout court! Aucune frontière n'avait jamais délimité vraiment le « temps jadis » par rapport au « moment présent ». Voilà, c'était maintenant chose faite! Leur passé d'amants serait dorénavant derrière le mur de cette conversation.

Ils se quittèrent à la porte du restaurant en se faisant la bise. Elle le regarda descendre la rue, un peu voûté, frissonnant dans son manteau trop léger pour le printemps timide qui se soumettait encore devant les coups de bélier d'un hiver résistant.

Elle eut, pendant une fraction de seconde, une envie folle de courir après lui pour le rattraper et lui dire... quoi, au juste? Que son amour pour Bertrand serait vite éclipsé par le sien s'il lui manifestait le plus petit soupçon d'un tendre sentiment? Qu'elle serait prête à tout balayer pour reprendre leur liaison, là où elle s'était interrompue? Puis, elle se dit qu'elle se tourmentait inutilement à courir après des chimères. Rien ne peut faire renaître un cortège de fleurs fanées. Elle soupira et se traita intérieurement de folle.

Chapitre 10

CHANGEMENT DE CAP

Le soir même, elle invita Bertrand à souper. Auparavant, elle alla chercher Valérie à l'école et l'emmena dans un casse-croûte près de leur appartement afin de discuter avec elle de leur avenir. Elle se sentait coupable tout à coup. N'allait-elle pas la déraciner une fois de plus? Sa fille était heureusement de nature facile et leurs relations étaient passablement harmonieuses, malgré les heurts normaux entre une mère et sa fille adolescente. Elle avait toujours joué franc jeu avec elle, n'avait jamais cherché à se retrancher derrière le paravent de son statut de mère pour imposer ses idées et ses décisions et elle lui avait toujours expliqué les motifs de ses actes.

Valérie était devenue une belle adolescente. Elle commençait même à regarder les garçons de plus près et Catherine ressentit une pointe d'appréhension en songeant à la peine qu'elle aurait le jour où sa fille la quitterait pour vivre sa vie, et l'angoisse de la solitude qui la guettait la troubla. Cette pensée raffermit sa décision.

Elle mit cartes sur table, lui parla de la proposition de Bertrand qui l'aimait et voulait l'épouser. Elle avait de la chance, lui dit-elle, d'avoir pu rencontrer, à trente-cinq ans presque, un homme que bien des femmes lui envieraient. Elle était sûre qu'il ferait un bon mari et un beau-père correct pour sa fille. Ottawa n'était, après tout, qu'une ville de passage où elle était venue décrocher un diplôme. Rien ne les y attachait, si ce n'est quelques amis de fraîche date. Elle souligna que, si elle acceptait la demande de Bertrand, elle devrait le suivre à Paris. Avec un diplôme en poche, il lui serait dorénavant plus facile de trouver un emploi intéressant. Or, à Québec, les chances étaient minces alors que Paris, ville internationale à la population plus importante, lui offrirait davantage de possibilités.

— Ma Rinette! Rien n'est encore arrêté! Ne crains rien, je n'ai pas l'intention de prendre une décision unilatérale, sans d'abord te consulter. Tu as aussi ton mot à dire.

— Et mon école? demanda Valérie.

— J'y ai pensé. Mais dis-toi que si on m'offrait un emploi à Montréal ou à Toronto, il faudrait bien que tu me suives, n'est-ce pas? L'endroit n'a, somme toute, aucune importance dans la mesure où tu devrais changer d'école. Cela dit, Bertrand saura bien nous conseiller. Nous pourrions envisager une école privée, qu'en dis-tu? Que font les enfants de diplomates qui changent de pays tous les trois ou quatre ans? Il faut bien qu'ils suivent leurs parents!

— Nous partirions quand?

— Tout d'abord, j'aimerais ne pas brûler tous les ponts derrière nous. J'avais songé aller passer quelques semaines chez Bertrand pendant les vacances d'été. Bien sûr, il faudrait que ton père soit d'accord. Ensuite, je n'aime pas rester trop longtemps sans aller voir mamie. Elle est si âgée. Cette nouvelle risque de la rendre malade. Je n'ose penser au pire!

— Pour ce qui est de Dad, que ferions-nous s'il me demandait d'aller vivre avec lui?

Catherine pâlit mais se retint de montrer son désarroi. Allait-elle être obligée de choisir entre l'homme qui venait d'entrer dans sa vie et sa propre fille? George ferait sûrement des pressions pour garder leur enfant au pays. Que disait la loi dans pareil cas? Une adolescente pouvait-elle choisir en toute liberté d'aller vivre avec l'un ou l'autre de ses parents en faisant fi du jugement de la cour?

— Ce sera ton choix et je le respecterai.

Valérie admira sa mère d'être capable de se montrer aussi désinvolte alors qu'elle savait la peine qu'elle lui faisait en parlant ainsi. Elle avait voulu la tester. Si elle partait vivre avec son père, elle devrait partager le quotidien de sa famille reconstituée et elle n'était pas certaine d'avoir autant d'attention de la part de Sharon qui avait déjà un fils. Avec sa mère, elle continuerait d'être l'enfant unique puisque les fils de Bertrand habitaient avec leur mère. Du moins, la majeure partie du temps. Depuis qu'elle avait suivi sa mère à Ottawa,

Valérie avait rencontré plusieurs enfants dont les parents ne vivaient plus ensemble. Dans la plupart des cas, chaque parent avait refait sa vie avec, comme résultat, des demi-frères et des demi-sœurs. Et si Bertrand et sa mère avaient un enfant? Elle supputa qu'à trente-cinq ans, sa mère était probablement trop vieille, surtout avec un mari plus âgé qu'elle!

— Je pense que j'aimerais bien vivre en Europe. Ça doit être cool. Est-ce que j'aurai ma propre chambre chez Bertrand?

Catherine sut qu'elle avait gagné. Elle attribuerait à sa fille la plus belle chambre de la maison, s'il le fallait. L'important était d'avoir remporté la première manche. On verrait pour le reste de la partie.

— Rentrons. J'ai invité ton futur beau-père à souper. Allons lui concocter quelque chose de spécial. Ce n'est pas tous les jours qu'on reçoit un monsieur qui vous demande en mariage!

La semaine suivante, elle acheta deux billets aller-retour pour Paris. Bertrand aurait bien voulu qu'ils partent ensemble, mais il devait les devancer afin que son appartement soit prêt à les accueillir ainsi que ses fils pour l'été. Catherine s'envola donc avec Valérie sur Air France, son premier contact avec le pays où elle s'installerait peut-être bientôt. Elle ne fut pas déçue. Tout lui plut instantanément. Étaient-ce les gènes transmis par son père ou une adaptabilité naturelle? Elle se sentit tout de suite à l'aise et sut qu'elle serait heureuse à Paris. Sur place depuis deux semaines, Bertrand la reçut comme un ange descendu du ciel, ayant peine à croire que sa petite Québécoise avait enfin consenti à quitter les rives de son Saint-Laurent – ou plutôt de son Outaouais depuis qu'elle avait élu domicile dans la capitale de son pays. Il déroula le tapis rouge et déploya toutes ses ressources pour lui donner envie de rester.

Valérie fut traitée comme une princesse. Éric et Thierry l'adoptèrent illico. Sa façon de parler les dérouta bien un peu au début, mais ils s'y firent rapidement. Leur vie à l'étranger les avait habitués à ne plus s'arrêter à des détails comme l'accent ou la langue! Elle non plus n'avait pas besoin de lire les sous-titres des films américains qu'ils allaient voir sur les Champs-Élysées, ce qui ajouta à son aura et les rapprocha en quelque sorte. Dès les premiers jours, ils l'entraînèrent dans tout Paris, voulant lui faire voir leur ville à *leur* façon. Les musées pouvaient attendre, ils seraient encore là quand elle aurait vu tout le reste. Catherine fit confiance aux fils de Bertrand qui avaient reçu de ce dernier des consignes rigoureuses.

Véritablement amoureux, le père n'allait pas s'opposer à ce que leurs rejetons trottent le jour dans tous les azimuts. Il avait mieux à faire! Le succès de sa cause dépendait de son habileté à persuader Catherine de revenir pour de bon. Ce fut plus facile qu'il ne s'y attendait : Catherine était subjuguée!

L'appartement qu'il avait hérité de ses parents dans la rue Pérignon était magnifique. Il avoua bien humblement que, sans cet héritage, il n'aurait pas eu les moyens d'avoir autre chose qu'un petit pied-à-terre dans un vieil immeuble sans ascenseur ou dans un périmètre où l'espace n'était pas mesuré en aunes d'or. Catherine s'amusa à faire les courses dans le quartier, apprit à évaluer un kilo de pommes de terre ou cent grammes de fromage. Elle s'étonna devant la taille minuscule du lave-linge qu'elle appelait laveuse, de l'absence d'une sécheuse qu'il appelait sèche-linge et de l'espace réduit du four qui ne pourrait jamais recevoir une bonne grosse dinde de Noël. Bertrand était aux anges rien qu'à la voir s'exclamer devant tout et devant rien. Sa spontanéité le charmait et faisait sourire autour d'eux. Elle réagissait avec autant d'enthousiasme que son adolescente de fille!

Pourtant, malgré la parade amoureuse entamée par Bertrand, Catherine demeurait toujours sur ses gardes. Elle avait atteint un rivage qui l'attirait, mais elle avait encore peur d'y mettre pied. Un échec conjugal suivi d'une impasse amoureuse l'avaient laissée sceptique quant au bonheur instantané. Elle avait besoin de sonder les berges avant de jeter l'ancre. Tout à son introspection sur le choix qu'elle devait faire, elle se laissa glisser, sans s'en rendre compte, vers des habitudes de vie commune agréable, tissées au fil des jours.

L'alchimie d'un homme amoureux, d'une femme attirée par les feux de cet amour et de trois adolescents qui s'entendaient comme larrons en foire fit le reste.

Restait la question du travail. En épousant Bertrand, Catherine obtiendrait une carte de séjour et un permis de travail. De l'or dans cette vieille France convoitée par tant d'étrangers! Cet argument avait son poids dans la décision de la nouvelle traductrice, car il excluait l'autre possibilité, qui était de mettre leur cohabitation à l'essai. Seul son mariage avec un ressortissant français lui faciliterait l'accès au marché du travail. Ce qui l'amena à confier candidement à Bertrand qu'elle ne voulait pas lui donner l'impression que ce facteur allait influer sur sa décision de l'épouser. Il fit taire ses scrupules inutiles en lui répliquant que la situation aurait été inversée si c'était lui qui avait manifesté le désir de rester au Canada.

Bertrand fit jouer ses relations, se démena en démarches de toutes sortes et réussit au bout du compte à apprendre qu'un poste de traductrice-interprète auprès d'un organisme international venait de s'ouvrir. On acceptait les candidats avec peu d'expérience, car il s'agissait d'un nouveau poste de niveau inférieur dont les émoluments n'étaient pas mirobolants. « Qu'à cela ne tienne, pensa Catherine, j'aurai au moins le pied dans la place si je suis acceptée. » Elle se présenta au concours puis à l'entrevue. On retint sa candidature tout en la prévenant qu'elle ne serait admise à occuper ses nouvelles fonctions qu'après avoir été soumise à une enquête de sécurité, ce qui pouvait prendre un certain temps. Elle ne demandait pas mieux, car cela lui permettait de retourner à Ottawa pour y résilier son bail et faire le tri dans ce qu'elle emporterait ou laisserait derrière elle. Elle écrivit à George et lui annonça qu'elle allait se remarier à son tour et que leur fille avait accepté de la suivre en France. Elle le rassura en lui disant que rien ne serait changé et que Valérie continuerait de passer les grandes vacances avec lui. Il lui envoya poliment ses vœux par retour du courrier. Le temps avait eu raison des querelles qui les opposaient autrefois l'un à l'autre.

Chapitre 11

MAMIE CHÉRIE

Madeleine choisit le premier séjour de sa petite-fille en France pour s'éteindre paisiblement dans sa maison de l'île d'Orléans. C'est Bernadette Bélanger, la femme de ménage, qui la trouva sans vie un jour du mois d'août. Ce matin-là, elle entra par la porte de la cuisine, comme d'habitude, pour y déposer le sac de provisions qu'elle rapportait de l'épicerie, quand elle s'aperçut que sa patronne s'était endormie dans sa chaise berçante. Peut-être y avait-elle passé la nuit? Curieux! S'en approchant, elle vit que la vieille dame avait les mains crispées sur une vieille photo qu'elle reconnut être celle d'Auguste Blouin. Regardant Madeleine de plus près, elle eut un choc. Elle ne respirait plus tout en donnant l'impression de dormir. S'était-elle éteinte dans son sommeil alors qu'elle regardait une photo de son défunt mari ou avait-elle été la chercher sentant sa fin proche? Bernadette ne fit ni une ni deux! Elle courut vivement chercher Marie-Luce.

Depuis le départ de son amie, cette dernière avait pris l'habitude d'aller fréquemment rendre visite à sa voisine de toujours, soit pour lui apporter son courrier, lui faire goûter sa dernière recette ou simplement bavarder avec elle. Mais elle y allait de préférence après le départ de Bernadette afin de lui laisser le temps de faire son travail. Autrement, le bavardage l'aurait emporté sur le ménage car, une fois partie, il était difficile d'interrompre le verbiage de la brave femme.

Marie-Luce savait que Catherine s'inquiétait pour sa grand-mère et qu'elle frémissait à la pensée qu'elle pouvait tomber malade, sans personne autour d'elle pour en prendre soin. Lors de son dernier voyage, elle avait prié son amie de veiller de loin sur sa grand-mère et elle lui avait remis une liste de numéros de téléphone pour le cas où il arriverait quelque chose en son absence.

— À son âge, avait-elle dit, ces précautions ne sont pas superflues. On ne sait jamais ce qui peut arriver, elle n'est pas immortelle après tout!

Quelque temps avant son départ pour Paris, Catherine était en effet venue passer trois jours chez sa grand-mère avec Bertrand, qu'elle voulait lui présenter. Madeleine avait succombé au charme de son jeune compatriote et l'avait tout de suite adopté même si elle avait compris qu'il allait probablement lui ravir sa *petiote*. Le cœur gros devant cette perspective, elle souhaitait néanmoins que son intuition ne l'ait pas trompée, car elle pourrait partir tranquille, rassurée sur le sort de sa chère enfant. Catherine avait droit au bonheur et cet homme semblait posséder les qualités voulues pour la rendre heureuse.

De la voir, en outre, tout excitée à l'idée de découvrir bientôt le pays de sa chère mamie lui fit chaud au cœur. Elle lui demanda d'aller se recueillir sur la tombe de ses parents et de lui écrire ses premières impressions, aussitôt arrivée. Catherine lui promit de prendre beaucoup de photos et de lui écrire, voire de lui téléphoner, le plus souvent possible. Madeleine la vit partir avec le pressentiment qu'elle la voyait pour la dernière fois.

Dès qu'elle apprit la triste nouvelle de la bouche de Bernadette, Marie-Luce sut quoi faire et qui appeler. Elle connaissait plus ou moins toute la famille Blouin. Antoine était à la retraite et vivait dans le Vermont avec sa femme. Il viendrait rapidement. Quant à Marc, le frère de Catherine, c'était plus aléatoire car il s'était acheté un bateau. Profitait-il de ses vacances pour sillonner les voies fluviales de la province ou était-il chez lui? Et pour Catherine, avec le décalage horaire, quelle heure était-il à Paris et quel jour était-ce? Consultant son calendrier rapidement, elle constata que son amie allait prendre l'avion le lendemain pour Ottawa, via Montréal. Il fallait donc l'appeler sans tarder pour qu'elle ait le temps de changer son billet pour Québec.

Rue Pérignon, à Paris, Bertrand avait appelé l'ascenseur quand il entendit sonner son téléphone. Ils allaient descendre tous les cinq dîner au Dragon Vert, un restaurant thaïlandais du quartier, pour souligner le départ de sa « fiancée » et de sa fille le lendemain, quand il vit apparaître Catherine en pleurs, Valérie sur les talons qui la pressait de questions.

— Qu'est-ce qui se passe, maman? Pourquoi pleures-tu?

Bertrand se rendit vite compte que, tout attristée qu'elle était de le quitter temporairement pour repartir au Canada, ce n'était sûrement pas ce qui la faisait sangloter ainsi. Il fit rapidement le lien entre la sonnerie du téléphone et l'état de la jeune femme.

— Madeleine! C'est sa grand-mère, j'en suis sûr!

Catherine avait entendu.

— Oui, c'est de mamie qu'il s'agit, hoqueta-t-elle. Marie-Luce vient de me téléphoner pour me dire que la femme de ménage l'avait trouvée endormie pour toujours dans sa chaise berçante. Il faut changer nos billets d'avion, Rinette. Nous n'allons plus à Ottawa, mais à Québec.

— Pauvre mamie... On l'aura vue pour la dernière fois au mois de juin.

Bertrand les enveloppa toutes les deux dans ses bras, les berçant, pendant que Catherine pleurait, la tête sur son épaule.

— Veux-tu que je vous accompagne? J'arriverai peut-être à trouver une place de dernière minute, qui sait ? Et puis zut! Qu'est-ce que je raconte! Ma place est auprès de toi en ce moment. Laisse-moi passer un coup de fil. Je vais d'abord téléphoner pour changer votre destination finale puis j'essaierai de me trouver une place à bord du même vol.

— Voyons, Bertrand, je ne vais pas t'imposer de retraverser l'Atlantique pour quelques jours seulement. Tu dois préparer tes cours.

— Foutaises! Si tu t'imagines que je vais te laisser seule en un pareil moment, tu te trompes. Tu as maintenant un homme dans ta vie, ma chérie. La préparation de mes cours peut attendre, que diable!

— Il y aura toute la famille autour de moi. Mon père et sa femme, mon frère et les siens, ma tante religieuse aussi. Puis les voisins, à commencer par Marie-Luce et Olivier.

Mais, c'est vrai, je me sentirai mieux de te savoir près de moi, termina-t-elle dans un sourire mouillé.

— Bon, la question est réglée. Je pars avec vous. Ce n'est peut-être pas le moment le mieux approprié, mais j'aurai au moins l'occasion de faire la connaissance de toute ta tribu. Quant à vous, les garçons, dit-il en se tournant vers Éric et Thierry qui observaient la scène, un peu gauches, vous rentrerez à Londres plus tôt que prévu. Je téléphone immédiatement à votre mère. Voilà!

Bertrand eut la chance de trouver une place sur le même vol, au grand soulagement de Catherine qui le laissa prendre en charge les mille détails fastidieux du voyage. Il ne se formalisa pas de son silence pendant toute la traversée de l'Atlantique, comprenant bien qu'elle l'avait précédé dans l'île par la pensée.

Catherine revoyait en effet sa grand-mère telle qu'elle l'avait quittée, six semaines auparavant. Qu'allait-elle devenir sans sa mamie, celle qui l'avait élevée et qu'elle considérait comme une mère? Elle aurait eu tant de choses à lui raconter sur son voyage, elle aurait voulu lui décrire la visite qu'elle avait faite sur la tombe de ses parents et lui dire qu'elle s'était promenée dans la rue où elle avait habité avant de partir pour le Canada! À l'île, la vieille maison ne serait plus jamais la même sans sa présence.

Ils furent accueillis à l'aéroport par Marc, arrivé la veille. Il embrassa sa sœur et Valérie, et serra la main de Bertrand qu'il rencontrait pour la première fois. À la maison, tous étaient déjà réunis et se préparaient pour la veillée, qu'ils passeraient au salon funéraire. Catherine n'avait pas revu autant de membres de sa famille depuis la mort de son grand-père. À partir du jour où elle avait épousé George et l'avait suivi un peu partout au Canada, les liens avec les siens s'étaient distendus et ils étaient presque comme des étrangers pour elle. Son divorce, l'épisode de son aventure avec Mathieu, suivi de ses études et de sa rencontre avec Bertrand avaient laissé peu de place dans sa vie pour un père et un frère avec lesquels elle avait si peu vécu. Elle était néanmoins très heureuse de les revoir et ils s'informèrent abondamment de ses projets. Ils s'exclamèrent devant Valérie qu'ils reconnurent à peine, et celle-ci reprit contact avec des cousins dont elle n'avait qu'un vague souvenir.

Catherine présenta ensuite Bertrand à son père. Dans sa dernière lettre, elle lui avait demandé s'il voulait bien lui servir de témoin une deuxième fois en espérant, avait-elle ajouté, malicieuse, que ce serait la dernière. Antoine parut enchanté du choix de sa fille et déclara à son futur gendre que rien ne lui ferait plus plaisir que d'aller à Paris pour une telle occasion. Il ajouta que cette nouvelle agréable venait un peu adoucir le moment présent et que sa mère devait se réjouir de là-haut. À part lui, il remarqua à quel point sa fille ressemblait à celle qui lui avait donné le jour, tout au moins à la faveur du souvenir qu'il conservait de cette femme morte si jeune tant d'années auparavant. Il devait bien se trouver quelques photos dans le grenier qu'il pourrait regarder avec sa fille.

Malgré le chagrin qu'il éprouvait de porter en terre sa vieille mère, si peu visitée pendant toutes ces années où il avait vécu à l'autre bout du continent, Antoine se sentait réconforté par la présence de ses aînés. Quant à ses deux fils nés aux États-Unis, même s'ils étaient leurs descendants directs, Auguste et Madeleine les avaient à peine connus! Quelle étrange famille que la sienne! médita-t-il. Deux enfants élevés par deux grands-mères différentes, un père expatrié pour son travail, des demi-frères d'une langue et d'une culture étrangères. Et avec ça, une fille mariée une première fois à un Canadien anglais et qui serait bientôt l'épouse d'un Français! Marc était l'exception de la famille : Montréalais depuis l'âge le plus tendre, il y avait pris femme, y avait fondé une famille et dirigeait sa petite entreprise sans trop regarder ailleurs.

Antoine fut interrompu dans ses réflexions par l'exclamation de Marc, justement, qui accueillait la voisine de sa mère.

— Tiens! Si ce n'est pas la petite Pichette. Tu n'as pas grandi, à ce que je vois!

— Et toi, tu n'as pas retenu que « ta petite Pichette »

s'appelle Bouchard depuis presque vingt ans et est mère de deux grands garçons, lui répondit Marie-Luce en l'embrassant sur les deux joues. Je t'offre toutes mes sympathies, Marc. Un pilier du village vient de disparaître et, avec elle, tout un pan de notre mémoire.

Se dirigeant vers Catherine qui s'approchait, Marie-Luce la serra sur son cœur.

— Je sais, je sais, ma Catherinette, quel que soit l'âge auquel on les perd, la douleur n'en est pas moins insupportable. Mais vois-tu, le bon Dieu fait bien les choses, malgré tout. Elle est morte sans souffrir et avec la satisfaction de savoir que sa *petiote* avait enfin trouvé le bonheur. Et toi, tu vis à la fois un grand bonheur et un immense chagrin. Les deux vont souvent de pair, n'as-tu pas remarqué?

Trois jours épuisants pour tous, particulièrement pour Catherine qui se remettait mal, en outre, du décalage horaire. Bertrand était partout près d'elle. Il lui tint la main à l'église et au cimetière et ne put s'empêcher de songer que le destin emprunte parfois des chemins étranges. Madeleine Blouin allait dormir pour l'éternité sur le versant de l'île qui faisait face au large, là par où elle était arrivée dans ce pays, il y avait de cela si longtemps!

Après les funérailles, Bertrand mit de l'ordre dans la maison, avec l'aide de Valérie, pendant que Catherine et sa famille procédaient aux formalités de la succession. Il s'était retiré discrètement pour les laisser discuter entre eux. Le soir, dans leur chambre, Catherine lui rapporta leur visite chez le notaire. Elle n'en revenait encore pas! En mourant, Auguste avait laissé la totalité de ses biens à sa femme. À elle d'en disposer à sa guise dans son testament pourvu que la maison revînt à Catherine. Le docteur Blouin avait été jusqu'à téléphoner à son fils Antoine, à l'insu de tous, pour discuter de cette question. Ce dernier avait trouvé la décision de son père équitable. Vivant très aisément de sa retraite, il avait trouvé normal que sa fille soit mieux avantagée que les autres. Elle était beaucoup plus attachée à la propriété familiale que lui-même, qui y avait vécu si peu d'années, ou Marc qui n'y avait passé que de courtes vacances.

Son aînée s'était toujours admirablement occupée de ses grands-parents. Pour être juste envers son fils et son petit-fils, Auguste avait toutefois souscrit une police d'assurance vie dont il avait fait sa femme bénéficiaire avec la consigne de laisser cette somme à Antoine et à Marc après sa mort. Il lui avait en outre demandé de léguer, à l'un, sa collection de monnaie, et à l'autre, un magnifique jeu d'échecs en ivoire qu'il avait jadis rapporté de France. Les deux autres enfants d'Antoine reçurent chacun des obligations d'épargne que Madeleine avait conservées à leur intention. Quant à Marie-Paule qui avait fait vœu de pauvreté et qui, d'ailleurs, ne demandait rien, elle reçut le missel enluminé de sa mère qui lui venait de sa propre mère ainsi que son chapelet en nacre, et une généreuse donation fut remise à la mère supérieure de sa congrégation au nom de ses deux parents.

Or, après le divorce de Catherine et voyant dans quelle situation précaire elle risquait de se retrouver avec sa fille si son ex-mari cessait de lui verser une pension ou si elle se retrouvait sans travail, Madeleine avait pris des mesures pour la protéger le cas échéant. Elle avait mis de côté une somme confortable qu'elle lui remettrait si besoin était. Elle n'avait pas eu à attendre longtemps, car l'occasion s'était présentée plus tôt que prévu. Quand Catherine lui avait annoncé son intention de reprendre ses études, Madeleine avait décidé qu'il était temps d'ouvrir son porte-monnaie. Personne ne l'avait su, c'était leur secret à toutes les deux.

Catherine se retrouvait donc propriétaire de la vieille demeure ancestrale qui lui semblait un château. Elle consulta Bertrand sur l'usage qu'elle pouvait en faire. Il n'était pas question de la vendre ni de la louer. Elle refusait d'imaginer que des étrangers pourraient vivre dans ces murs. Bertrand fut d'un sage conseil et lui recommanda de la garder et d'en faire une résidence secondaire où ils pourraient venir l'été. N'était-il pas professeur? Quant à elle, il lui suffirait de calquer ses vacances sur les siennes et de les allonger au besoin en demandant un congé sans solde si leurs moyens le leur permettaient. Il lui fit remarquer qu'ils avaient la chance d'avoir un appartement bien à eux à Paris et que l'absence d'un loyer à payer comblerait facilement ce manque à gagner.

Catherine se rangea à cette solution et prit les dispositions nécessaires pour qu'un entretien minimum soit assuré pendant leur absence. Olivier accepta avec empressement de jouer le rôle de gardien et c'est l'esprit tranquille qu'elle put quitter l'île d'Orléans pour Ottawa. Mais avant de fermer la porte sur cette demeure qui allait rester inhabitée pendant plusieurs mois, Bertrand proposa de lui donner un nom.

— Que dirais-tu si on l'appelait la *Colombière?*

— Pourquoi ce nom?

— Parce que tu seras bientôt un pigeon voyageur qui reviendra régulièrement à son port d'attache.

— Pourquoi pas alors le *Pigeonnier?*

— Parce que je t'imagine mieux en colombe qu'en pigeon.

— D'accord pour la *Colombière*, monsieur le professeur-qui-a-toujours-raison! Je n'ai malheureusement pas de bouteille de champagne à fracasser sur ses murs, il faudra se contenter d'une vulgaire bouteille de vin de table.

— Laisse tomber, ça les tacherait. Pour le champagne, nous en rapporterons l'été prochain, mais je propose que nous le buvions à la santé de ta maison plutôt que d'en éclabousser les murs.

— Homme pragmatique, va!

Et la *Colombière*, fraîchement baptisée, fut laissée – temporairement – sans feu pour la première fois depuis sa construction.

Chapitre 12

LA VIE PARISIENNE

À leur retour en France, Valérie fut inscrite dans une école privée. Son orgueil en prit un coup à cause de la médiocrité de son français, mais l'excellence de son anglais fit remonter sa cote, ce qui arrangea un peu les choses. La première année fut difficile, elle ne cessait de comparer sa classe à son école ontarienne et dépensait tout son argent de poche en timbres-poste. Elle pleura la défection de ses amis d'outre-Atlantique qui lui avaient pourtant juré de garder le contact, car peu d'entre eux répondirent à ses lettres et les rares fidèles qui maintinrent un tiède lien cessèrent de lui écrire au bout de quelques mois. Puis elle se fit des amis parmi ses nouveaux camarades de classe qui ne cessaient de l'interroger sur sa vie au Canada. Elle devint le centre d'intérêt de son groupe.

Le jour vint où elle ne parla plus de son ancienne école ni de ses amis du continent nord-américain si peu portés sur les échanges épistolaires. Elle revint de ses premières vacances au Canada la larme à l'œil : sans l'avoir tout à fait oubliée, ses amis s'étaient fait de nouveaux copains, et la vie de Valérie à Paris laissait froids les riverains de l'Outaouais. Éric et Thierry commencèrent à prendre une part plus importante dans sa vie. Elle s'intégra vite et bien.

Catherine s'était, elle aussi, installée sans heurt dans sa nouvelle existence. Très vite, elle avait adopté le rythme trépidant qui fait courir les Parisiens dans tous les sens, et Bertrand riait de l'entendre râler, comme tout le monde, contre les grèves spontanées des conducteurs de métro ou des chauffeurs de taxi ou encore des éboueurs.

— Bienvenue à Paris! lui disait-il. Ça fait partie de nos gènes de rouspéter. Les grévistes protestent contre leur employeur, et les usagers lésés, contre les grévistes. Tu n'y changeras rien, il vaut mieux adopter ma philosophie que j'appelle « Inch Allah » et attendre que l'orage passe.

Bertrand était facile à vivre. Il ne s'énervait jamais, prenait la vie comme elle venait et trouvait toujours le moyen de retourner une situation pour y découvrir un aspect positif. Il en était parfois exaspérant! Juste avant les fêtes de fin d'année, ils étaient passés à la Mairie du VIIe arrondissement pour faire légaliser leur union. Venus assister à leur mariage, comme ils l'avaient promis, Antoine et sa femme en profitèrent pour faire un séjour de quatre semaines en France. Quelques amis se joignirent aux trois enfants des nouveaux mariés. Marie-Luce et Olivier avaient envoyé leurs vœux accompagnés d'un magnifique cadeau en se disant désolés de ne pas pouvoir faire le voyage, car se déplacer outre-mer avec deux adolescents dépassait leur budget. Catherine avait versé une larme en pensant à son amie qu'elle aurait bien souhaité avoir auprès d'elle. Heureusement que Marc et sa femme Claire avaient pu venir. Au moins avait-elle été entourée du noyau familial. Fils unique, Bertrand n'avait eu qu'un cousin et sa femme ainsi que quelques collègues qui se réjouissaient de voir leur ami si heureux.

Les années passèrent en glissant, comme sur des rails. Bertrand commençait à songer à la retraite et Catherine avait adopté la semaine de quatre jours. Son travail l'amenait quelquefois à participer à des conférences qui la faisaient voyager, notamment dans son pays, mais elle s'arrangeait en général pour que ses déplacements coïncident avec les périodes d'enseignement à l'étranger de son mari. Les vacances se partageaient de façon inégale entre les deux pôles qu'étaient le Québec et la France avec de courts séjours en Charente-Maritime, où ils avaient fait l'acquisition d'une modeste maison de pêcheur qu'ils avaient rénovée au fil des années pour être à proximité de la mer.

Après avoir obtenu son bac français, Valérie avait souhaité poursuivre ses études universitaires au Canada et elle s'était inscrite en droit à l'Université Laval. Décision difficile à prendre puisque le choix du pays déterminait l'endroit où elle pourrait exercer sa profession. Elle s'était dit que, jouissant de la double citoyenneté canadienne et française à cause de sa mère, laquelle devenue française par mariage la lui avait fait obtenir, il lui serait facile de revenir un jour en France pour passer son Barreau. Son raisonnement était judicieux. Elle avait compté cependant sans les flèches d'un certain Cupidon qui lui avait fait soudainement trouver beaucoup d'attirance pour Québec, toutes saisons confondues.

Le beau Frédéric avait un an de plus qu'elle. Dès qu'il fut accepté au Barreau, il s'attaqua à la cause « Valérie » qu'il plaida brillamment et remporta sans coup férir. Valérie capitula sans levée de boucliers. Elle avait choisi mari et pays, à mi-chemin entre père et mère, mais venait de temps en temps se retremper dans l'univers douillet de l'appartement de sa mère et de son beau-père, à un jet de pierre de la magnifique place de Breteuil. Catherine et Bertrand retraversèrent l'océan une fois de plus, cette fois pour le dernier mariage de l'un de leurs enfants. C'était le troisième auquel ils assistaient en trois ans. Éric et Thierry avaient, eux aussi, convolé chacun de leur côté à un an d'intervalle.

Les vacances d'été réunissaient souvent sous le même toit les nouveaux couples qui s'étaient liés d'amitié. La *Colombière* était devenue le lieu où l'on venait se reposer quelques jours ou une semaine pour communier à la vie familiale, reprendre son souffle, flâner dans la région, fréquenter le magnifique golf de Saint-Laurent ou prendre part au Festival d'été de Québec. Catherine y régnait en maîtresse, toujours contente de voir sa table bien entourée et d'entendre le rire de leurs enfants devenus adultes.

Comme si elle avait tout planifié à l'avance, sa fille Valérie mit au monde ses deux enfants à un an d'intervalle, pendant l'été alors que Catherine était là pour l'aider. Marielle et Rémi s'ajoutèrent donc aux raisons qu'avaient les Pion de traverser l'Atlantique chaque année. Il fallait voir les valises de la nouvelle mamie quand elle les déballait devant sa fille et son gendre : on aurait dit qu'il n'existait aucune boutique pour enfants dans toute l'Amérique ! Pour la différencier de Mamidette, leur autre mamie qu'ils voyaient plus souvent puisqu'elle habitait tout près, ses petits-enfants l'avaient baptisée Mamifrance parce que leur mère leur disait souvent :

« Et si on téléphonait à mamie, en France? » Catherine fondait littéralement devant eux!

Parisienne d'adoption depuis vingt ans déjà, elle menait avec Bertrand une existence agréable et ils formaient un couple sans histoire. Ensemble, ils couraient les concerts, s'étant découvert un goût commun pour la musique baroque, leurs instruments de prédilection étant la flûte et le clavecin. Sachant que son vieux piano resté à la *Colombière* lui manquait, Bertrand avait offert à Catherine un petit Yamaha droit, vrai bijou de résonance. Elle en taquinait les touches dès qu'elle avait un moment. Leur collection de disques aurait pu rivaliser avec celle d'un disquaire, et leur bibliothèque pouvait s'enorgueillir d'un statut comparable.

Un autre plaisir – outre la fréquentation avec leurs amis des bonnes tables découvertes au fil des années dans de petits bistros – consistait à s'évader le plus souvent possible en direction de l'A-10 pour retrouver les quatre murs de leur refuge près de Saint-Palais. Là-bas, ils accueillaient quelquefois Éric ou Thierry avec leur femme ou encore des amis désireux comme eux d'entendre le chant des oiseaux plutôt que celui des sirènes d'ambulance ou des alarmes de voitures déclenchées intempestivement.

L'hiver retrouvait généralement les Pion dans leur bel appartement de la rue Pérignon. Véritable village dans une ville de plus de deux millions d'habitants qu'était le Paris *intra muros*, leur quartier dissimulait dans ses rues étroites d'innombrables petits commerçants auprès desquels Catherine aimait s'approvisionner. Leur fréquentation assidue l'avait vite fait connaître et c'est souvent d'un « Bonjour not' p'tite dame du Canada » prononcé avec l'accent qu'on l'accueillait en souriant.

Si on avait posé la question à Catherine : « Êtes-vous heureuse? », elle aurait été étonnée. Que pouvait-elle demander de plus? Son amour pour son mari était rassurant, confortable et leur vie commune se déroulait peut-être sans grands émois mais également sans soubresauts. Elle réprimait à l'occasion quelques frissons en croisant un barbu à l'œil sombre, en apprenant qu'une amie avait pris un amant, en lisant un roman d'amour, mais sans plus. Elle n'osait attribuer un adjectif à ce malaise accidentel, encore moins un nom.

Un événement inattendu allait bouleverser le cours paisible de l'existence qu'elle menait tout doucement à Paris. Ce jour-là, elle revenait de faire ses courses les yeux larmoyants et en reniflant. Son boucher, à qui elle avait demandé des nouvelles de sa femme souffrante, avait haussé les épaules en lui rappelant que cette saleté de temps et le cortège de microbes qu'il entraînait dans son sillage n'était pas pour améliorer les choses. Il pleuvassait depuis quelques jours, le ciel était gris et l'ambiance, morose.

En rentrant chez elle, Catherine avait claqué la porte du talon et s'était dirigée vers la cuisine pour se délester de ses sacs. Bertrand était rentré, elle pouvait entendre la télé dans le salon. Un éternuement avait signalé sa présence à son mari qui était venu la rejoindre en disant :

— J'espère que tu n'as pas oublié la conférence de ce soir?

Un coup d'œil sur le calendrier épinglé au-dessus de la table lui rappela qu'il y avait effectivement une conférence au programme de la soirée.

— Zut alors! Je n'ai vraiment pas envie de remettre le nez dehors. Tu as vu le temps qu'il fait? Et je commence un rhume, je ne cesse d'éternuer et de moucher! grommela-t-elle en rangeant ses courses.

— Catherinette, ma belle Catherinette, tu sais bien que ce genre de soirée me pèse souvent autant qu'à toi, mais si tu viens, ça passera plus vite.

Quand il prenait ce ton, Catherine se savait vaincue à l'avance. Il l'aurait à l'usure, aussi bien céder sur-le-champ.

— Habille-toi chaudement, ça te changera les idées. Une coupe ou deux de champagne valent bien de l'aspirine. Quant à moi, mon choix serait vite fait.

Bertrand aimait sortir accompagné de sa femme. À l'aise dans toutes les situations, elle parlait facilement à des gens qu'elle n'avait jamais rencontrés auparavant, ce dont s'émerveillait son mari. Sa spontanéité naturelle, qu'elle n'avait pas perdue avec l'âge, plaisait beaucoup.

— Je vais d'abord prendre un bon bain chaud et on verra après. J'ai déjà avalé deux cachets d'aspirine. Aurai-je aussi droit au champagne?

Bertrand lui donna une petite tape sur les fesses et la poussa vers la salle de bains.

— Seulement si tu es sage, lui répondit-il en riant.

Si elle avait pu prévoir, Catherine se serait limitée à l'aspirine ce soir-là. Loin de se douter de ce qui l'attendait, elle avait quitté son immeuble, le parapluie à la main, pour monter dans la voiture que Bertrand avait garée en double file en l'attendant.

Chapitre 13

LE CONFÉRENCIER INVITÉ

Catherine n'avait pas fait attention au sujet de la conférence ni au nom de celui qui allait la prononcer. Elle s'inquiétait pour l'instant de savoir si elle avait apporté suffisamment de mouchoirs en papier dans son sac. Le bain chaud parfumé dans lequel elle avait trempé pendant vingt minutes lui avait fait le plus grand bien. À son rhume naissant comme à son teint. Sa robe verte, longue, la mettait en valeur. Elle aimait ce renouveau féminin dans la mode qui flattait les femmes de son âge en affinant la taille et en allongeant la silhouette.

Après avoir salué quelques collègues de Bertrand, elle bavarda pendant un moment avec Élaine Baillargeon, épouse d'un fonctionnaire du Québec, dont elle avait fait la connaissance l'année précédente peu de temps après la prise de fonctions de son mari. Elle la trouvait sympathique, et les deux femmes se voyaient à l'occasion pour visiter une exposition, courir les magasins ou simplement flâner à une terrasse devant un thé citron. Quand cette dernière suivit son mari venu la prier de prendre place avec lui pour entendre la conférence, Catherine déclina poliment leur invitation à se joindre à eux. Elle choisit plutôt d'aller s'asseoir un peu à l'écart au cas où Bertrand aurait besoin d'elle après la conférence, qui allait être suivie d'un cocktail. En tant qu'organisateur de la soirée, il était passablement occupé et se trouvait présentement retenu à l'entrée où il accueillait des confrères qu'il n'avait pas vus depuis longtemps. Catherine contourna les chaises alignées en demi-cercle et prit place un peu de biais dans la première rangée, afin de mieux voir, parce qu'elle avait oublié de mettre ses verres de contact et ne trouvait pas ses lunettes dans son sac. Déjà sur l'estrade, le conférencier était penché sur ses notes qu'il replia soigneusement avant de lever les yeux.

Dès qu'elle l'aperçut, Catherine sentit le sol se dérober sous elle. Était-elle la proie d'une illusion ou voyait-elle un fantôme? Non, la voix grave de l'orateur, qui venait de saluer l'assemblée, confirma vite ses doutes. Elle avait en face d'elle le Mathieu de son passé, bien vivant et toujours aussi séduisant.

C'était lui en effet. Après sa retraite, prise en début de soixantaine, il s'était inscrit à l'université dans le but de décrocher une maîtrise en Histoire. Ayant toujours manifesté un vif intérêt pour la généalogie – à l'instar de nombreux Québécois – il s'était spécialisé dans la généalogie historique et il prononçait, à l'occasion et sur invitation, des conférences sur des sujets choisis. Marie-France Daumas, collègue de Bertrand, en avait entendu parler par le biais d'un ami qui l'avait rencontré à Montréal. Elle avait décidé de l'inviter à venir inaugurer la nouvelle série d'entretiens de la Société historique des amis de l'Amérique et il avait choisi de raconter comment les Français de la Nouvelle-France s'étaient mêlés aux populations autochtones.

Les Français raffolant des histoires d'Indiens, son public resta suspendu à ses lèvres jusqu'à la fin de son allocution. Catherine en profita pour le détailler de loin, car il ignorait encore sa présence. Il avait vieilli, bien sûr, sa carrure était moins nette, sa barbe était plus blanche que noire et la veste marine qu'il portait était entrouverte sur un léger épaississement qui lui allait, somme toute, bien. Son élocution était plus lente, ses gestes, plus posés. Mais quelle électricité se dégageait donc de cet homme pour qu'en le voyant, elle sente une chaleur l'envahir tout entière et son estomac se nouer?

Devinant que quelqu'un l'observait avec insistance, Mathieu leva les yeux et l'aperçut, étonné de la trouver parmi l'assistance. Il se racla la gorge pour marquer qu'il l'avait reconnue et continua son exposé tout en jetant de temps en temps un coup d'œil dans sa direction. Il l'examina à son tour, discrètement, tout en continuant de parler. « Elle porte bien la cinquantaine, et la maturité lui sied », jugea-t-il. Catherine sentait l'effleurement de ce regard et l'examen dont elle faisait l'objet, et elle maudit son teint de rousse qui agissait comme un thermomètre dès qu'une émotion faisait circuler son sang plus vite. Se souvenant de ce détail, Mathieu perçut l'effet qu'il produisait sur son ancienne maîtresse et il songea que le hasard fait parfois bien les choses. Il sut gré au destin de l'avoir conduit à Paris, ce soir-là.

Dès la fin de son exposé, Catherine surmonta son émotion et s'approcha de lui en lui tendant une coupe de champagne.

— Santé! Et bravo, tu nous as dévoilé un coin d'histoire peu souvent abordé. Je ne te savais pas si versé en généalogie et en histoire?

— Les voyages mènent à tout, ma chère Catherine. Comment vas-tu?

— Comme tu vois, bien.

— Es-tu férue de généalogie ou es-tu ici pour une autre raison?

— C'est mon mari là-bas qui est partiellement responsable de ta présence. Viens que je te présente.

— Tu as donc fini par l'épouser, ton beau professeur! Félicitations! Je n'avais pas fait le rapprochement. À vrai dire, je ne me souviens pas, à l'époque, t'avoir entendu prononcer son nom au complet devant moi. Tu me parlais de Bertrand, jamais du professeur Pion.

Lui prenant la main pour l'entraîner vers Bertrand, debout, à l'autre bout de la salle, elle ressentit comme une décharge électrique en le touchant. Il éprouva la même chose et il le lui signifia d'une légère pression de la main.

Bertrand les avait vus s'approcher et tentait de se dégager poliment de sa collègue et collaboratrice, Marie-France, qui voulait lui présenter un professeur de littérature de Liège qu'elle avait connu quand elle étudiait en Belgique. Le professeur trouvait à sa femme un air agité et une expression fébrile, qu'il refusa d'attribuer uniquement à sa légère indisposition. Elle pilotait le conférencier vers lui tout en lui parlant d'un air animé comme si elle l'avait toujours connu. Ils avaient l'air de deux interlocuteurs qui viennent de reprendre une conversation jadis interrompue. De toute évidence, ils ne donnaient pas l'impression de deux étrangers qui se rencontrent pour la première fois. Au regard avec lequel ce Mathieu Bernier enveloppait sa Catherine, Bertrand se demanda quelles étaient les circonstances qui les avaient rapprochés autrefois, car il devinait entre eux un air de complicité qui ne lui disait rien qui vaille. Catherine s'avança vers lui, les joues rosies, et lui prit le bras.

— Tu ne devineras jamais, mon chéri. Monsieur Bernier et moi sommes du même coin de pays – enfin presque – et nous nous connaissons depuis longtemps. Mathieu, je te présente Bertrand, mon mari.

— Enchanté, monsieur, votre conférence m'a beaucoup plu. Ainsi, vous êtes un très proche compatriote de mon épouse?

— Si l'on veut. Je viens du comté de Charlevoix et Catherine a été élevée de l'autre côté de ce bras de fleuve, non navigable, qui sépare son île de la rive nord du Saint-Laurent. Mais c'est effectivement proche, compte tenu de l'immensité de notre pays.

— Je connais bien votre coin de pays, monsieur. Ma femme et moi y passons des vacances dans la maison que Catherine a héritée de sa famille.

Puis Bertrand dut ensuite s'excuser pour serrer la main de deux professeurs de Strasbourg qui voulaient le saluer. Du coin de l'œil cependant, il ne perdait pas de vue sa femme et son compatriote, qui continuaient de s'entretenir avec animation. Il vit Catherine sortir une carte de son sac et Mathieu en faire autant de sa poche. Ils étaient en train d'échanger leurs cartes de visite.

— Bon Dieu, ce type m'énerve. Qu'est-ce qu'il peut bien lui raconter pour lui donner un air si radieux? Je ne l'ai jamais vue aussi belle! Où est passé sa morosité de tout à l'heure quand elle faisait la tête pour m'accompagner?

Chapitre 14

LA SCÈNE

Après avoir refermé sur eux la porte de leur appartement, il s'était servi un whisky bien tassé, s'était calé dans son fauteuil préféré et avait lancé d'un ton qu'elle ne lui connaissait pas :

— Tu le connais depuis longtemps, ce Mathieu... comment déjà?

Sans s'en rendre compte, Catherine avait répondu sur la défensive.

— Bernier, tu devrais pourtant le savoir! N'est-ce pas ta chère collègue du département d'Histoire qui l'a invité? Elle lui a d'ailleurs fait de l'œil une partie de la soirée.

— Comment aurait-ce été possible? Il ne t'a pas quittée d'une semelle! Tu n'as parlé à personne d'autre qu'à ton compatriote conférencier, négligeant même de faire le tour des invités comme tu le fais habituellement. Catherine, voyons! Qu'est-ce qui t'a pris?

— Tu n'as rien compris, Bertrand, j'étais simplement surprise et contente de le revoir. Et lui aussi. Nous avons échangé des souvenirs, rien de plus. Je ne peux pas faire une croix sur mon « avant Bertrand Pion » et nier que j'ai vécu avant de te connaître. Et le père de Valérie dans tout cela? Il faudrait peut-être que je renie avoir une fille?

— Tu as le sens de l'exagération, quand tu t'y mets... Non, il n'est pas question ici de l'ex de personne et ta vie avec le tien est du lointain passé et ne me regarde pas. Je voulais seulement savoir qui est cet homme au juste et quel rôle il a joué dans ta vie pour que sa réapparition te fasse un tel effet.

Catherine n'avait jamais fait de révélations à Bertrand sur l'épisode houleux de ses relations avec Mathieu. Marie-Luce était l'unique confidente à qui elle n'avait rien caché. Avec Bertrand, c'était plus délicat. Au début de leurs fré-

112

quentations, elle avait deviné chez lui une légère tendance à prendre ombrage facilement et à se montrer possessif, travers qu'elle avait attribué à l'amour qu'il lui portait. Elle lui avait d'abord souligné à quel point elle appréciait les petites attentions dont il l'entourait et s'était dite flattée de lui inspirer un tantinet de jalousie. Mais, avait-elle continué, il ne faudrait pas qu'une surdose de sollicitude n'en vienne à la faire suffoquer ni que le rempart dont il semblait vouloir l'entourer ne se transforme en camisole de force! En homme intelligent, Bertrand avait compris. Catherine était comme un petit chat. Plus on le serre sur sa poitrine, plus il se débat en essayant de se libérer, toutes griffes sorties. Mais quand on le laisse tranquille, il vient se pelotonner de lui-même dans nos bras, en ronronnant.

Concernant Mathieu, Catherine lui avait fait à l'époque une demi-confidence, se contentant de lui dire qu'elle avait déjà essuyé une peine d'amour dont elle préférait ne pas parler, que c'était maintenant chose du passé. Bertrand n'était pas complètement idiot non plus. Il n'était pas le premier – ou le deuxième – homme dans la vie de cette femme, il s'en doutait bien! Tout comme lui après son divorce, elle avait dû, sans doute, explorer quelques chemins de traverse en espérant y trouver le bonheur. Moins il en saurait, cependant, mieux il se porterait. Il préférait laisser le passé de son épouse dans l'état imprécis et anonyme qu'il avait toujours connu.

Or, ce défaut allait-il se réveiller vingt ans plus tard?

— Ma pauvre Catherine, je ne te reproche pas ton passé dans la mesure où il ne risque pas de se conjuguer à nouveau au présent. Tu aurais dû te voir rougir quand ce bellâtre, sexagénaire qui plus est, t'a fait le baisemain. Mais au fait, où et comment l'as-tu connu?

— Je l'ai rencontré juste après mon divorce, un jour que j'étais allée passer quelques jours à Montréal, chez mon amie Hélène. Nous nous sommes vus pendant quelque temps avant que j'aille étudier à Ottawa et je l'ai ensuite perdu de vue.

— Est-ce l'homme dont tu refusais de parler quand je t'ai connue? Je n'ai jamais su son nom, au fait.

— Bertrand, pourquoi insistes-tu? Qu'est-ce que ça change que ce soit lui ou non? Et si c'était lui? Irais-tu le provoquer en duel pour m'avoir fait pleurer, il y a vingt ans?

— Peut-on savoir pourquoi ce monsieur t'a quittée, te laissant le cœur en bandoulière?

— Il était et est toujours marié.

— Je vois... Étais-tu sa maîtresse... du temps où je te fréquentais à Ottawa?

N'en pouvant plus, Catherine se leva et lui demanda avec véhémence :

— Est-ce que je m'inquiète de savoir avec qui tu as couché après ton divorce, moi? Et avec qui tu couchais, à Ottawa, avant que nos relations prennent un tour sérieux? Bertrand, cessons ce dialogue stupide. Ton interrogatoire me déplaît au plus haut point. Ai-je l'air d'une femme qui se laisse draguer par le premier venu, qui plus est dans un salon de l'université après une conférence? Je n'ai plus l'âge, hélas, ni le goût de me lancer dans une aventure qui ne rimerait à rien.

— De te lancer, peut-être que non, mais de reprendre? Ne vous ai-je pas vus échanger vos cartes de visite?

— Je lui ai donné mon adresse de messagerie électronique pour que nous échangions des adresses de sites généalogiques, là! Il se trouve qu'il pourrait m'aider à faire mon arbre généalogique du côté des Blouin. Je vais lui communiquer le résultat des recherches que j'ai déjà effectuées et nous partirons de là. C'est tout! Bon, l'interrogatoire est-il terminé et puis-je aller me coucher maintenant?

Sur ce, elle lança son sac sur le canapé, arracha presque le collier d'ambre qu'il lui avait offert pour Noël et prit la direction de leur chambre d'un pas rageur. Pourquoi avait-il pris la mouche de cette façon? Ce n'était pourtant pas dans ses habitudes. Avait-il pu lire sur son visage comme dans un livre ouvert l'émoi qui lui avait fait piquer un fard en revoyant Mathieu? Car sa rencontre de ce soir l'avait profondément bouleversée, plus qu'elle ne l'aurait cru. Une foule de souvenirs la submergèrent et c'est l'air songeur qu'elle procéda à sa toilette.

Chapitre 15

CLAVIER VERSUS PLUME

Catherine se disait qu'elle allait oublier Mathieu avec un peu de volonté, le temps et la distance aidant. De son côté, Mathieu tournait dans sa tête le moyen de la voir seule, sans trop l'effaroucher. Il la savait fidèle de nature et il n'avait pas besoin de sonder plus loin ses habitudes pour deviner qu'elle n'avait jamais trompé son mari. Pourtant, il tenait à la revoir.

Elle lui avait parlé de son travail et de sa carrière, lui révélant avoir évolué vers l'interprétariat après trois années passées à se pencher sur les textes des autres. Elle était trop extravertie pour rester confinée dans un bureau. S'inscrivant à des cours du soir, elle avait parfait ses compétences et acquis les connaissances nécessaires pour se sentir à l'aise dans une cabine d'interprète. Depuis deux ans, cependant, elle avait ralenti ses activités et profité de son expérience pour travailler comme pigiste. Elle était appelée lors d'une conférence ou on lui demandait d'accompagner un groupe à l'étranger ; elle pouvait accepter ou refuser, selon son bon vouloir. Elle disait que la retraite, ça se digère beaucoup mieux quand on peut la goûter progressivement. Elle avait l'intention de se consacrer à l'écriture, ce dont elle avait toujours rêvé, et ce n'est pas à soixante-cinq ans qu'elle avait envie de s'y mettre. Bertrand était toujours en activité. Il enseignait à l'Université de Lille un jour par semaine, partait à l'île de la Réunion chaque automne pour un mois et trouvait son sort satisfaisant.

Mathieu décida de téléphoner à Catherine. Il logeait dans un petit hôtel du quartier latin qui lui rappelait le séjour qu'il y avait fait dans les années cinquante alors qu'il n'était qu'un étudiant anonyme parmi tant d'autres. La trouvant seule comme il l'espérait, il l'invita à l'accompagner au jardin du Luxembourg où il avait envie de se promener. Le soleil de février était timide et les arbres, dépouillés, mais les allées avaient toujours le même charme.

Qu'était une innocente promenade en plein jour, dans un endroit public, même accomplie au bras d'un ancien amant? Il n'était pas interdit de cultiver l'amitié après l'amour? Elle accepta.

Ils marchèrent longtemps, parlant de tout et de rien, se racontant leur vie et comblant de leurs confidences les vingt années pendant lesquelles ils avaient vécu dans leur univers respectif.

— Sais-tu que je passais souvent par Paris pour mes affaires? Et que je m'y arrêtais quelquefois en route pour l'Afrique?

— Je me doutais bien que tu devais y passer de temps en temps, toi qui étais toujours entre deux continents.

— Si j'avais su t'y trouver, peut-être t'aurais-je fait signe à l'occasion? On aurait pu manger ensemble, le midi. Ce n'est pas toujours rigolo de voyager seul et de se retrouver, anonyme, dans une grande ville avec, pour tout contact, les gens que l'on doit rencontrer par affaires et les quatre murs impersonnels d'une chambre d'hôtel.

— Ta femme ne t'accompagnait-elle pas?

— À l'époque, elle avait son travail. Qu'elle a dû interrompre plusieurs fois pour me suivre lorsque j'étais affecté quelque part pour un an ou deux! Maintenant, elle préfère rester derrière, car elle trouve mon rythme trop fatigant quand je pars en tournée. Je rentre demain, comme tu le sais, et je vais dorénavant me contenter de petits voyages au Canada. On peut aussi travailler sur Internet. Je me vois mal arrêter toute activité et me contenter de cultiver mes tomates. L'hiver est long au Canada, tu t'en souviens?

— J'utilise beaucoup Internet, moi aussi. C'est mon fil d'Ariane avec ma famille et mes amis. J'y fais également des recherches en vue d'un roman que je veux écrire, quand j'en aurai le courage.

— N'attends pas, Catherine. Tu as un vécu intéressant, riche d'expériences variées. Ne le laisse pas en friche, puises-y tout ce que tu peux. Je suis sûr qu'il en sortira quelque chose de fascinant.

Le jour déclinait et un vent froid s'engouffrait maintenant dans les allées. Mathieu suggéra d'aller boire un chocolat chaud Chez Angélique, où il était excellent. Elle hésita puis la raison l'emporta et elle refusa poliment. Elle avait baigné suffisamment longtemps dans ce climat de réminiscences et de résurgence du passé. Elle n'aima pas le picotement qui lui irrita les yeux quand ils se firent la bise près de la station Odéon avant de se quitter. Il lui promit de lui écrire et de l'aider à faire son arbre généalogique. Elle promit de lui répondre et de garder le contact via Internet, maintenant qu'elle avait son adresse. En toute amitié!

Mathieu avait la soirée devant lui, car il prenait l'avion le lendemain pour rentrer chez lui. Chassant l'idée du chocolat chaud qu'il avait proposé à Catherine, il se dirigea plutôt vers le bar le plus proche. Commandant un double whisky, il s'installa à une table du fond et se mit à revivre en pensée l'après-midi qu'il venait de passer avec son ancienne maîtresse. Tel le liquide ambré qu'il sirotait en connaisseur, Catherine lui avait paru mûrie, épanouie et sereine. Il n'avait pu manquer de noter, cependant, cette petite lueur au fond des yeux qui apparaissait quand elle était troublée et qu'il connaissait si bien. Elle n'avait pas réussi à la voiler entièrement. Avait-il vu juste? Ou peut-être était-il présomptueux en s'estimant capable de l'émouvoir encore? C'est ce qui l'avait retenu de lui confier l'événement qui avait bouleversé sa vie depuis qu'ils s'étaient vus, la dernière fois à Ottawa. « Dans le doute, abstiens-toi, mon ami. Fais confiance au vieux proverbe à l'antique sagesse. Pourquoi lui faire mal inutilement? » Il régla, puis il rentra directement à son hôtel pour boucler sa valise.

Catherine réintégra son appartement où elle se plongea aussitôt dans la confection d'un excellent repas pour Bertrand qu'elle savait gourmand. Elle soigna le menu, alla chercher une bonne bouteille à la cave et se recoiffa avant son retour. Elle n'allait pas lui mentionner sa promenade dans le jardin du Luxembourg.

Dans leur couple, c'était elle qui s'intéressait le plus à Internet. Bertrand disait qu'il avait vécu cinquante-neuf ans en utilisant du papier et un stylo et il n'allait pas changer ses habitudes si tard dans sa vie. Il laissait donc à sa femme le soin de correspondre avec leurs amis et de faire les recherches qu'il souhaitait effectuer pour son travail. Elle aimait, pour sa part, allumer son ordinateur tous les jours et y lire les nouvelles transmises par ses amis et sa famille. C'est par ce truchement qu'elle avait appris, entre autres, la mort de sa tante religieuse et qu'elle était mise régulièrement au courant des naissances, des mariages, des séparations et des visites annoncées. De la poste, ils ne recevaient plus que de rares cartes postales ainsi que les factures et publicités habituelles.

Une semaine après sa promenade accompagnée, elle découvrit un nouvel expéditeur dans sa boîte de réception. C'était lui. Il était rentré au Canada. Il les remerciait tous les deux de leur accueil et, s'adressant à Catherine en particulier, lui réitérait son désir de l'aider dans ses recherches généalogiques. Elle cliqua sur « Répondre à l'expéditeur » et ce fut le début d'une liaison épistolaire dont elle allait vite perdre le contrôle.

Alors qu'ils étaient tous deux à la brunante de leur vie, ils commencèrent tout doucement à échanger quelques confidences. Poliment, sur la pointe des pieds, pour ne pas dire sur la pointe des sentiments. Elle lui racontait son quotidien, il lui racontait sa retraite. Il lui avait dit être retourné à ses sources, entre ses chères Laurentides et son fleuve immense, où il prenait le temps de se reposer avant de repartir pour de brefs voyages. Il acceptait encore des contrats de courte durée comme conseiller en gestion, mais souhaitait se consacrer désormais à la rédaction de ses mémoires aux côtés de sa femme. Il prenait plaisir à respirer l'air de l'inaction délibérée, ayant derrière lui quarante-cinq ans d'une existence vibrante de changements, de dépaysements, de découvertes et de routines constamment bousculées. Elle lui disait ses états d'âme près d'un mari qui l'aimait plus qu'elle ne l'aimait au début, mais qu'elle chérissait chaque jour davantage. Elle disait lui porter une grande tendresse tissée au fil des ans de la plus solide des étoffes, celle de l'attachement. « Il est mon phare! » lui écrivait-elle. « C'est mon meilleur copain, nous pensons de la même façon, partageons des goûts semblables et nous ne nous ennuyons jamais ensemble. Les mille et un petits riens composés par nos intérêts communs sont la trame de nos jours. Après tout, c'est sans doute ça le véritable amour. On recherche toujours des frissons affriolants qui n'existent probablement que dans les bouquins », achevait-elle.

Leur passé galant n'était jamais évoqué. Au fil de leur correspondance, ils développèrent des relations amicales. Une affectueuse camaraderie dénuée de toute connotation ambiguë s'installa entre eux et remplaça les frissons de leurs rendez-vous d'antan. Ni l'un ni l'autre ne voulait causer la moindre vague dans l'existence qui était la leur, de part et d'autre de l'Atlantique.

Lors de leur promenade de février, Catherine avait passé sous silence la scène de la veille, rue Pérignon, après sa conférence. Les anicroches dans sa vie conjugale ne le regardaient aucunement et n'avaient rien à voir avec leurs relations. Pour sa part, Mathieu se réjouissait de voir que son ancienne maîtresse avait pu rencontrer un homme comme Bertrand. Il lui avait paru être le mari idéal pour elle quand il l'avait rencontré à Paris et il l'avait trouvé, du reste, fort sympathique, sans se douter que ce sentiment était loin d'être partagé. Parvenu à l'âge où l'on décante souvent son passé, Mathieu ressentait un malaise quand il pensait à Catherine. Il se sentait coupable d'avoir agi en dilettante dans un domaine aussi délicat que celui des sentiments. De la savoir bien mariée le disculpait partiellement à ses propres yeux.

Chapitre 16

L'APPEL INATTENDU

La maladie de son père obligea Catherine à retourner subitement en Amérique. On avait diagnostiqué chez Antoine une leucémie aiguë, et sa femme, Maureen, avait téléphoné aux deux aînés de son mari pour leur annoncer la nouvelle. Catherine voulait revoir son père vivant. Elle s'était entretenue avec son frère au téléphone et ils iraient ensemble à St. Johnsbury dans la voiture de Marc. Elle acheta un billet aller-retour pour Montréal et programma une auto-réponse sur son ordinateur afin que ses correspondants sachent qu'elle était momentanément absente. Bertrand ne pouvant quitter Paris en plein milieu de l'année universitaire, Catherine partit donc seule.

Marc conduisit jusque dans le Vermont, laissant sa sœur dormir tout son saoul pour lui permettre de se remettre un peu du décalage horaire. À l'hôpital, ils trouvèrent leur père affaibli par les médicaments, un peu en dehors de la réalité, mais conscient de leur présence et content de les voir à ses côtés. On lui faisait des transfusions, mais aucun d'eux n'était dupe. Ce n'était que palliatif! Maureen était assommée et n'arrivait pas à prendre conscience du dur fait qu'elle allait bientôt être veuve. Catherine eut pitié de sa belle-mère et l'entoura de toute l'affection qu'elle put pendant que Marc vaquait aux questions essentielles qui ne manqueraient pas de surgir après le départ de leur père. Antoine mourut un matin à l'aube, et c'est Catherine qui lui ferma les yeux. Elle avait passé la nuit à le veiller, après avoir forcé Maureen et Marc à aller se reposer et leur avoir promis de les appeler au besoin.

Une fois rentrée à Montréal, elle eut le goût de se reposer et prit le chemin de la *Colombière* dans l'intention d'y passer quelques jours. Elle avait envie aussi de revoir ses petits-enfants, Marielle et Rémi, et elle demanda à Valérie de venir passer la fin de semaine avec eux et son mari. Valérie était ravie et elle accepta avec joie. Elle arriva avec ses enfants le vendredi soir, après l'école, et annonça que son mari viendrait les rejoindre le lendemain. Elle expliqua à sa mère qu'elle était triste de n'avoir pu assister aux funérailles de son grand-père mais que son travail et les enfants l'en avaient empêchée. Catherine comprenait et ne lui en tenait pas rigueur. Elle lui raconta son séjour, lui décrivit les derniers jours de son père, lui parla de Maureen qui avait bravement tenu le coup, mais qui lui avait paru si désemparée le jour de son départ.

Elle lui donna également des nouvelles de son frère Marc et des siens, à Montréal, et la mit au courant des petits riens qui tissent l'histoire d'une famille. Elle lui apprit qu'à son grand étonnement, Marc lui avait confié, en route pour Montréal, qu'il avait envie de la voir plus souvent, elle et sa famille, comme si la mort de leur père lui avait fait prendre conscience de la ténuité des liens familiaux. Elle était sa parente la plus proche et, même si le sort avait voulu qu'elle vive la majeure partie de l'année sur un autre continent, il n'était pas interdit qu'il aille la voir dans sa chère maison située en plein milieu du Saint-Laurent, n'est-ce pas?

Citadin invétéré, Marc avait passé sa vie enraciné dans des habitudes qu'il n'avait nullement eu l'intention de modifier. Pour lui, Laval-des-Rapides était la campagne profonde et tout ce qui débordait de l'île de Montréal, la brousse infinie peuplée de culs-terreux. Pendant des années, son travail, ses intérêts, ses activités et ses amis s'étaient concentrés dans un kilomètre carré à l'ombre du mont Royal. De guerre lasse, Catherine avait cessé de lui vanter les beautés de « son » île qui faisait pourtant partie de leur patrimoine commun. Valérie fut donc surprise de la nouvelle, car elle savait que son oncle était toujours heureux de recevoir les siens, mais ne rendait jamais visite à personne en dehors de la ville. C'est d'ailleurs en pointillés que les relations entre les Blouin s'étaient développées pendant des années en raison de l'éparpillement de ses membres.

La mère et la fille étaient donc heureuses d'être ensemble et jouissaient d'un tête-à-tête qu'elles n'avaient pas souvent l'occasion de partager. Elles venaient de coucher les enfants et avaient fait un feu dans la cheminée après s'être préparé une infusion, qu'elles savouraient en disputant un Scrabble, quand le téléphone sonna. Plus proche de l'appareil, Valérie prit l'appel et, étonnée, dit à sa mère :

— C'est pour toi.

— C'est qui?

— Je ne reconnais pas la voix.

— Ah bon! Qui cela peut-il bien être? Allô?

— Bonsoir, Catherine. C'est Mathieu. Tu vas bien?

Troublée, Catherine ne sut quel ton adopter. Cet appel dans la nuit la perturbait. Qu'allait penser sa fille? Se tournant vers Valérie et lui tendant le combiné, elle lui dit :

— Raccroche dès que j'aurai décroché. Je vais prendre l'appel dans ma chambre.

Elle monta en courant à l'étage et referma la porte de sa chambre. Resserrant le ceinturon de sa robe de chambre, elle s'étendit sur le lit et décrocha en tremblant le petit appareil posé sur la table de nuit. Elle attendit d'entendre le déclic en bas avant de parler.

— Comment as-tu trouvé mon numéro de téléphone?

— Tu ne te rappelles pas? Tu m'as donné ta carte en février pour que j'aie ton adresse de messagerie électronique. Rappelle-toi, il y avait tes coordonnées tant en France qu'au Canada.

— C'est bête, j'avais oublié. Je suis un peu surprise, voilà tout.

— Je voulais savoir ce qui t'amenait au pays. Rien de grave?

— Oui. Mon père vient de mourir. Il avait presque quatre-vingts ans, mais c'est toujours un dur coup de perdre ses parents. Je suis maintenant l'aînée de ma génération. Te rends-tu compte?

— Désolé d'apprendre cette nouvelle. Je t'offre mes plus sincères condoléances.

— Je te remercie. Mais, qu'est-ce qui me vaut ce coup de

fil? Et ta femme?

— Ma femme est à Montréal, chez sa sœur, pour quelques jours. Or, j'avais pensé... Es-tu seule?

— Tu sais bien que non puisque c'est ma fille qui a répondu.

— Dommage, j'aurais pu faire un saut chez toi.

— Ce soir? Mais il est dix heures passées!

— Je veux dire pour la nuit si tu n'y voyais pas d'inconvénient.

— Mathieu! Qu'est-ce que tu racontes! Que dois-je penser de tout cela?

— Penser que cela serait tout simplement merveilleux de se retrouver ensemble sous la même couette après toutes ces années, répondit-il de sa voix sensuelle de jadis.

— Coquin, va, tu ne changeras jamais!

— Pourquoi devrais-je? Ce n'est pas parce que je suis à la retraite que je suis mort et enterré. Puis... sais-tu que j'ai eu envie de toi après t'avoir retrouvée cet hiver? Tu n'as pas beaucoup changé, tu es toujours aussi belle, je dirais même que tu l'es davantage, la maturité te sied bien.

— Tu sais encore me faire rougir, tu n'as pas perdu le tour. Je te retourne le compliment, tu es toujours aussi séduisant et charmeur, seulement mon ange gardien est vigilant, il me suit à la trace, même quand je traverse l'océan. Il devait se douter que j'allais courir un terrible danger en venant ici seule, en plein hiver.

— Tu me fais languir et soupirer comme un jouvenceau. Tant pis, il me reste mes souvenirs, et celui de ton corps est toujours aussi vif. Je t'embrasse très fort. Je te souhaite un bon séjour au Québec et profite de ta fille, tu la vois si peu souvent. On continue de s'écrire. À la prochaine!

— Bonsoir, Mathieu. Je te ferai signe dès mon retour à la maison... chez moi à Paris.

Après avoir raccroché, elle demeura un long moment immobile, incapable de se lever, les jambes sciées. Elle ne savait que penser. De toute évidence, même après toutes ces années, elle intéressait encore son ancien amant en tant que femme, sinon il ne se serait pas invité chez elle! À quoi

jouait-il? Il devait bien se douter que sa proposition provo-
querait un sentiment confus et sèmerait le malaise chez elle.
Depuis qu'elle avait rencontré Bertrand et qu'elle l'avait
épousé, elle n'avait jamais songé à regarder un autre homme.
Les activités extraconjugales auxquelles s'adonnaient certaines de ses amies l'avaient toujours laissée indifférente. Pourquoi semer l'émoi dans sa vie et s'attirer des ennuis alors
qu'elle avait tiré un trait sur ce qui avait précédé sa rencontre avec Bertrand? Et cette préexistence l'incluait, lui!

Au rez-de-chaussée, Valérie l'attendait, en feuilletant un
magazine. Elle tenta de dissimuler sa curiosité dans un « qui
était-ce? » indifférent, mais on sentait qu'elle attendait de sa
mère une réassurance, une confirmation que cet inconnu
n'était qu'un ami comme les autres, parmi les nombreuses
connaissances que ses parents fréquentaient quand ils étaient
à la *Colombière*. Un coup d'œil à Catherine lui fit douter de sa
certitude. Sa mère avait le regard absent, elle avait l'air troublée et un peu de sueur, perlant à sa tempe, faisait friser
davantage ses mèches entretenues dans le ton cuivré de sa
jeunesse. Elle s'arrêta à temps, avant d'avoir formulé la question suivante. Inutile d'aller plus loin, elle savait que Catherine se refermerait comme une huître. « À elle de décider si
elle veut bien me faire des confidences », pensa-t-elle, en
ramassant les pièces de Scrabble pour les ranger, car la partie ne présentait vraisemblablement plus aucun intérêt pour
sa mère.

De retour en Europe, Catherine s'enhardit et commença
une lettre à Mathieu.

« Mon très cher ami,

« À Québec, le mois dernier, Valérie a eu connaissance
de ton appel et elle en a été intriguée. Elle possède une
intelligence vive et des antennes très fines. Elle se demandait
qui pouvait bien me retourner de la sorte en constatant mon
émotion. J'étais profondément perturbée et j'avais besoin de
parler à quelqu'un. J'ai attendu le moment propice et quand
nous avons déjeuné ensemble à Montréal, la veille de mon
départ, nous sommes restées attablées pendant plus de deux

heures à nous faire des confidences. Je te l'ai dit, elle est pour moi une amie autant qu'une fille maintenant. Et voici ce que je lui ai confié (sers-toi un scotch, tu en as le temps.)

« Je lui ai raconté qu'après avoir quitté son père et m'être retrouvée seule avec elle, j'avais connu le vide sentimental le plus profond et aussi le désarroi. J'avais été blessée et je ne faisais plus confiance aux hommes. Classique! Je lui ai alors parlé de notre liaison. Elle se souvenait de toi, mais elle était trop jeune à l'époque pour avoir compris la nature des liens qui existaient entre nous. Je lui ai révélé que c'était toi le responsable de mon trouble, le soir où elle a répondu au téléphone, à la *Colombière*. Il aurait été au-dessus de mes forces d'inventer une histoire abracadabrante, qu'elle aurait d'ailleurs crue à moitié! Je ne voulais pas, non plus, lui donner à penser que sa mère entretenait des relations équivoques, à l'insu de son mari. En lui parlant de la sorte, je satisfaisais sa curiosité tout en lui laissant voir, par-delà la mère que je suis, la femme que j'avais été dans ma jeunesse.

« Je poursuis le récit à ton intention, puisque tu m'en donnes l'occasion. Quand nous nous sommes connus, j'étais encore « vierge » au sens que toi seul peut comprendre. Je savais receler des tonnes de sensualité, mais comment les exploiter sinon avec quelqu'un que j'aimerais passionnément? Il a fallu que ce soit toi qui me fasses en découvrir la clé, en me révélant des torrents de sentiments inconnus jusqu'alors. J'étais une espèce à floraison tardive. Mais ce que le sort me donnait d'une main, il me le retirait de l'autre, car tu m'as avoué sur-le-champ être marié. J'étais la victime désemparée d'un implacable coup de foudre que je devais m'empresser de réprimer. Si tu ne m'avais pas rappelée à Québec ce 27 juillet, après avoir soutiré mon numéro de téléphone à Hélène, je ne serais pas en train de t'écrire en ce moment.

« Je suis encore vulnérable quand surgit dans ma mémoire le souvenir d'une certaine randonnée nocturne dans les rues de Montréal, de nos rencontres au milieu de nulle part et de la fièvre avec laquelle j'attendais toujours un appel de toi. Je t'ai toujours laissé l'initiative de me revoir, sachant bien que mes jours avec toi étaient comptés, que cela ne pouvait durer. À l'exception de la seule lettre que je t'ai écrite un jour de profond cafard, je n'ai jamais fait le moindre geste pour t'importuner. Je n'en avais pas le droit. J'ai apprécié la délicatesse avec laquelle tu as laissé le temps faire son œuvre, acceptant de t'éloigner pour ton travail le plus souvent possible pour ne pas avoir à rompre brutalement. Car tu le savais, n'est-ce pas, que je t'aimais, même si je ne te l'ai jamais dit? »

Sa réponse ne prit que quelques heures à lui parvenir :

« Merveilleuse Catherine,

« Ton courriel de dimanche après-midi m'a perturbé. Positivement. Ça fait du bien à l'ego de recevoir ce genre de confidences. Je n'avais pas réalisé, à sa juste valeur, la profondeur de tes sentiments et ton degré de virginité. Je me souviens que j'étais un peu effrayé par cette divorcée, mère d'une fillette de dix ans. J'avais une préférence pour les femmes mariées ou les célibataires endurcies. Et tu te souviendras, je ne voulais pas créer de liens durables, de peur de blesser et de l'être en retour. Je crois que la distance qui nous séparait nous a été bénéfique. Lorsque tu parles à ta fille, as-tu l'impression que nous avons vécu des «années folles» à l'époque où nous nous sommes rencontrés? On traversait la ville avec une indécence qui la ferait sûrement rougir. Je m'en souviens comme si c'était hier. Quelle arrogance! Quel beau temps! Quelle époque de liberté pour ne pas dire libertinage! Je recommencerais bien si l'occasion m'en était offerte. Lui as-tu raconté ces folies? Je ne sais si je suis déconnecté, mais j'ai l'impression que la génération qui nous suit ne mord pas dans la vie comme nous le faisions, qu'elle est plus prudente, qu'elle est plus pessimiste.

« Le fait de te revoir a ressuscité cette époque et m'a rajeuni de vingt ans. Je redécouvre l'envie de toi qui ne devait que sommeiller en moi. »

Chapitre 17

LA CORRESPONDANCE PRIVILÉGIÉE

C'est ainsi que s'était amorcée une correspondance qu'elle n'aurait jamais pu imaginer avec qui que ce soit. Elle rougissait parfois en se rappelant les mots écrits, les images évoquées, les propos abordés. « En te revoyant, je me suis rappelé le goût de ta peau et j'ai fait une plongée vertigineuse de vingt-cinq ans en arrière. Ah! la vieillesse! Ah! la frustration de ne vivre que de souvenirs alors que l'esprit est encore alerte et fringant. Et moqueur avec cela, car il nous rappelle ce qui a été et nous met au défi de le retrouver. Si tu savais comme j'ai pensé à toi en quittant Paris. »

Elle en était flattée, se disant que peu de femmes de son âge devaient échanger ce genre de correspondance. En même temps, elle se sentait coupable envers Bertrand, dont l'étoile avait pâli depuis qu'elle avait revu Mathieu. Pour se donner bonne conscience, elle ressassait aussitôt les termes sévères qu'il avait employés et la méfiance dont il avait fait preuve à son égard. Son comportement l'avait blessée alors qu'elle n'était coupable, à l'époque, que d'avoir échangé son adresse électronique avec Mathieu. « Pour la bonne cause, lui avait-elle dit. Pour que nous mettions en commun nos trouvailles généalogiques! » Ne savait-il pas que tous les Québécois étaient parents entre eux?

Tout doucement, leurs lettres prirent un caractère de complicité, de connivence. Devant Bertrand, elle ne prononça plus le nom de Mathieu, faisant comme celle qui avait oublié l'incident. Mais quelque chose s'était fêlé dans leur mariage. Une jalousie à retardement, une possessivité excessive... ou une conscience barbouillée? Catherine se demanda si Bertrand ne lui attribuait pas, injustement, le rôle de l'une de ces femmes mariées avec lesquelles elle le soupçonnait d'entretenir parfois des relations plus qu'amicales. Elle n'avait aucune preuve et ne voulait pas devenir paranoïaque, mais, passait-il seul toutes ses soirées quand il allait enseigner à l'étranger?

Catherine et Mathieu apprirent aussi à se connaître, maintenant qu'ils s'étaient reconnus. Un quart de siècle plus tôt, leurs préoccupations n'incluaient pas la perception approfondie de l'autre, du moins celle de la mémoire, de leur passé mutuel. Ils se rattrapaient en se racontant leur enfance, en retrouvant des détails de leur adolescence, en s'envoyant même de vieilles photos, sorties de la boîte à chaussures, qu'ils passaient au scanner. Chaque événement de leur existence, de part et d'autre de l'Atlantique, était le prétexte à puiser dans le réservoir de leur mémoire.

Ils se remémorèrent également certaines de leurs escapades avec nostalgie mais aussi avec humour. Elle lui rappela la fois où il l'avait invitée à l'accompagner dans un grand hôtel de Québec pour assister à une soirée donnée en l'honneur d'un candidat libéral. C'était la première sortie « normale » qu'elle faisait avec lui. Elle lui avoua avoir emprunté la robe longue qu'elle portait ce soir-là à Sylvie, la secrétaire du bureau voisin du sien. Elle confessa l'émotion qu'elle avait ressentie en revêtant cette belle robe noire, au décolleté avantageux, qui lui donnait l'impression d'être une princesse. Sa première robe longue depuis sa robe de mariée! Elle n'avait pas regretté d'avoir puisé dans la garde-robe de sa collègue en se souvenant du sifflement admiratif de Mathieu quand il était venu la chercher. Elle avait plané toute la soirée sur une pile de nuages floconneux et refusé de songer à la chute vertigineuse qu'elle allait faire en se retrouvant dans sa maison, seule, le lendemain...

Il lui rappela la joie enfantine qu'elle avait arborée le jour où elle avait étrenné son manteau de rat musqué en sa présence, lors de la première tempête de l'hiver qui l'avait immobilisé à Québec toute la fin de semaine. Pour son plus grand bonheur à elle. « Ma première pelleterie », s'était-elle exclamée en lissant ses flancs soyeux. Elle en battait presque des mains, comme une gamine. Trois mois de petites sommes mises de côté chaque semaine afin de réaliser un rêve convoité depuis longtemps en admirant la vitrine d'un grand magasin.

Ils revivaient, sur l'écran cathodique de leurs échanges, le souvenir de leurs rencontres fiévreuses, au milieu de nulle part, dans un endroit perdu de la campagne des Bois-Francs, que Mathieu avait repéré et qu'il lui avait signalé. Malgré l'état des routes. Malgré la distance. Malgré la fatigue du lendemain matin quand il fallait arriver au bureau pour neuf heures. « Te souviens-tu des matins fumeux où il fallait gratter les pare-brise de nos voitures et se tourner le dos en partant, l'un vers l'est, l'autre vers l'ouest? » Quand il l'appelait pour lui dire qu'il avait réussi à se libérer pour une nuit, elle invoquait une soirée chez une amie et traversait le pont dès cinq heures. Elle aurait traversé le fleuve sur la glace s'il n'y avait pas eu de pont. Ou à la nage. Ou sur un radeau. Qu'importe, elle aurait trouvé le moyen. « Ah! l'insouciance de cette époque! Au moins ai-je vécu une véritable passion, même si elle n'a abouti qu'à une impasse», songeait-elle.

Ce rapprochement grâce à l'écriture avait vite débouché sur un cul-de-sac. Qu'est-ce qui allait suivre? Elle posa la question dans son courriel suivant.

« Il est plus de vingt heures et je suis seule. Bertrand est à Lille pour deux semaines, car il remplace un collègue. Je n'ai pu l'accompagner, parce que je viens de décrocher un contrat. J'ai mis mon disque préféré du moment (le quatuor à cordes *Rosemonde* de Schubert), me suis servi un verre de beaujolais et j'ai commencé à relire toute la correspondance que nous avons échangée depuis quelques semaines. Ce qui m'a amenée à faire le point et à m'attarder sur les réflexions suivantes.

« Notre correspondance *privilégiée*, comme tu dis, est pour moi un don du ciel. Elle est survenue à point nommé. J'étais à un carrefour, un peu perdue. Je vivais chloroformée dans le cocon d'une petite vie bourgeoise sans surprise. Je voyais les années défiler, les défis diminuer, la routine s'installer. Puis, je me suis secouée. Je n'allais pas me laisser emporter tout doucement à travers la cinquantaine, la soixantaine... le néant, molle comme une guimauve! J'avais besoin de relever la sauce de ma vie, d'y mettre du piquant. Bertrand, lui, est heureux comme un coq en pâte. Du moment qu'il m'a à ses côtés, que son équipe arrive en tête au foot, qu'un bon livre l'attend après les infos, que les enfants se débrouillent bien et que la retraite approche, il n'en demande pas plus! Moi, je scrute mon visage, y épie les rides, y traque les affaissements et redoute le jour où on dira – en parlant de moi – quelle charmante vieille dame! Devant cette situation inéluctable, que je cherche à repousser le plus loin possible, je me suis mise à explorer le « coffre en cèdre » de mon passé afin d'y repêcher un épisode extraordinaire, un incident merveilleux, un moment magique susceptible de m'aider à recharger mes batteries. Et c'est notre aventure qui a refait surface. Chose curieuse, je ne t'avais pourtant pas revu depuis des années, que je m'étais remise spontanément à penser à toi. Cela avait commencé tout bêtement chaque fois que j'arrivais à Québec et que j'empruntais la route de Sainte-Anne-de-Beaupré! Au carrefour qui bifurque vers mon île, le panneau indiquant La Malbaie faisait resurgir ton image. Mon esprit allait de l'avant alors que, machinalement, je tournais à droite en direction de la *Colombière*.

« Puis, il y eut cette soirée à Paris et le choc de te revoir m'a ranimée. Je pensais qu'avec les années le charme n'opérerait plus. J'avais cru être guérie de cette terrible attraction que tu exerçais sur moi. J'avais tort! Tu m'as jeté un sort cette fameuse nuit de juillet, contre lequel je n'ai jamais trouvé d'antidote.

« Après cet épisode, j'ai continué à vivre dans un état d'esprit difficile à expliquer, puisque nous avions commencé à nous écrire à bâtons rompus. Le soir où tu m'as téléphoné à la *Colombière*, je n'aurais pas réagi autrement si une bombe avait éclaté au milieu du salon. Je me suis dit : « Ça y est! Il a pu lire en moi comme avant et il a perçu ma très grande vulnérabilité à son égard. » Je n'arrivais pas à y croire et j'ai maudit le sort qui m'avait envoyé un ange gardien en la personne de ma fille.

« Je suis rentrée en France heureuse de cet agréable incident mais aussi très perplexe. Où allais-je comme cela? Je me voyais scindée en deux entités n'ayant aucune relation entre elles. D'une part, une femme apparemment comblée, aimée de son mari, entourée d'amis et, d'autre part, une femme tourmentée par un démon demeuré insensible à tous les exorcismes pratiqués par le temps, l'éloignement, le raisonnement et la vie tout court.

« Je repense à ta réaction devant ma lettre écrite un beau dimanche de printemps. J'ai peine à croire que tu ne te doutais pas des sentiments que j'éprouvais pour toi à l'époque. Il me semblait pourtant qu'ils étaient écrits en lettres de feu sur mon visage, malgré mes efforts pour les dissimuler le mieux possible. Je voudrais pouvoir te reprocher d'être revenu dans ma vie après cette fameuse nuit où tu m'avais avoué être marié. Je n'en ai pas le courage en songeant à tout ce que je n'aurais pas eu le bonheur de connaître...

« Je ne pensais pas avoir un jour l'occasion de te dire toutes ces choses. Je n'ai même jamais cherché cette occasion. Mais tu me la donnes aujourd'hui et je la saisis. Ne crains rien, je te raconte tout cela par écrit, car c'est plus facile que de vive voix, mais cela ne va rien changer dans nos relations. Je ne veux surtout pas te faire un procès d'intentions. J'aurai toujours autant de plaisir à t'écrire et encore plus à ouvrir tes courriels. Tant pis si j'ajoute du bois pour chauffer ton ego... Il fallait que je te le dise! »

Sa réponse avait été immédiate. Trop de non-dits restaient en suspens. « Il faudra nous trouver un lieu de rencontre, à mi-chemin entre ton île et mon refuge. Pour tes prochains séjours à la *Colombière*, de préférence quand tu y seras sans Bertrand. » Il saurait se ménager, dans sa vie de retraité, des parenthèses qui lui permettraient de s'éloigner du logis conjugal, le temps d'une ou plusieurs escapades vers Québec, avait-il ajouté. Comme dans le temps!

Il avait ajouté, au sujet de Bertrand :

« Sache cependant que je ne voudrais pas voler ne serait-ce qu'une once de bonheur à ton mari. En fait, je ne veux faire de mal ni à ton mari ni à ma femme, je ne veux que nous faire du bien, à nous. »

Elle lui avait répondu :

« Moi non plus, je ne veux faire de mal à personne, tu le sais bien! Je veux seulement t'emprunter un peu, le temps de m'imprégner de toi, de reprendre ton empreinte, de me baigner à nouveau dans ton souffle et de graver en moi le souvenir de ta voix. J'ai tant soif et faim de toi, j'ai tant de choses à te dire qu'une vie toute entière ne suffirait pas. Si le bonheur de te revoir en chair et en os m'est donné, j'en serai si heureuse que même le bon Dieu ne saurait m'en tenir rigueur! »

Voilà, c'était dit et écrit. Le désir du corps de l'autre s'était installé en filigrane. Leur envie de se toucher à nouveau traversait les mots qu'ils employaient. Elle avait réappris le chemin de son nom et lui parlait à haute voix quand elle était seule dans sa voiture. Elle rêvait de lui et se disait que leur rencontre au Québec ne pouvait se réaliser, que c'était trop exiger du destin! En même temps, elle doutait. Comme il doit me trouver naïve, oie blanche, bécasse... se disait-elle, après avoir passé des heures à lui composer de longues lettres, qu'elle n'envoyait pas toujours, mais qu'elle gardait précieusement dans la mémoire verrouillée de son ordinateur.

Ils avaient décidé de se fixer un rendez-vous, quelque part au Québec, pour l'automne qui venait. Catherine s'arrangerait pour venir seule à Québec. Ils convinrent de se voir aux alentours de l'Action de grâce.

L'été se transforma en siècle. Les jours avaient mille heures. Catherine vivait deux vies parallèles. Ses sentiments étaient compartimentés comme les rayons d'une ruche. Avec Bertrand, ses collègues, ses amis, sa famille, elle était la femme agréable, gaie, amusante qu'elle avait toujours été. Elle avait un je-ne-sais-quoi de piquant et on disait autour d'elle qu'elle était loin de paraître son âge, qu'elle rajeunissait en vieillissant! Avec son mari, elle se montrait affectueuse, coquette, aguichante presque, comme si elle avait voulu lui communiquer une partie de l'enivrement que lui

causait sa correspondance avec l'autre. Curieusement, l'amour
– différent de l'autre – qu'elle éprouvait toujours pour son
mari, se décuplait. Elle avait de soudaines envies de rapprochement qui le déconcertaient et le ravissaient tout à la fois.
Elle se disait : « Comment est-ce possible d'aimer deux hommes en même temps? » C'était pourtant son cas. Par ailleurs,
elle se moquait que Bertrand ait pu montrer de l'intérêt à
une autre dans le passé, elle le souhaitait presque! Dans son
esprit, cela équilibrerait la situation.

Elle inventait des mises en scène pour le jour où elle
reverrait Mathieu, composait le menu du repas qu'elle lui
servirait, choisissait la musique qu'elle lui ferait écouter,
refaisait sa garde-robe dans le souci de lui plaire. Bref, elle
flottait sur un nuage et ne mettait aucunement en doute
l'existence d'un pareil désir chez lui. Il savait si bien traduire
le sien par des mots qui enflammaient Catherine comme un
courant électrique et laissaient son esprit et son corps en
effervescence.

Il lui écrivait, par exemple, combien il avait hâte de la
serrer dans ses bras. Et terminait ses lettres en lui disant : « Je
t'embrasse tout partout. » Elle lui répondait : « Tes frissons
m'ont fait frémir de la tête aux pieds, j'en ai encore la chair
de poule. » Mathieu lui disait faire des rêves où elle était *très*
présente, elle le traitait de « vieux bouc lubrique »; il la
qualifiait de « prude! », ce à quoi elle répliquait : « Je suis
pudique, nuance! » Mais elle avouait subtilement que ses
nuits étaient quelquefois troublées par des élans du corps
qu'elle ne réussissait pas toujours à réprimer.

Le temps s'écoulait lentement. Ils comptaient les jours
chacun de leur côté, anxieux de ne pas trouver dans le
regard de l'autre, le moment venu, le reflet des années
accumulées depuis leur dernier tête-à-tête. Son dernier message, qui remontait à environ deux semaines, comportait
un post-scriptum : « Dans un mois, nous serons ensemble.
Entre-temps, je dois m'absenter pour quelques jours. Une
promesse à un ami, à Toronto. Ne t'inquiète pas, je te
reviendrai bientôt sur la Toile. »

Chapitre 18

LE COURRIER DIFFÉRÉ

C'était dimanche, le seul jour où elle aimait faire la grasse matinée. Quand il était là, Bertrand lui apportait son petit déjeuner au lit. C'était sa spécialité, les seuls repas qu'il préparait, fort bien d'ailleurs. Mais ce matin, point de Bertrand ni de café au lait. Il était parti comme chaque automne donner un cours de civilisation française à l'île de la Réunion, et c'était mieux ainsi. Bien qu'elle essayât de la bâillonner, sa conscience la travaillait depuis qu'elle avait pris la décision de se laisser glisser vers son désir. Ce désir dont l'embryon dormait en elle depuis si longtemps qu'elle en avait été inconsciente jusqu'à sa rencontre fortuite avec Mathieu, au début de l'année.

S'étirant dans son lit, elle songeait qu'elle allait bientôt partir pour le Canada. Son billet d'avion pour Montréal, épinglé au tableau de la cuisine, le lui rappelait depuis quelques jours. C'est volontairement qu'elle l'avait placé bien en vue pour se rappeler qu'elle ne rêvait pas, qu'elle allait effectivement traverser l'océan à la date dite. Plus qu'une semaine d'attente.

Elle bâilla et décida de paresser au lit. Elle était si bien, surtout quand elle songeait aux bras de Mathieu qui l'attendaient et aux messages coquins qu'il avait commencé à lui adresser dernièrement. Elle en rougissait presque, à son âge! Et c'est comme s'il l'avait vue rougir, de l'autre côté de l'Atlantique. Il allait bien voir si elle était aussi « prude » qu'il le prétendait, lorsqu'ils se retrouveraient! Ces pensées firent se réveiller le vieux sentiment de culpabilité qui sommeillait sous les cendres de son éducation ultracatholique, dispensée par les bonnes sœurs. Elle se boucha les oreilles devant cette voix intérieure qui lui murmurait : « Femme adultère! » L'amour n'était-il pas le péché le plus facilement pardonné?

Puis, par un cheminement devenu automatique, elle se

remit à penser à l'homme qui l'attendait là-bas. Elle s'inquiéta soudain en songeant qu'elle n'avait plus de nouvelles de lui depuis un bon moment. Aurait-il changé d'idée? Se sentait-il tout à coup piégé par un rendez-vous galant dont il aurait voulu se défaire? « Bizarre tout de même qu'il ne me donne pas signe de vie. Il doit pourtant être rentré de Toronto. »

Ce matin-là, donc, malgré le bien-être que son corps ressentait dans ce grand lit aux draps frais, son âme éprouvait un indéfinissable sentiment d'appréhension, un malaise confus, comme si une épée de Damoclès lui pendait au-dessus de la tête, et elle n'arrivait pas à expliquer la sensation inconfortable qu'elle éprouvait. Ce n'était pourtant pas la première fois que Mathieu passait du temps sans lui écrire. Il sautait parfois quelques jours à cause d'un surcroît de travail autour de sa maison, d'un court voyage ou tout simplement par paresse, comme il le lui avait expliqué un jour qu'elle s'inquiétait de son silence. Et cette fois, il l'avait prévenue : il allait à Toronto par affaires et lui ferait signe dès son retour. Il n'avait pas précisé la durée de son absence.

Sautant du lit, elle traversa rapidement l'appartement qu'elle partageait avec Bertrand depuis tant d'années et ouvrit la porte du bureau qu'ils avaient agencé pour y travailler côte à côte. Il corrigeait les travaux de ses étudiants et elle écrivait ou faisait des recherches sur Internet. Les rayonnages tout autour de la pièce ne cédaient que l'espace nécessaire à l'ouverture d'une fenêtre qui donnait sur une cour intérieure. Deux tables de travail se faisaient face et portaient, l'une, un ordinateur classique, l'autre, un portable que Catherine se hâta de brancher sans plus tarder sur Internet.

« Tiens, j'ai du courrier! » dit-elle.

Le léger « dong » annonçant la présence de messages dans sa boîte de réception sonna comme une musique sublime à son oreille. Quatre noms apparurent en caractères gras sur son écran. Deux amies avec lesquelles elle correspondait régulièrement répondaient sans doute à une invitation qu'elle leur avait faite, mais les deux derniers messages portaient la signature électronique qui faisait battre son cœur chaque fois comme une couventine.

« Enfin! Il doit être de retour puisqu'il refait surface. Il me gâte en plus : deux courriels! Voyons un peu ce qu'il raconte. Claudine et Mireille peuvent toujours attendre. »

D'un coup de souris qu'elle fit habilement glisser sur son nom, elle ouvrit le premier courriel que lui adressait son tendre ami. Puis, elle se mit à lire. À mesure qu'elle déchiffrait le message, son visage reflétait la gamme des émotions qu'elle éprouvait, comme les eaux d'un lac réfléchissent les nuages qui le surplombent. Se levant brusquement, elle s'écria : « Le misérable! Comment ose-t-il m'apprendre cette nouvelle par écrit, juste avant notre prochaine rencontre? Il devait pourtant savoir à quel point il allait me faire mal! » Elle se rassit et se mit à relire attentivement chaque mot sur l'écran, comme pour mieux les graver dans sa tête.

« Ma très chère Catherine,

« J'ai appris, au fil de notre correspondance, à découvrir la femme sensible que tu es. Ton amitié m'est précieuse plus que tout au monde et jamais je ne voudrais te blesser sciemment. J'ai bien peur, hélas, que ce que je vais t'apprendre ne porte un coup à l'amour et à l'amitié que tu as pour moi, mais je n'ai pas le choix, je dois t'en parler.

« Je t'ai dit au début de notre relation que l'absence d'enfant dans notre foyer, ma femme et moi, était le ciment de notre union. Jamais je n'aurais pu quitter une femme à cause de sa stérilité. Cela aurait été le fait d'un scélérat. J'ai décidé de ne jamais briser notre mariage, mais j'ai souffert de ne pas être père, tu as pu le deviner à l'époque où nous nous voyions. Je me rappelle qu'un jour tu as dit en riant : « Je peux te le faire, cet enfant, tu n'as qu'un mot à dire. » J'ai serré les dents et j'ai vite changé de sujet comme pour ne pas laisser le diable me dicter une conduite indigne de moi. Il aurait été trop facile de te faire un gosse et de disparaître derrière un chèque mensuel. Ce n'était pas la façon dont j'envisageais le rôle de père. De plus, un enfant à nous aurait consolidé notre relation par un lien de chair, ce que je voulais éviter. Il n'était pas juste non plus que j'hypothèque ta carrière naissante et tes espoirs de refaire autrement ta vie, ce que tu as merveilleusement réussi à faire par la suite.

« Les années ont passé, nous avons cheminé chacun de notre côté. Nous avons été plusieurs années sans nous revoir. J'ai appris tardivement – parce que tu me l'as avoué récemment – que tu pensais régulièrement à moi. De mon côté, ton image n'était pas encore véritablement effacée de ma mémoire, je pouvais la faire resurgir très facilement. J'évitais cependant de le faire.

« Le jour où je quittai mon poste en Indonésie pour rentrer à Montréal – ma femme m'avait précédé d'un mois – j'ai décidé de faire escale en Nouvelle-Calédonie, une île qui m'avait toujours attiré. J'y avais des amis qui m'avaient invité à plusieurs reprises. Je décidai donc d'aller leur rendre visite.

« André et Pauline m'accueillirent avec joie et ils se mirent en frais de me faire visiter leur pays d'adoption. Or un soir, après un excellent repas pris dans un hôtel superbe situé en bord de mer, nous avons décidé de descendre au bar pour danser. André et Pauline furent rapidement sur la piste dans les bras l'un de l'autre et me laissèrent à mon whisky que je sirotais en les regardant évoluer sur la piste. Une jeune Mélanésienne, seule au bar, semblait attendre quelqu'un. Elle jetait de temps en temps un coup d'œil vers la porte puis regardait sa montre. J'avais pitié d'elle et méprisais celui qui lui avait posé un lapin, car elle était très jolie ; je décidai donc de l'inviter à danser. Elle me dit qu'elle s'appelait Sarina et qu'elle attendait une amie... qui ne venait toujours pas... et qui n'est jamais venue! Je l'ai alors invitée à se joindre à notre table. Un whisky succéda à un autre. Puis mes amis se sont éclipsés, par discrétion ou pour me jouer un mauvais tour? Toujours est-il que j'ai beaucoup bu, l'ai trouvée de plus en plus désirable, lui ai fait des avances qu'elle n'a pas refusées et me suis réveillé le lendemain matin dans la chambre de cette jeune personne. À l'hôtel même où nous avions dîné, dans l'aile réservée au personnel, car elle y travaillait comme femme de ménage, ce qu'elle n'avait pas précisé la veille.

« Je suis reparti de Nouméa trois jours plus tard. Dégrisé, je ne pensais plus à cette fille, aussi belle fût-elle, trop occupé à me réintégrer dans la vie québécoise après trois ans d'absence. Quelques semaines après, mon ami André me téléphona à Montréal. Je lui trouvai une drôle de voix. Il m'annonça que la fille qui avait passé la soirée avec nous dans ce bel hôtel de Nouméa l'avait relancé, car elle tenait absolument à avoir mon adresse. Que c'était pour des raisons personnelles ! Je demandai à André de me donner le numéro de l'hôtel où je savais qu'elle travaillait, et je lui téléphonai directement. Elle m'apprit qu'elle était enceinte de moi, qu'elle avait l'intention de garder l'enfant mais qu'elle tenait à m'en informer puisque je lui avais dit ne pas avoir d'enfant moi-même. Elle était déjà maman d'une petite fille.

« Cette nouvelle me coupa le souffle ! Quel malin destin m'avait joué un coup aussi pendable ? Je me suis arrangé pour faire le voyage jusqu'à Nouméa pour la date de l'accouchement. Un garçon naquit effectivement neuf mois après notre rencontre. Je décidai de reconnaître l'enfant après avoir fait procéder à des tests d'ADN qui s'avérèrent positifs. L'enfant a maintenant dix ans et il est magnifique. Pardonne ma vanité, mais je ne peux nier ma paternité en le regardant : c'est mon portrait ! Je l'ai vu deux fois seulement mais j'ai reçu des photos de lui que j'ai dû malheureusement détruire. Tu comprendras que ma femme ignore tout de son existence.

« Je devine que cette déclaration te fera mal, très mal, et j'ai un peu honte de poursuivre. Mais je le fais pour mon fils. Afin que Sarina puisse me joindre s'il arrivait quelque chose à cet enfant, je lui ai donné un numéro de boîte postale, ici au Canada. Elle ignore où j'habite ainsi que mes coordonnées personnelles. Je voudrais pouvoir modifier mon testament en conséquence, tu t'en doutes, mais comment le faire sans que ma femme l'apprenne si jamais je partais avant elle ?

« Pour toutes ces raisons, j'ai pensé à toi. Toi à qui je peux tout dire, toi l'amie la plus précieuse que j'aie jamais eue. Accepterais-tu d'être le trait d'union entre mon fils et moi? Accepterais-tu d'agir en mon nom si jamais il m'arrivait quelque chose? Je me suis permis d'anticiper sur ton consentement – partiellement toutefois, car je respecte quand même ta décision. J'ai donné tes coordonnées à Sarina sans plus de détails. Je lui ai simplement dit que si elle n'arrivait pas à me joindre en cas d'urgence, elle n'avait qu'à communiquer avec toi, que tu t'arrangerais pour me contacter le plus tôt possible.

« Quand nous nous reverrons en octobre, si tu es d'accord pour accepter cette responsabilité, je t'en dirai plus long. Inutile d'entrer ici dans tous les détails. Pardonne-moi encore une fois. Il fallait que je te prépare.

« Je t'embrasse tendrement et j'ai grande hâte de te tenir à nouveau dans mes bras. Je t'écrirai dès mon retour de Toronto.

« Mathieu »

Catherine sombra dans une profonde méditation. Comment réagir quand elle le reverrait? La responsabilité de ce secret la plongeait dans une situation embrouillée en même temps qu'elle la flattait. Sacré Mathieu! Il ne pouvait résister à un jupon, elle s'en était toujours doutée, mais avait enfoui au plus profond d'elle-même tout sentiment d'exclusivité envers cet homme qui trompait sa femme pour elle! Comment aurait-elle pu lui reprocher d'aller voir ailleurs quand elle était, elle aussi, un « ailleurs » pour lui. Elle devrait ravaler cet élan de possessivité déplacée et se composer un visage serein quand il aborderait avec elle les détails de la mission qu'il désirait lui confier. Pour plus tard, beaucoup plus tard, souhaita-t-elle. Mieux encore : jamais!

Puis elle se rappela qu'un deuxième courriel attendait qu'elle le lise. Curieux! Il portait la même date... Pensant qu'il avait oublié certains détails dans le message précédent, elle l'ouvrit machinalement.

Mathieu était un professionnel de l'informatique. Contrairement à la plupart des internautes qui se contentent d'envoyer et de recevoir des messages, il connaissait et utilisait chaque fonction de la messagerie électronique, jouant avec les polices, les styles, les présentations, personnalisant les critères d'envoi et de réception et programmant à volonté les diverses options. Craignant de manquer de temps et de courage à son retour de Toronto, il avait donc rédigé sa lettre avant de partir, et il l'avait enregistrée – comme d'habitude – avec le mot de passe que Catherine connaissait. Il l'avait ensuite annexée sous forme de pièce jointe au message qu'il lui destinait, avait placé le message dans sa boîte d'envoi... mais avait hésité soudainement en se demandant s'il n'était pas préférable de tout lui dire de vive voix. Souhaitant finalement attendre, il avait fermé hâtivement sa messagerie, puis son ordinateur, sans rien envoyer. Depuis le temps qu'il tergiversait, une semaine de plus ou de moins n'allait pas faire de différence! Il verrait à son retour...

Or, ce que Mathieu n'avait pu prévoir, c'est qu'en ouvrant son ordinateur et son courrier électronique pour envoyer la dépêche qui allait suivre, sa femme viderait sans le savoir la boîte d'envoi contenant le message qu'il avait oublié de retirer. Isabelle Bernier ne manifestait aucun intérêt pour l'informatique ni pour l'électronique. Elle refusait même de posséder un four à micro-ondes et riait de tous les gadgets qui enchantaient son mari. Mathieu lui avait appris comment se servir de la messagerie et lui avait même créé son propre compte, mais c'était peine perdue! Elle préférait téléphoner à ses amies ou encore leur écrire de longues lettres sur le papier à fleurs qu'elle utilisait depuis des années.

Ce jour-là, elle n'eut pas le choix. Il fallait qu'elle rejoigne le plus grand nombre des connaissances de son mari. Déjà peu habituée à naviguer dans le dédale du labyrinthe informatique, la pauvre femme n'eut même pas conscience de ce qui se passait, car elle avait bien d'autres soucis en tête lorsqu'elle cliqua sur « *Carnet d'adresses* » et sur « *Sélectionner tout* » pour que parte sa délicate dépêche destinée à tous ceux qui avaient eu des relations « internettiques » avec son mari.

Dans la tiédeur de son appartement parisien, Catherine ignorait encore ce qui l'attendait. Ravalant son amertume, elle se dépêcha d'ouvrir le deuxième message. Elle en lut la moitié, puis elle repoussa aussitôt son fauteuil et se leva. Réveillé brusquement, Minou s'étira et vint se frôler contre les jambes de sa maîtresse. Elle lui marcha sur la queue et le miaulement qu'il poussa la galvanisa. Hagarde, elle tourna en rond pendant un moment, retourna à l'écran, relut le message et se mit à pleurer. « C'est pas vrai! C'est un cauchemar! Je vais me réveiller! » Insensible aux larmes qui inondaient ses joues et tombaient dans le décolleté de sa chemise de nuit, Catherine tremblait de tout son être. Les mots résonnaient dans sa tête sans pénétrer dans son subconscient, qui refusait d'y croire.

Voici ce qu'elle avait lu :

« Je suis Isabelle Bernier, l'épouse de Mathieu. Je vous envoie ce message à vous qui figurez dans son carnet d'adresses, parce que je n'ai aucun autre moyen de vous contacter personnellement. Mon devoir est pénible et ma douleur n'aide en rien, mais c'est à moi qu'il revient de vous apprendre la nouvelle. Mathieu, mon mari, revenait de Toronto quand il a été tué dans un carambolage monstre sur l'autoroute 20, entre Montréal et Québec. Vous avez sans doute appris par les journaux ou la télévision qu'une dizaine de personnes ont été impliquées dans ce terrible accident. Hélas, mon mari était l'une de ces victimes. Je sais que Mathieu entretenait des rapports professionnels et amicaux avec un grand nombre de personnes que je ne connais pas. Et qu'il était un adepte fidèle du courrier électronique. C'est pourquoi j'utilise l'outil qu'il privilégiait par-dessus tout pour vous apprendre sa disparition. Il collectionnait les amis, était aimé de tous et sa perte est incommensurable. J'ai respecté ses dernières volontés. Il repose dans le cimetière de Petite-Rivière-Saint-François, son village natal, au cœur de ses chères Laurentides, dans le comté de Charlevoix, où nous avions pris notre retraite. Si, un jour, vous vous trouvez dans la région, arrêtez-vous un moment, allez vous recueillir sur l'herbe de sa tombe, parlez-lui, il a toute l'éternité pour vous écouter! »

Catherine dut puiser dans ses forces les plus vives pour

lire jusqu'au bout le message de cette femme, qui était désormais la veuve légitime de son ex-amant dont le préfixe avait bien failli devenir superflu. Elle se laissa glisser par terre et prit Minou dans ses bras. Recroquevillée sur le plancher, les genoux relevés, elle demeura longtemps prostrée, le visage enfoui dans la fourrure de son chat. Elle ne sentait ni les crampes, ni la faim, ni la soif. Pas même le froid, à moitié vêtue qu'elle était, assise sur le parquet en marqueterie. Le vent d'automne, qui se coulait par la fenêtre entrouverte, faisait voleter le rideau léger et retroussait les longs poils de Minou qui n'osait bouger dans l'enveloppe des bras de sa maîtresse. Derrière la femme en pleurs, sur les rayons de la bibliothèque, garnie au prix de mille coups de cœur autant que d'achats réfléchis, dormaient les personnages de Balzac dans leur reliure de cuir. « La Comédie humaine... en voilà un beau chapitre que tu aurais pu ajouter à ton œuvre, cher Honoré! » railla-t-elle sur un ton amer. Quelle incroyable vacherie lui jouait le destin! Elle en aurait sûrement ri en d'autres circonstances. Comment s'accusait-on d'un péché qu'on n'a pas commis parce que le sort en a décidé autrement? Le poids de la faute n'est-il pas le même? Adultère en pensée, oui, mais en acte...

Puis, soudain, comme si un ressort l'avait projetée debout, elle se leva, le chat toujours serré contre sa poitrine, et se dirigea vers la cuisine. Arrachant son billet d'avion du tableau de liège, elle chercha fébrilement le numéro de téléphone de l'agence de voyages qui l'avait émis, commença à le composer pour enfin s'interrompre, le doigt en l'air.

« Miséricorde! dit-elle, on est dimanche et les bureaux sont sûrement fermés. Je ne peux rien faire avant demain. »

Résignée, elle reposa le combiné et regarda autour d'elle. Aucun bruit à part le ronronnement du frigo, dans la cuisine, et le ronronnement étouffé d'une circulation réduite, en ce dimanche d'automne. Elle ne pouvait pas concevoir rester plus longtemps sur ce continent d'où il était absent, même mort. On aurait dit qu'une force magnétique l'attirait par-delà l'océan vers le lieu où il avait poussé son dernier soupir, où il reposait dans sa chape d'éternité.

Pour l'instant, elle avait besoin de bouger, de réagir, d'entreprendre quelque chose, mais surtout, elle avait envie de fuir cet horrible ordinateur et son message funeste toujours affiché sur le blanc nacré de son écran, ainsi que cette maudite pièce où jamais plus le soleil ne pénétrerait.

S'habillant en vitesse, elle descendit chez la gardienne d'immeuble, madame Lebourdie, pour lui annoncer qu'elle allait devoir devancer son départ pour Montréal. « Une urgence », lui dit-elle. Il était prévu, en effet, qu'elle viendrait nourrir Minou, rentrer le courrier et arroser les plantes pendant leur absence. Car Catherine avait dit à Bertrand qu'elle voulait profiter de son séjour annuel à l'île de la Réunion pour aller se replonger dans l'éblouissant automne indien québécois, qu'elle n'avait pas admiré depuis des lustres. D'autant plus que, cette année, le contrat d'enseignement de son mari risquait de durer plus d'un mois et qu'elle ne trouvait plus rien d'amusant à passer des journées entières à s'ennuyer dans un hôtel ou à admirer des paysages qui n'avaient plus rien à lui révéler. Il ne s'était pas étonné outre mesure sur sa fantaisie du moment, sachant qu'elle aimait mieux dépenser son argent pour aller dans sa maison où elle pourrait faire quelque chose d'utile. Elle lui avait vaguement parlé de repeindre la cuisine et de recouvrir un vieux fauteuil à la housse défraîchie.

Après avoir réglé rapidement toutes ces questions matérielles, elle sortit s'installer à la terrasse du café voisin et commanda un verre de vin blanc. Elle ressentait soudainement un besoin d'air, de bruit et de monde autour d'elle. Sachant qu'elle ne pouvait rien faire avant le lendemain, et peu désireuse d'affronter la solitude de son appartement, elle décida d'aller marcher un peu. Elle déambula d'abord au gré de sa fantaisie puis, quand elle s'aperçut qu'elle longeait la Seine, elle remonta le boulevard Saint-Germain et fonça tout droit jusqu'au jardin du Luxembourg. Nul endroit ne pouvait mieux se prêter à ses songeries que celui où elle l'avait revu pour la dernière fois. Elle refit pas à pas, seule, la promenade qu'ils avaient faite ensemble, le lendemain de sa conférence, quand il lui avait donné rendez-vous dans un café près du Panthéon. Les magnifiques platanes avaient connu, depuis, l'apothéose d'un été et se dépouillaient lentement pour aller tapisser les allées de leurs larges feuilles étoilées. Elles avaient vécu, elles aussi. En fin d'après-midi, harassée de fatigue, elle prit le métro pour rentrer plus rapidement rue Pérignon afin de préparer son voyage devancé d'une semaine.

La solitude de son appartement l'écrasa à nouveau de toute sa vacuité. Personne à qui confier ses malheurs, pas une âme pour lui tendre un mouchoir, lui prêter une épaule compatissante, l'entendre exhaler sa peine. « Ah! Si Bertrand était là... » Pourquoi ne courrait-elle pas vers lui pour sentir ses bras se refermer autour d'elle au lieu d'aller se réfugier dans sa tanière habituelle? Que lui servirait, après tout, de pleurer tout son saoul dans une maison vide? Oui, mais Bertrand comprendrait-il qu'elle puisse éprouver un tel chagrin à la mort d'un homme qu'elle avait perdu de vue pendant si longtemps? Ne s'étonnerait-il pas de la voir accablée de la sorte?

L'image de Marie-Luce s'imposa alors à son esprit, et elle s'approcha du téléphone en tremblant. Pendant que retentissait la sonnerie à l'autre bout, ses mains serraient le combiné comme s'il s'était agi d'un câble de sauvetage dont dépendait sa vie. Finalement, une voix féminine répondit et, pour la première fois depuis le matin, son corps tout entier se détendit dans l'éclatement de sa douleur.

— Marie-Luce, c'est moi, Catherine. Tu ne peux pas savoir ce qui vient d'arriver : Mathieu a été tué dans un accident de la route! Je n'ai pas envie de rester ici toute seule, il faut que je bouge. Attends-moi, j'arrive!

Chapitre 19

LE DÉPART PRÉCIPITÉ

À travers le hublot, Catherine apercevait l'ample méandre du Saint-Laurent et voyait que l'avion s'approchait de Dorval. La ville de Montréal étalait ses rues rectilignes au-dessous d'elle, mais elle les voyait comme hachurées. Les nuages en bandes effilochées qui s'étiraient au-dessus de la ville en étaient sans doute la cause, mais les larmes prêtes à sourdre, et qu'elle retenait à grand-peine, y étaient aussi pour quelque chose.

Pendant des heures, alors que l'Airbus survolait l'Atlantique, son regard avait erré au-dessus de cette immensité grise qui les avait séparés pendant si longtemps, Mathieu et elle. Il lui avait déjà souligné avec humour que cette barrière liquide était sa ceinture de chasteté, car il ne pouvait guère aller la rejoindre à mi-chemin entre l'Europe et l'Amérique comme il le faisait jadis entre Montréal et Québec ou Montréal et Ottawa du temps où ils se voyaient régulièrement.

Elle avait pour compagnon de voyage un charmant vieux monsieur du Sud-Ouest de la France qui effectuait sa première traversée pour rendre visite à son fils, nouveau propriétaire d'une auberge dans l'Estrie. Il était un peu nerveux et s'était empressé de dire à Catherine qu'il effectuait son premier voyage en avion, que c'était son baptême de l'air. Ne voulant pas être impolie, Catherine avait accepté de lui faire un brin de conversation, se disant que sept heures de vol, c'est long, et qu'il fallait bien passer le temps.

Puis on leur avait servi le repas composé de l'éternel poulet ou bœuf en sauce, pour plaire au plus grand nombre. Catherine avait été incapable d'avaler quoi que ce soit. Son voisin s'en était inquiété et lui avait dit de boire au moins le bordeaux qu'on leur avait servi, insistant poliment.

— C'est bon pour la santé et, sans vouloir vous paraître discourtois, je trouve que vous avez une petite mine.

— Merci, je préfère m'abstenir, lui avait-elle répondu, peu désireuse qu'elle était d'avoir le vin triste et de se remettre à pleurer.

Le brave homme avait enchaîné en parlant du vin de son pays, le Jurançon, moins connu mais qui méritait d'être découvert. Le connaissait-elle? Pour en avoir entendu parler, lui avait-elle répondu brièvement. Devant son ignorance, il lui avait demandé son adresse pour, dit-il, lui en envoyer une bouteille quand il serait de retour en France afin de le lui faire goûter.

Puisqu'il insistait, elle lui avait donné son adresse parisienne en lui précisant qu'il était interdit d'envoyer des boissons alcoolisées par la poste au Canada. Plus tard, Catherine avait profité de ce qu'il s'intéressait au film qu'on projetait pour fermer les yeux et faire semblant de dormir. Appuyant la tête contre le dossier abaissé de son fauteuil, elle s'était enroulée dans la couverture qu'on leur avait remise lors du décollage. Longtemps elle avait refoulé les larmes qui lui piquaient les yeux, car elle ne voulait pas attirer l'attention sur son visage bouffi. Dieu merci, elle avait au moins pensé à apporter ses lunettes de soleil qu'elle gardait dans son sac.

— Mesdames et messieurs, nous atterrirons bientôt à l'Aéroport international de Dorval. Avant de quitter votre siège, assurez-vous de n'avoir rien oublié dans l'appareil. Nous vous remercions d'avoir choisi Air Canada et espérons que vous avez fait un agréable voyage et que nous aurons le plaisir de vous compter à nouveau parmi nos passagers. Nous vous prions de nous excuser de notre retard involontaire et vous souhaitons bonne continuation.

La voix de l'hôtesse de l'air parvint à Catherine à travers l'ouate de ses pensées amères. On lui tendit une serviette chaude, geste fort apprécié. Elle se recoiffa, souligna ses lèvres d'un trait rouge et observa d'un air critique l'image que lui renvoyait son miroir de poche. « J'ai une tête à faire peur, comment aurais-je pu encore lui plaire? » Après avoir bouclé sa ceinture et posé sur ses genoux la mallette qui renfermait son inséparable portable, elle s'était calée dans son fauteuil pour s'abandonner à la force de gravitation de l'appareil qui amorçait sa descente.

À ses côtés, le vieux monsieur regardait à travers le hublot cette terre inconnue qui venait à eux entre les deux bras de son fleuve. Il avait un peu peur, mais n'osait le montrer. Autour de lui, personne ne semblait s'inquiéter. Il finit par se détendre en adressant un sourire à sa voisine de droite, près du hublot, la gentille dame à l'air si triste qui n'avait pas voulu avaler une bouchée de toute la traversée.

Il remarqua à quel point elle serrait sur elle la mallette noire qu'elle avait posée à ses pieds en montant à bord ; on aurait dit qu'elle voulait la défendre de son corps. Comment cet inconnu aurait-il pu deviner que son portable, c'était tout ce qui lui restait de lui, que c'était son souvenir virtuel qu'elle transportait en guise de viatique? Toute la correspondance échangée pendant des mois grâce à Internet y dormait sous formes d'octets, gardiens impersonnels de leurs épanchements. Les « courriels », comme il lui avait fait remarquer un jour, pour se moquer de ses « méls », mot qu'elle employait à l'instar de tous les francophones d'Europe. «Au Québec, le français est la langue officielle, ma chère, l'aurais-tu oublié? » avait-il écrit pour la taquiner. Elle avait conservé le moindre message de lui, fût-il de deux lignes. La messagerie électronique! Quel merveilleux émissaire quand elle y découvrait une nouvelle lettre qui transformait sa journée en rayon de miel! Mais quel héraut funeste la dernière fois qu'elle y avait vu son nom apparaître en surbrillance dans sa boîte de réception. Était-ce il y a trois jours à peine?

Le gros porteur posa sa carcasse de mastodonte sur la piste avec une douceur de colombe. Le contact du train d'atterrissage avec le sol de son pays natal la projeta dans la réalité et la fit frissonner. Elle se dépêcha de ramasser ses affaires et se laissa ballotter vers la sortie en suivant le mouvement dans l'allée.

Le vol 871 en provenance de Paris avait du retard. Comme c'était souvent le cas à la rentrée, les grèves habituelles et caractéristiques du paysage social français avaient perturbé les départs. Pressés de sortir de l'avion, des passagers la bousculèrent. Elle se moquait bien du retard, son rendez-vous à elle avait été annulé pour l'éternité! Elle avait d'autres préoccupations en tête que d'essayer d'arriver la première au carrousel. À commencer par trouver la façon d'expliquer à sa fille pourquoi elle arrivait avec une semaine d'avance et pourquoi elle ne l'avait pas prévenue.

Elle n'avait pas annoncé à Valérie qu'elle arrivait aujourd'hui. Elle n'aurait d'ailleurs pas pu lui parler au téléphone dans l'état où elle était quand elle avait changé la date de son billet. Pour lui dire quoi, d'ailleurs? Quelle explication donner à son changement de programme et à sa voix bouleversée? Non, la seule personne à qui elle avait eu envie de parler avait été sa chère amie Marie-Luce. À elle, elle pouvait tout dire, entrer dans les détails sans fausse pudeur. C'est auprès d'elle qu'elle était allée chercher la sympathie (même par voie téléphonique) dont elle avait besoin. Marie-Luce l'avait consolée du mieux qu'elle avait pu et lui avait promis de préparer la maison pour son arrivée. Quant à Valérie, Catherine savait qu'avec sa sensibilité innée, sa fille saurait comment agir avec elle quand elle apprendrait la nouvelle.

La voyageuse n'avait qu'une seule valise, qu'elle récupéra rapidement. Sa carte d'appel téléphonique à la main, elle se dirigea aussitôt vers un téléphone public d'où elle appela l'agence de location auprès de laquelle elle avait réservé une voiture. Elle avait ses habitudes à Montréal en raison de ses nombreux voyages au Canada, et on la connaissait depuis longtemps comme une cliente fidèle. Elle préférait louer auprès d'une agence plus modeste où les tarifs étaient moins onéreux à cause de la distance qui la séparait de l'aérogare.

Partie précipitamment de Paris, Catherine n'avait pas eu le temps de changer les dates de réservation déjà bloquées. Elle espéra qu'on pourrait lui fournir une voiture de taille moyenne. Elle n'aimait pas se retrouver au volant d'un monstre américain quand elle avait demandé une voiture de taille intermédiaire. Sous prétexte que les modèles plus petits partaient les premiers, on refilait souvent aux clients retardataires des voitures « grand format ». Sa Peugeot à boîte mécanique allait lui manquer, mais qu'importait aujourd'hui. L'essentiel était d'être motorisée.

Surpris de l'entendre plus tôt que prévu, le propriétaire de l'agence lui réserva néanmoins un accueil chaleureux au bout du fil et dit pouvoir mettre à sa disposition une voiture du genre qu'elle aimait conduire.

— Chère madame Pion, vous allez être contente. J'ai une belle petite Tercel, quatre portes, air conditionné et radio-cassette. Ça vous ira?

— C'est parfait! C'est ce que vous m'avez loué l'été dernier.

— Attendez-moi, madame Pion, je serai là dans dix minutes.

Désireuse de se dégourdir les jambes, Catherine sortit de l'aérogare et fit quelques pas devant le hall des arrivées, traînant derrière elle sa valise sur roulettes. L'air vif la surprit, mais le ciel bleu la réconforta.

— Taxi, madame?

— Non, je vous remercie, répondit-elle au Pakistanais enturbanné qui faisait mine d'ouvrir la portière de sa Pontiac.

Continuant son va-et-vient, elle essayait de bloquer le torrent d'évocations que suscitait chez elle l'afflux de voyageurs zigzaguant dans tous les sens. « Il devait connaître cet aéroport comme sa poche, pensa-t-elle. Il a bien dû y atterrir des dizaines de fois. »

Un bref coup de klaxon la fit se retourner. L'ayant reconnue, M. Leblanc s'empressa de garer la fourgonnette avec laquelle il venait chercher ses clients, d'ouvrir le coffre et d'y ranger rapidement son bagage. À l'agence, les formalités furent vite remplies, grâce à l'ordinateur qui fit rapidement ressortir son dossier.

Catherine avait hâte d'être sur la route, il lui tardait d'avoir Montréal derrière elle et surtout de se retrouver seule. Cette grande ville l'avait toujours agacée avec sa façon de jouer sur les deux tableaux, affichant tantôt ses airs de ville américaine, brandissant tantôt son statut de première ville française en dehors de l'Hexagone. Pour elle, c'était ou

Paris ou New York, pas l'entre-deux. « Les villes, c'est comme les êtres humains. On aime ou on n'aime pas! » expliquait-elle, d'un air penaud à ses amis de la métropole.

« Enfin! Il était temps », s'impatienta-t-elle tout haut en doublant la dernière voiture de banlieusard rentrant chez lui. Les bouchons de fin de journée, en ce dernier mercredi de septembre, l'avaient particulièrement énervée, elle pourtant habituée à ceux, tellement plus exaspérants, du périphérique parisien. Après avoir dépassé Repentigny sur l'autoroute 40, elle régla sa vitesse sur la limite supérieure permise, soucieuse de ne pas attraper de contravention comme la dernière fois.

Il aurait été au-dessus de ses forces d'emprunter ce jour-là l'autoroute 20 après ce qu'elle venait d'apprendre. Ce chemin si souvent parcouru dans la fièvre d'un rendez-vous s'était transformé en un passage maudit, un site macabre à éviter. La seule idée de passer près du lieu où il avait péri la faisait trembler et lui donnait envie de vomir. Jamais plus elle ne pourrait prendre cette autoroute pour aller de Québec à Montréal.

Les deux voies furent bientôt libres de toute circulation. La cime des épinettes lui paraissait bien basse en comparaison de celle des feuillus dont la toison agrémentait les forêts encerclant la région parisienne. Ici, pas de chênes majestueux, de charmes touffus ou d'ormes au port royal. Mais des millions d'épinettes, de sapins, de bouleaux étriqués par les hivers rigoureux. Ces arbres lui rappelaient son enfance avec leur odeur de résine, leur contact rugueux et la gomme de sapin que son grand-père lui avait appris à connaître.

Elle comprit pourquoi Mathieu, lui l'homme planétaire, l'éternel coureur des deux hémisphères, le pousseur d'horizons nouveaux, avait décidé de venir finir ses jours au cœur de ce décor. « Pour retrouver mes racines », lui avait-il confié.

À l'ouest, les Laurentides alignaient leur ombre mauve sur un ciel encore strié par les lueurs du couchant. Comme c'est beau! s'émut-elle. Les villages défilaient sur les panneaux de l'autoroute et faisaient surgir dans sa mémoire des clochers effilés, des maisons à pignons ceinturées de galeries colorées, des piquets de clôture à l'assaut d'une butte, des vieux fours fourbis à neuf. Plus elle approchait de Québec, plus son pays l'imprégnait. C'était presque physique. Son pays, c'était aussi lui.

La nuit tombait rapidement en cette saison. Les aiguilles des horloges s'aligneraient bientôt sur l'heure du soleil pendant la période hivernale. Elle frissonna en songeant au manteau de neige qui recouvrirait prochainement ces collines, au prochain hiver qu'il ne connaîtrait pas...

« Non! Il ne faut pas. Ça suffit, reprends-toi, ce n'est pas le moment de flancher. À quoi bon d'ailleurs? Tu ne le ramèneras pas à la vie. »

Elle alluma la radio et fut heureuse d'entendre l'indicatif de la chaîne culturelle de Radio-Canada. C'était l'heure des informations. Après les nouvelles internationales et nationales, on passa aux nouvelles locales. Elle apprit qu'un onzième blessé du carambolage de l'autoroute 20 venait de décéder à l'hôpital de l'Enfant-Jésus. C'en était assez! Elle éteignit aussitôt la radio et se choisit une cassette parmi celles qu'elle avait apportées dans son sac.

Heureusement, l'animation du boulevard de la Capitale créa une diversion. Un panneau vert signalait l'embranchement vers Chicoutimi et Sainte-Anne-de-Beaupré. La bifurcation se faisait entre Charlesbourg et Limoilou, la première route grimpait vers le nord et l'autre surplombait le fleuve à partir de Giffard pour redescendre vers la berge après Beauport. À sa droite, Québec offrait les diamants de sa ville étagée. Ce décor dressé par les dieux l'émouvait chaque fois autant, et ce fut la gorge serrée que Catherine longea bientôt le Saint-Laurent. Elle écoutait son air de flûte préféré, une œuvre de Marin Marais, interprétée par un flûtiste qu'elle avait entendu en concert à Paris, l'hiver précédent. La musique l'apaisa. Le décalage horaire, la fatigue du voyage et l'émotion l'avaient minée. Elle avait refusé tout repas dans l'avion, et elle sentait maintenant la faim lui tenailler l'estomac. Elle avait hâte de traverser le pont de son île pour enfin franchir le pas de sa maison.

Comme une tortue géante au travers du Saint-Laurent, la masse sombre de l'île d'Orléans lui apparut enfin. La silhouette effilée du pont se dressa, élégante, face à l'échancrure des chutes Montmorency. La concentration de lumières du côté de Sainte-Pétronille s'estompa à mesure qu'elle traversait Saint-Pierre et Sainte-Famille. Peu avant le village de Saint-François, avant que la route ne vire vers l'autre rive, elle retrouva sa maison, face à son cher fleuve, face aussi à ces Laurentides où il reposerait à perpétuité.

Chapitre 20

LE HAVRE DE L'ÎLE

À gauche de la route principale, se frayant une voie vers le fleuve, une allée de gravillons contournait la maison de ses amis, Olivier et Marie-Luce, et descendait en pente douce jusqu'à une maison ancestrale. La *Colombière*. Catherine se souvenait, avec attendrissement, du jour où on l'avait baptisée ainsi à la suggestion de Bertrand parce que ce nom évoquait la clef de sa personnalité, elle l'oiseau migrateur revenant se poser périodiquement en territoire familier pour y reconstituer ses forces. Bertrand disait qu'il était difficile d'enlever le Québec d'une Québécoise et que peu importe où son épouse allait, elle transportait avec elle, comme un renfort, une parcelle de son terroir dans sa façon de voir les choses, de les interpréter, de les analyser. En définitive, même après plusieurs années vécues à l'étranger, elle ramenait tout à la dimension de son coin de terre comme pour mieux en saisir le sens.

Entre les murs de sa maison bicentenaire – elle-même bâtie sur les fondations d'une habitation de colons français du XVIIIᵉ siècle – Catherine pouvait faire ce que bon lui semblait. Elle y était souvent seule, car Bertrand y séjournait moins longtemps à cause de son travail. Ce n'était pas par égoïsme, elle aimait aussi sa présence dans sa maison, mais ses séjours en solitaire lui permettaient de refaire le plein, de marquer une pause et de repartir regonflée à bloc vers une autre saison, un autre défi. Quant à Bertrand, il était obligé de se partager entre ses engagements familiaux de père et de grand-père dans sa Charente natale où nichaient la plupart des membres de sa famille.

Campée sur la pointe est de l'île, comme à la proue d'un navire, l'ancienne demeure avait connu bien des tempêtes. Rafraîchie d'un coup de pinceau tous les trois ou quatre ans, elle affichait l'air digne d'une vieille dame coquette qui porte admirablement son âge sous son toit lisse de tôle rouge et ses flancs peints en blanc. Ceinturée d'une large galerie abritée d'un avant-toit, elle regardait le fleuve derrière son bouquet d'érables qui lui procuraient la fraîcheur de leur frondaison lors des chaleurs estivales.

Catherine adorait sa maison. Elle se rappelait son enfance passée entre Auguste et Madeleine, ses grands-parents adorés, qui lui conjuguaient le passé comme d'autres déclinent le présent. Elle avait appris d'eux le sens de l'honneur et du courage, l'importance de la détermination et de la persévérance, ainsi que le respect de tout ce qui vit et respire. Elle savait qu'elle descendait de gens simples mais bons, dont le gros bon sens avait guidé toute une vie. Ils lui manquaient terriblement, mais leur souvenir vivait toujours dans un coin privilégié de sa mémoire. Les années n'avaient pas altéré leur image.

Dans la maison de bardeaux rouges que venait de contourner Catherine, Olivier et Marie-Luce étaient assis devant leur poste de télévision quand le double pinceau des phares d'une voiture vint en effleurer l'écran. Les seules causes de ce phénomène étaient habituellement le passage d'une voiture dans l'allée qui menait au fond, vers la maison du docteur Blouin, comme on l'appelait dans le temps. Les noms sont durs à mourir et la *Colombière* n'avait pas encore gagné les galons de la reconnaissance patronymique dans un patelin attaché à ses traditions.

Olivier secoua sa pipe et se leva. À soixante ans, il avait conservé une allure jeune, voire sportive. Sa fréquentation des verts du golf de Saint-Laurent, dont il était un fidèle client, n'y était sans doute pas étrangère. C'était encore un bel homme. Regardant par la fenêtre, il suivit des yeux le sillon lumineux que laissaient les feux arrière d'une voiture qui venait d'emprunter le chemin.

— Tiens! On dirait que Catherine vient d'arriver.

Curieuse, Marie-Luce se leva à son tour pour regarder vers la maison d'en bas. À travers les ramures, elle distingua bientôt une lumière qu'on allumait dans la cuisine. Catherine était de retour. Même si Marie-Luce mourait d'envie de la revoir, elle mettrait un bémol à son impatience et attendrait au lendemain matin pour lui rendre visite, comme elle le lui avait dit dans son message. Un long voyage conjugué à un décalage horaire faisaient mauvais ménage avec les fortes émotions qu'avait subies son amie.

— J'irai lui porter du café chaud demain matin. Puis j'y ajouterai quelques bonnes galettes à la mélasse. Elle adore ça!

Songeuse, elle retourna à son téléroman pendant qu'Olivier branchait la bouilloire pour leur faire une tisane. Mais l'histoire des amours tourmentées des personnages à l'écran n'avait plus aucun intérêt pour elle. La réalité dépassait si souvent la fiction!

Moins de cent mètres plus bas, Catherine reprenait possession des lieux. En passant près du téléphone, qu'elle gardait actif à cause du système d'alarme, elle vit clignoter le voyant lumineux, signe qu'un ou plusieurs messages l'attendaient sur sa boîte vocale.

« Mon Dieu, qui peut bien savoir que je suis là, à part Marie-Luce et Olivier?

Pressant le bouton, elle entendit la voix de Valérie, inquiète.

« Maman, c'est moi. J'ai appris par Marie-Luce que tu allais venir quand je suis passée en vitesse ce matin. Je cherchais le pull que tu m'as rapporté d'Irlande pour mon anniversaire et j'avais raison : je l'avais laissé chez toi. Quand je suis arrivée, Marie-Luce faisait ton lit. J'en ai profité pour prendre un café avec elle et elle m'a dit que tu avais devancé ton arrivée. Qu'est-ce qui se passe? Pourquoi ne m'as-tu pas prévenue? Écoute, je suis en réunion jusqu'à jeudi. Laisse un message dans ma boîte vocale. Je te rappellerai. »

Elle trouva ensuite un mot laissé par Marie-Luce sur la table de la cuisine. Il datait de la veille.

« Catherine, ta fille m'a trouvée en train de faire ton lit ce midi. Je n'ai pas osé lui taire ton arrivée pour demain, d'autant que tu ne m'avais pas donné d'instructions contraires. Elle sait donc que tu seras là plus tôt que prévu et cela l'intrigue. Elle m'a posé plein de questions, mais je n'avais pas de réponses à lui fournir. Je lui ai dit de laisser un message sur ton répondeur, que tu lui ferais signe dès que possible. En attendant, essaie de te reposer, ce n'est pas la peine de te rendre malade. Je t'apporterai du café chaud le lendemain de ton arrivée et nous pourrons parler à notre aise. »

Olivier et Marie-Luce possédaient une clé de la maison dont ils assuraient la surveillance. Ils l'utilisaient quand elle leur demandait par téléphone d'aérer, de chauffer et d'approvisionner en prévision de sa visite. Comme d'habitude, ils n'avaient pas manqué à l'appel et la cuisine respirait la présence de son amie, qui avait rempli le frigo et mijoté pour elle une soupe maison.

Elle avait hâte, elle aussi, de revoir celle qu'elle considérait comme une sœur. Elle pourrait se laisser aller et parler ouvertement de son chagrin. Elle savourait d'avance le soulagement qu'elle en retirerait. Ça lui ferait tant de bien de se décharger le cœur auprès d'une vieille copine comme elle.

Catherine fit ensuite le tour de sa maison, comme pour rétablir le contact entre « ses » choses et elle. Elle caressa le vieux piano droit, remonta l'horloge qu'elle remit à l'heure, arracha les pages du calendrier de la cuisine, erra d'une pièce à l'autre, reprenant contact avec les objets familiers, les effleurant comme si elle allait leur redonner vie en les touchant. Puis elle monta dans sa chambre où le lit de cuivre, haut sur pattes, était toujours recouvert de la courtepointe faite par sa grand-mère et offerte en cadeau de noce, à George et elle, quand ils s'étaient mariés. Elle quitta avec plaisir son pantalon de lainage beige, son pull de doux cachemire couleur puce et attrapa sa robe de chambre accrochée au dos de la porte. La vieille demeure n'avait jamais eu l'air abandonné d'une maison inhabitée tellement elle y laissait traîner de choses en prévision de ses retours fréquents.

« Vivement un bon bain chaud », dit-elle en se dirigeant vers la baignoire dont elle ouvrit les robinets.

Quelques années auparavant, Catherine et Bertrand avaient profité d'un séjour plus long que d'habitude pour moderniser les installations sanitaires. Ils avaient donc transformé la petite chambre adjacente à la leur en une magnifique salle de bain, tout habillée de carrelage, où le vert et le rose rappelaient les couleurs du soleil levant qui y pénétrait par la haute fenêtre à carreaux. Une baignoire profonde et ancienne trônait sur son socle et faisait le pendant à une cabine de douche dissimulée derrière le verre dépoli de sa porte. Deux glaces ovales se côtoyaient au-dessus d'un bahut ancien supportant deux vasques en forme de coquillages géants.

Posant ses vêtements sur la banquette placée sous la fenêtre, Catherine se regarda dans la glace et n'aima pas ce qu'elle y vit. Ses yeux étaient cernés, son teint, blafard. Ses cheveux conservaient le bouclé naturel qui l'avait si souvent énervée quand elle était jeune et qu'elle appréciait maintenant, mais ils étaient ternes. Elle avait encore de beaux yeux, sa peau ne trahissait pas ses cinquante-cinq ans, son corps légèrement épaissi par les années n'en était pas moins encore désirable, mais elle était sans pitié devant l'image que lui renvoyait la glace.

« Mathieu, m'aurais-tu encore fait l'amour comme lorsque j'avais trente ans? T'aurais-je encore plu une fois que tu m'aurais revue nue? Le bon Dieu m'a épargnée de te montrer l'affaissement de mes seins et l'épaississement de ma taille. C'est peut-être mieux ainsi. Une maîtresse ne doit jamais vieillir... »

L'eau chaude, huileuse et mousseuse à souhait, du bain qu'elle venait de se faire couler la détendit. Sa fatigue semblait moins intense et se diluait dans les vapeurs de camélia qui aromatisaient toute la pièce. Elle se relaxa, regarda son corps et se souvint. Appuyant la tête sur le rebord de la baignoire, elle laissa son esprit divaguer. Immobile, elle remonta l'échelle du temps. Sa jeunesse avait l'auréole de la nostalgie.

Chapitre 21

L'APPARTEMENT DÉSERT

Pendant qu'à cinq mille kilomètres de là sa maîtresse se prélassait dans son bain tout en faisant défiler dans sa mémoire des pans entiers de son passé, Minou bâillait d'aise dans l'appartement parisien de ses maîtres absents. Il venait de s'installer sur le rebord de la fenêtre et observait avec indifférence le brouhaha de la circulation. De son poste privilégié au cinquième étage de l'immeuble, le chat tigré menait une existence de pacha. Plus bas, c'était l'animation habituelle du matin. On se pressait, car il pleuvait et c'était l'heure des départs pour le bureau, l'atelier ou l'école. Une moto passa en zigzaguant, un camion se gara en double file, le tailleur d'en face ouvrait le rideau de sa boutique. Minou ronronnait doucement quand le téléphone le fit sursauter. Un coup, deux coups, trois coups et un déclic. Le répondeur s'était mis en marche. Il dressa l'oreille, car il avait entendu la voix de son maître.

« Allô! Catherine? Où es-tu passée? Ça fait trois fois que je téléphone et je tombe toujours sur le répondeur. Veux-tu me rappeler? Je risque d'être prolongé d'une semaine, un collègue est tombé malade et il a dû rentrer en France avant la fin de son contrat. Appelle-moi avant de partir pour le Canada. Je t'aime et tu me manques. »

Puis le silence reprit possession des lieux. Il n'était plus troublé que par le grondement sourd parvenant de la rue. Déçu, Minou sauta sur le canapé, s'approcha de l'appareil qu'il reniflà délicatement du bout de son museau bigarré et décida d'aller broyer une ou deux croquettes dans sa gamelle bien approvisionnée par madame Lebourdie, la gardienne de l'immeuble. Heureusement qu'elle venait régulièrement le nourrir et nettoyer sa litière. C'était au moins une présence quelques minutes par jour. Qui avait décidé de lui faire subir une pareille claustration et pourquoi sa maîtresse adorée n'était-elle plus là pour le prendre sur ses genoux? Avec la philosophie propre à ses congénères, il retourna à son poste et découvrit qu'un pigeon lui disputait la vue de l'autre côté de la vitre, dans la jardinière garnie de géraniums que Catherine soignait amoureusement.

Quatre fuseaux horaires plus à l'est, Bertrand raccrocha, désappointé. Où pouvait bien être sa femme? L'attitude de Catherine l'intriguait. Depuis quelque temps, elle affichait une humeur égale, était toujours d'accord avec ce qu'il disait, mais elle semblait vivre dans un monde parallèle. Parfois fébrile et comme agitée, elle passait ensuite à un état de placidité qui n'était pas dans ses habitudes. Elle ne s'emportait plus aussi facilement, son caractère bouillant était comme anesthésié. Elle n'avait jamais plus prononcé le nom de ce Mathieu Bernier à qui elle devait pourtant écrire, puisqu'ils avaient échangé leurs adresses. Pas plus qu'elle n'avait remâché la scène disgracieuse dont il se sentait encore coupable.

Comment avait-il osé lui faire le moindre reproche? Il était mal placé pour lui lancer la première pierre sur la simple présomption qu'elle allait renouer avec celui qui avait été son amant un quart de siècle plus tôt! Avait-il la conscience si tranquille? À la réflexion, il n'aurait pas voulu que ses petites incartades parviennent aux oreilles de sa femme. Quelques dîners entre copains, quelques soirées prolongées à la Faculté, un train ou deux ratés par malchance avaient eu pour nom Odile ou Marie-France ou Béatrice... Oui, mais un homme peut aimer sa femme tout en satisfaisant, à l'occasion, de petites envies passagères. Il n'avait qu'à regarder autour de lui, il n'était pas le seul!

Chassant ces pensées peu confortables, Bertrand décida de tenter à nouveau sa chance, plus tard dans la soirée, et d'appeler Valérie à Québec s'il n'obtenait pas de réponse. Peut-être saurait-elle où se trouvait sa mère?

Chapitre 22

LE THERMOS DE CAFÉ

Le lendemain matin, Catherine fut réveillée par un timide toc-toc à la porte de la cuisine, suivi d'un « Catherine? C'est moi, Marie-Luce! » Elle eut du mal à se repérer, flottant encore entre les fantômes de son rêve et la réalité de cette voix qui lui semblait venir de très loin. Elle se frotta les yeux et découvrit qu'une lame de soleil perçait à travers les fentes du store fermé et découpait sa courtepointe en fines lamelles de clarté. Il était huit heures dix.

Attrapant sa robe de chambre d'une main et chaussant rapidement ses mules, elle descendit l'escalier en criant : « J'arrive! »

À travers le rideau de dentelle de la porte vitrée donnant sur la galerie, elle pouvait distinguer une Marie-Luce drapée dans un châle, un thermos d'une main et une boîte de fer-blanc de l'autre.

— Il est fraîchement moulu comme tu l'aimes, lui dit sa visiteuse en lui tendant le thermos. Et ça, c'est pour l'accompagner, ajouta-t-elle en posant la boîte de galettes sur la table de la cuisine. Puis, en voyant la mine abattue de Catherine, elle la serra dans ses bras en lui tapotant le dos.

— Ma pauvre amie, va... Olivier dort encore, on a le temps de bavarder un peu. Attends d'abord que je nous serve un bon café. Puis raconte-moi tout. Il me manque tellement de détails.

Guidant son amie vers un fauteuil berçant tout en parlant, elle versa le liquide chaud dans deux tasses qu'elle prit dans l'armoire et s'assit à son tour après s'être débarrassée de son châle. Catherine se laissa faire comme une enfant. Les yeux gonflés et des mèches folles lui nimbant la tête comme un halo, elle paraissait avoir vieilli soudainement et Marie-Luce en eut le cœur chaviré. Elle était la seule personne en ce moment à pouvoir lui venir en aide, ce dont elle avait l'habitude! Ce rôle, elle l'assumait depuis leur tendre enfance. Elle avait toujours été le réservoir où Catherine venait déverser le trop-plein de ses chagrins. De deux ans son aînée, elle était plus réfléchie et moins impulsive que son amie, dont elle riait du caractère primesautier et impétueux. Son enthousiasme et sa fougue avaient souvent joué des mauvais tours à Catherine et c'est penaude qu'elle disait alors à Marie-Luce : « Tu avais raison, encore une fois! »

La voix de Catherine s'éleva, monocorde, dans la cuisine où l'on n'entendait que le grincement des berceaux des deux chaises et le tic-tac de l'horloge.

— Mathieu a été tué dans un accident de voiture. Nous correspondions ensemble grâce à Internet depuis quelques mois et nous devions nous revoir à la mi-octobre. C'était le but réel du voyage dont je t'avais parlé, l'autre fois au téléphone. Nous avions convenu de nous rencontrer dans une petite auberge, située dans un endroit où personne ne risquait de le reconnaître. Je comptais par la suite l'inviter ici, à la *Colombière*, pour lui faire connaître mon « home », le berceau de ma famille, la maison pleine de mes souvenirs d'enfance. Il n'y viendra jamais. Il ne l'aura jamais vue, ma maison, autrement que sur des photos.

Interloquée, Marie-Luce resta un moment sans voix. Elle ne savait plus si elle devait continuer de se taire et l'écouter poursuivre son monologue ou intervenir tout de suite en essayant de la sortir de sa torpeur. Mais Catherine ne lui en laissa pas le temps.

— C'est injuste, nous avions si envie de nous revoir... Pourquoi lui, Marie-Luce, pourquoi?

Que répondre à pareille question, posée de tout temps par ceux qui restent? Elle se leva d'un bond et vint entourer les épaules de son amie en la berçant lentement, elle-même au bord des larmes. Puis elle la força à se secouer.

— Raconte-moi tout, depuis le début, pour que je comprenne. Mais d'abord, pourquoi n'as-tu pas annulé ton voyage au lieu de le devancer?

— Quand j'ai appris la nouvelle de la mort de Mathieu, dimanche, j'ai passé la journée dans un état second. Je ne savais que faire. Le lendemain, je suis allée à l'agence de voyages et j'ai demandé à changer la date de mon départ. J'ai dû payer un supplément, mais, que m'importait, j'aurais donné mon bras droit pour être de ce côté-ci de l'Atlantique le plus vite possible. J'ai eu la chance de pouvoir changer mon billet et de pouvoir partir le lendemain. Je veux aller sur sa tombe. Demain. Bientôt. Tu comprends, je n'arrive pas à croire qu'il est six pieds sous terre, il est toujours si vivant pour moi...

— Tu ne vas pas le ressusciter! Pourquoi te torturer?

— J'ai une mission à accomplir. Je préfère ne pas t'en dire plus.

— Bon, c'est toi que ça regarde, mais Bertrand dans tout cela? Sait-il que tu es ici? Sait-il pour Mathieu?

— Mon Dieu! Bertrand! Je ne l'ai pas rappelé! Je voulais le faire en arrivant et j'ai oublié. Quand j'ai été fixée sur la date de mon départ, j'ai téléphoné à Saint-Denis, à l'hôtel où il loge, mais je n'ai pas réussi à le joindre. J'aurais dû laisser un message lui disant de ne pas s'inquiéter, que je le rappellerais. Je n'avais simplement pas envie de parler à une réceptionniste d'hôtel, tu comprends...

— Mais où est-il exactement?

— Il est à l'île de la Réunion, où il enseigne pendant un mois, tous les ans à pareille époque.

— C'est vers Bertrand que tu aurais dû te tourner. Pourquoi ne l'as-tu pas fait?

— Tu veux dire que je devrais aller pleurer sur l'épaule de mon mari la mort de l'homme avec lequel j'avais l'intention de reprendre une relation amoureuse? Comment peux-tu dire une chose pareille? Je ne comprends pas ton raisonnement. De plus, notre couple bat de l'aile depuis quelques mois. Bertrand m'a fait la tête après ma rencontre inattendue avec Mathieu. J'ai eu droit à une scène de jalousie, pure et simple.

— Tu n'as pas compris le sens de ma question, mais nous y reviendrons plus tard. Auparavant, dis-moi, dans quelles circonstances vous êtes-vous revus, Mathieu et toi?

— Il était le conférencier invité pour la reprise des activités généalogiques du département de Lettres modernes, en février. Un prof s'était penché sur la littérature québécoise pendant le trimestre précédent et, de fil en aiguille, l'histoire des Québécois et de leurs ancêtres avait commencé à intéresser quelques personnes.

— Et comment se sont passées ces retrouvailles?

— J'ai essayé de ne pas montrer l'émotion éprouvée quand je l'ai revu, mais je t'avoue avoir ressenti comme un coup de poignard en plein cœur en le reconnaissant sur l'estrade. Malheureusement, mon comportement de la soirée n'a pas échappé à Bertrand.

— Crois-tu vraiment qu'il se soit aperçu de quelque chose?

— Tu parles! Il m'a fait une scène en rentrant. Il m'a accusée d'avoir passé la soirée, accrochée au bras de Mathieu, de ne pas m'être mêlée aux autres. Je lui ai dit que nous avions du temps à rattraper et beaucoup de choses à nous dire, qu'il voulait tout savoir sur ma vie à Paris, sur Valérie, son mari, ses enfants. Je ne comprenais pas l'attitude de Bertrand, je ne lui avais jamais donné matière à me soupçonner dans le passé, j'avais toujours été fidèle. Je me rends compte maintenant qu'il était jaloux de mon passé avec Mathieu. Il se moquait pas mal des autres hommes que j'avais pu fréquenter avant lui. C'est de Mathieu qu'il se méfiait parce qu'il pouvait mettre un visage et un nom sur celui dont il savait que j'avais été la maîtresse alors que tous les autres n'étaient que d'hypothétiques amoureux dont il ignorait tout. J'ai répliqué que je ne voyais pas pourquoi je renierais mes anciennes connaissances masculines que le hasard me ferait revoir, qu'à notre âge, c'était ridicule. Il m'a parlé du démon de midi qui aiguillonnait Mathieu et j'ai ri de lui en invoquant ses soixante-cinq ans. Bref, j'ai mis fin à la scène en lui disant que peu m'importait si ça lui plaisait ou non, j'avais l'intention de répondre à Mathieu s'il m'écrivait. Je ne voyais pas en quoi cela pouvait le faire passer pour cocu! Je lui en ai voulu et j'ai commencé à me montrer froide avec lui à partir de ce jour.

— Je m'étonne de l'attitude de Bertrand. Il aurait dû savoir que plus on te pique, plus tu en fais à ta tête!

— Bah! Bertrand se faisait son cinéma, tu sais comment sont les hommes... Ils peuvent bien avoir toutes les aventures du monde, « touche pas à ma femme » est leur devise universelle. On pardonne plus aisément les égarements d'un homme que ceux d'une femme.

— J'en déduis que le premier message est venu de Mathieu.

— Oui, et il était adressé à nous deux. Il remerciait Bertrand et ses collègues de lui avoir donné l'occasion de s'adresser à un public aussi distingué et il se disait heureux du hasard qui lui avait permis de revoir une vieille amie, perdue de vue depuis longtemps. Je l'ai fait lire à Bertrand qui a dit : « Au moins, il sait faire du charme! »

— Ce n'est sûrement pas Bertrand qui a accusé réception de ce message de remerciements!

Le ton légèrement ironique de Marie-Luce détendit un peu l'atmosphère. Catherine avait séché ses larmes et elle s'était prise à sa propre histoire qu'elle faisait revivre pour son amie.

— Tu sais, Bertrand et l'ordinateur, c'est l'eau et l'huile. Il ne saurait même pas comment fouiller pour retrouver notre correspondance, à Mathieu et à moi. Mais je saute des étapes. Au début de nos échanges, nous avons travaillé sur son projet. Il me demandait conseil sur les tableaux compliqués qu'il devait dresser pour mettre en parallèle l'histoire de sa famille et l'Histoire tout court. Il m'envoyait une ébauche et je la lui renvoyais avec mes suggestions. Puis, nous avons progressivement délaissé l'histoire de ses ancêtres pour parler de la nôtre, pour faire revivre le passé, avec un zeste de nostalgie. Les confidences ont suivi. Au départ, malgré mon émoi de le revoir, je n'avais rien imaginé de semblable. Or, à la suite des insinuations de Bertrand, mon imagination s'est mise à travailler et je me suis dit : « Si mes échanges sur Internet inquiètent tant monsieur mon mari, c'est donc que je pourrais plaire encore? Malgré ma cinquantaine bien sonnée, mes deux petits-enfants et mes cheveux retouchés par le coiffeur? » Cela m'a fait réfléchir et j'ai poussé plus loin la réflexion : « Si l'occasion m'était donnée d'avoir une nouvelle aventure avec Mathieu, est-ce que je la saisirais? »

— Et cette occasion, tu avais décidé de la saisir lors du rendez-vous que vous vous étiez fixé, pas vrai?

— Oui.

— Vous ne vous étiez pas revus depuis février? Même pas lorsque tu es venue ici après la mort de ton père?

— Non, mais nous aurions pu.

Et Catherine relata à Marie-Luce l'appel téléphonique qui l'avait alors tant bouleversée. C'était le geste qui avait provoqué l'étincelle et réanimé leur désir.

— En somme, c'est lui qui a fait les premiers pas. T'y attendais-tu et avais-tu souhaité qu'il les fasse?

— Inconsciemment, oui.

— Aurais-tu eu l'audace de lui laisser deviner que cette possibilité ne te déplairait pas?

— Jamais de la vie! Je n'ai jamais pris aucune initiative avec Mathieu et tu sais très bien pourquoi! Il était toujours marié et moi je l'étais à nouveau. J'avais fait la paix avec moi-même depuis longtemps et je l'avais classé dans le compartiment des souvenirs précieux, bien scellé et à n'ouvrir qu'avec circonspection. Bertrand comblait parfaitement mon besoin d'affection et d'amour – même si on ne peut comparer les sentiments éprouvés pour deux hommes si différents. En ce moment précis, toutefois, l'absence de Bertrand m'arrange. J'ai besoin de faire le vide autour de moi, j'ai besoin de réfléchir, de mettre de l'ordre dans mes sentiments et dans ma vie. Il faut d'abord que je ferme la boucle et que Mathieu retourne dans l'écrin de mes souvenirs. Je dois retrouver mon équilibre.

— Si j'ai un conseil à te donner, c'est de ne pas tarder à téléphoner à ton mari pour le rassurer. Le connaissant, il doit déjà s'inquiéter puisque tu me dis qu'il te téléphone très souvent. Dieu sait ce qu'il doit penser de ton absence! Il faudra trouver une explication plausible à ton départ précipité. Rien ne t'empêche d'aller te recueillir par la suite sur la tombe de Mathieu et de passer quelques jours ici à te refaire une santé psychique. Je suis là pour t'aider, tu le sais bien!

Marie-Luce était demeurée bouleversée à la suite de l'appel reçu de Paris quelques jours auparavant. Elle se doutait qu'une amitié était née des cendres refroidies de la liaison qu'avait entretenue Catherine avec son cher Mathieu. Elle devinait aussi qu'ils devaient s'écrire assidûment. Avec le regard objectif et détaché qu'elle portait sur la situation, elle mesurait le danger que courait Catherine, toujours aussi impulsive, en jouant ainsi avec le feu. Mais qu'aurait-elle pu lui dire qui l'aurait fait changer de comportement? Impuissante, elle se contentait de la mettre timidement en garde en évitant d'employer un ton moralisateur. Après tout, il s'agissait de sa vie. Elle n'avait jamais rencontré Mathieu, mais elle connaissait Bertrand depuis des années et avait pour lui beaucoup d'estime et d'amitié. Elle ne souhaitait pas voir ce couple se séparer à cause d'une fantaisie passagère. Est-ce que Catherine avait seulement pris le temps de réfléchir? À quoi pouvait bien rimer cette flamme réanimée? Mathieu était marié depuis quarante ans. Il n'avait jamais quitté son épouse malgré ses nombreuses incartades; il n'allait pas le faire maintenant pour une femme avec laquelle il n'avait pas jugé bon de refaire sa vie un quart de siècle auparavant alors qu'il l'aurait pu. De son côté, Catherine était mariée à un homme qui l'adorait et qui aurait décroché la lune pour elle. Moins flamboyant peut-être que son rival, il avait l'avantage d'être constant et de lui avoir donné vingt ans d'une vie sans nuages. Quand elle apprit que les deux amoureux d'âge mûr s'étaient donné rendez-vous à la *Colombière*, elle en fut abasourdie!

Sortant de son soliloque intérieur et devant le mutisme de son amie, Marie-Luce reprit la parole :

— Entre-temps, j'aimerais t'aider à exorciser ton passé. En te rappelant, par exemple, que les amours défendues ont toujours meilleur goût. Est-ce que le fait de le voir en cachette à l'époque n'ajoutait pas un parfum de mystère à vos rendez-vous? L'aurais-tu aimé autant s'il n'y avait pas eu une épouse dans l'ombre?

— Marie-Luce, tais-toi, tu démystifies tout! N'essaie pas de me faire dire que je l'aimais seulement parce qu'il appartenait à une autre. Ce n'est pas vrai. J'étais folle de cet homme.

— Je n'en doute pas, tu aurais dû te voir quand tu en parlais! En tout cas, on peut dire qu'il t'avait envoûtée, celui-là!

— Hum!

— Quant à ce dernier rendez-vous, ne crois-tu pas que le bon Dieu a décidé pour vous?

— Que veux-tu dire?

— Il est mort avant que vous ne vous soyez revus. Vingt-cinq ans plus tard, vous aviez décidé de reculer les aiguilles du temps et de rejouer la grande scène de la séduction lors de laquelle tu lui étais tombée dans les bras. Entre nous, un sexagénaire et une quinquagénaire se prenant pour des tourtereaux, c'était jouer avec le feu. Et s'il n'avait pas été conforme à ton souvenir, et toi, au sien? C'était peut-être un « vieux » à certains égards, tu me comprends...? Qu'en sais-tu?

— Ce n'était pas l'unique but, tu le sais bien, se défendit Catherine en rougissant.

— T'aurait-il seulement apporté des fleurs? Fait des louanges sur la robe neuve que tu n'aurais pas manqué d'étrenner pour lui? Complimenté ton teint de jeune fille chez une femme de cinquante-cinq ans? Arrête-moi si tu le veux, mais je me sens obligée de me faire l'avocat du diable.

— Je t'en prie, Marie-Luce. Cela ne sert à rien, tu n'arriveras pas à ternir son image. Si tu savais! Nous avions tellement hâte de nous revoir, de combler une interruption d'un quart de siècle et puis... il m'avait confié un secret qui m'avait troublée. J'avais hâte de le revoir pour mettre certaines choses au point.

— Ce qu'il t'a confié ne me regarde pas, mais ce secret aurait-il eu un impact sur vos relations?

— Oui et non. Je n'en sais rien. Cela dépend de ce qu'il avait encore à m'annoncer. Je rage seulement de n'avoir pas eu le temps de lui dire comment je me sentais face à la révélation qu'il venait de me faire. Le sujet est délicat et je ne sais par quel bout commencer, mais au point où j'en suis, aussi bien tout te dire.

Catherine jouait avec le ceinturon de sa robe de chambre

et se demandait si elle avait le droit de trahir Mathieu. Il ne lui avait rien demandé. Il ne lui avait pas fait jurer de garder le secret. Elle décida alors de raconter à sa confidente comment elle avait appris l'existence de l'enfant, né là-bas, aux antipodes. Elle lui dit comment cette nouvelle lui avait fait mal, elle qui aurait tellement souhaité avoir un enfant de Mathieu. Elle dont la maternité, tarie après la naissance de Valérie, aurait tant voulu être réanimée par l'acte de faire père son Mathieu adoré.

Marie-Luce se taisait et écoutait. En ce moment, les mots étaient inutiles. Ils ne guérissaient pas. N'apportaient pas de baume sur une plaie aussi vive. Quand elle eut fini, Catherine fixa longtemps sa tasse vide puis se leva.

— Va, Olivier doit se demander ce qui te retient si longtemps. J'ai assez abusé de ton attention et de ta sollicitude. Quant à moi, je vais essayer de joindre Bertrand au téléphone.

— Laisse Olivier, il me voit toute la journée. Si tu veux m'écouter encore un peu, j'aimerais te suggérer une dernière chose : parle franchement à Bertrand quand tu le retrouveras à Paris.

— Ne te moque pas, tu sais parfaitement que je ne peux pas tout lui raconter comme à toi. Et pourquoi le ferais-je? Cela peut te paraître étrange, mais je l'aime et je ne veux surtout pas lui faire de la peine.

— La vérité peut avoir plusieurs facettes. Apprends-lui la mort de Mathieu et dis-lui à quel point cela t'a bouleversée, en soulignant qu'il était pour toi un ami sincère avec lequel tu entretenais des rapports amicaux, à distance. Dis-lui que cet homme t'a beaucoup aidée dans le passé et que tu lui en as toujours été reconnaissante. Insiste aussi sur le fait qu'il était à tes yeux un correspondant comme les autres et que ses messages auraient pu être ceux d'une amie. Fais-lui lire quelques-uns de ses courriels du début pour le lui prouver.

— Tu dois me juger bien inconséquente, ma pauvre amie! Je m'empresse de jurer, la main sur le cœur, que j'aime un homme alors que je suis là à pleurer la mort d'un autre!

— Non. Tu as de la chance, au contraire. Tu auras connu la passion qui dévore et l'amour solide qui apporte l'épanouissement et la plénitude. Songe à tous ceux qui n'ont jamais aimé! Bon, je te laisse. Tu dois sans doute me considérer sévère et embêtante, mais je ne vois pas comment je pourrais t'aider autrement. Si j'étais dans ta situation, tu me tiendrais probablement les mêmes propos.

Changeant de ton, elle fit un clin d'œil à Catherine en souriant et lui tapota le bras.

— En tout cas, nous allons te prendre en mains et te faire subir un traitement-choc pour restituer à ton mari une femme entièrement neuve. Une femme nouvelle qui renaîtra de ses cendres!

Marie-Luce embrassa une fois encore son amie qui l'avait accompagnée sur la galerie et courut en se couvrant de son châle pour se protéger des gouttes de pluie qui commençaient à tomber. C'était bien l'automne et elle le sentait à l'odeur des feuilles mortes qui collaient à ses chaussures.

Catherine regarda Marie-Luce faire de grands signes à Olivier. À travers les arbres, elle devina qu'il lui ouvrait la porte et lui disait quelque chose qui la fit se hâter. Elle enviait leur bonheur simple, leur absence d'affectation. « C'est du bon pain, ces deux-là », pensa-t-elle. Elle frissonna et se dépêcha de rentrer. À l'intérieur, la pendule sonna dix heures et demie. Sa fatigue la rattrapait et elle avait envie de marquer une pause, de respirer un peu avant de prendre des décisions pour les jours, les semaines ou les mois à venir. « Un jour à la fois ou plutôt, une heure à la fois », déclara-t-elle intérieurement.

Elle retrouva sa chaise berçante au coussin délavé, se choisit une pomme dans le compotier garni par les soins de son amie et commença à se bercer, le regard vague. Cette cuisine avait vu défiler tous les personnages de son existence ou presque. Seul Mathieu n'y avait jamais mis les pieds, et ne les y mettrait jamais.

Chapitre 23

VALÉRIE

Catherine sursauta en entendant la sonnerie du téléphone. Elle s'était assoupie et avait tout doucement plongé dans son passé antérieur, celui de sa décennie d'épouse d'officier naval, tranche de sa vie qui ne refaisait pas souvent surface. Au bout du fil, Valérie avait sa voix de fille-inquiète-pour-sa-mère.

— Maman? C'est moi, Valérie. Tu vas bien? Tu n'es pas malade au moins?

— Excuse-moi, je m'étais endormie et je suis encore tout engourdie... Oui, oui, je vais bien. Et toi, comment vas-tu, mon bébé?

Valérie aimait bien quand sa mère l'appelait ainsi. Elle avait l'impression d'être enveloppée dans une grande cape d'amour maternel, malgré sa trentaine bien sonnée.

— Je viens d'écouter le message que Bertrand a laissé sur mon répondeur. Il te cherche et me demande de le rappeler. Pourquoi ne sait-il pas que tu es au Canada? Qu'est-ce qui se passe?

— Valérie, j'ai reçu une très mauvaise nouvelle, dimanche dernier. Mathieu a été tué dans un accident de voiture et je l'ai appris par courrier électronique. Mon impulsivité a pris le dessus, comme d'habitude, et j'ai sauté dans le premier avion parce que je ne pouvais plus supporter d'être seule dans notre appartement, à Paris. Ici, c'est mon refuge. Quant à Bertrand, j'ai essayé de l'appeler à son hôtel, mais on m'a répondu qu'il était absent. Je ne voulais pas laisser de message à une réceptionniste. Je ne pouvais décemment lui faire savoir, par une étrangère, que j'avais pris subitement l'avion pour le Canada sans lui laisser d'explication. Et ce n'est pas le genre d'explication que je voulais donner à une pure inconnue. Je comptais le rappeler aujourd'hui, mais il a devancé mon appel. J'avoue que j'aurais bien besoin de ses deux bras en ce moment.

— Ma pauvre maman! Je ne sais pas quoi te dire. Comment as-tu appris... l'accident?

— Sa femme a envoyé un message électronique à tous ceux dont le nom figurait dans son carnet d'adresses.

— Tu parles d'une façon d'apprendre la disparition de quelqu'un! Voilà bien une rubrique nécrologique de fin de millénaire... Veux-tu qu'on aille te chercher, Frédéric et moi?

— Je préfère rester ici quelque temps. Laisse-moi me remettre du choc. Tu comprends, je viens de perdre un ami précieux et c'est la première fois que cela m'arrive. Je sais, je sais... à mon âge il faut que je me prépare à en voir d'autres partir! Mais Mathieu et moi étions devenus de fidèles correspondants sur Internet et j'appréciais énormément son amitié. Ses messages étaient pour moi un rayon de soleil. Il avait toujours une anecdote captivante à me raconter, car il s'intéressait à un tas de choses, son style était amusant, il possédait un humour fin mais savait aussi écouter. Avec lui, c'était comme si j'écrivais mon journal que quelqu'un d'autre lisait. Je lui faisais parfois des confidences ou lui demandais conseil et il me répondait toujours judicieusement. Il trouvait merveilleux de voir que notre relation avait évolué de la sorte.

Catherine préféra s'en tenir à cette version avec sa fille. Marie-Luce serait la seule à connaître la *vraie* histoire.

— Quand je reviendrai de Petite-Rivière-Saint-François où il a été inhumé, j'aurai l'esprit plus tranquille et je pourrai me comporter comme une grand-mère normale auprès de Marielle et Rémi. Dis-leur que leur Mamifrance ira les embrasser et passer un peu de temps avec eux très bientôt. Je sais que je ne peux pas les emmener à l'île à cause de l'école, mais ils pourront y venir pendant une fin de semaine. Nous irons à la pêche à l'éperlan ensemble. Promets-le-leur pour moi, veux-tu?

— Fais à ta guise, mais sens-toi bien à l'aise. Je viens de rentrer à Québec et je serai à la maison toute la soirée.

— Je te ferai signe dès mon retour de Charlevoix. J'ai loué une voiture, comme d'habitude. Ne t'inquiète pas.

— À bientôt donc et surtout, n'hésite pas à faire appel à

nous. Sois prudente! C'est dangereux de conduire les yeux pleins de larmes!

Elle hésita un moment avant de raccrocher :

— Es-tu sûre que tu ne veux pas de moi comme chauffeur particulier?

— Non, non, ce n'est pas la peine. Tu me connais, l'as du volant en personne. Ce n'est pas une petite centaine de kilomètres qui vont me faire hésiter. J'en ai vu d'autres. Embrasse Frédéric et les enfants pour moi. Bisous et à bientôt.

— Gros bisous, ma petite maman!

La journée était avancée et elle traînait toujours la savate. Dédaignant les galettes de Marie-Luce qu'elle n'aurait pas pu avaler, elle n'avait pris qu'un café avec sa voisine, et la faim commençait maintenant à la tourmenter, le décalage horaire n'aidant pas. Marie-Luce avait rempli le réfrigérateur de l'essentiel, à elle d'en tirer un repas. Elle avait envie d'un petit déjeuner comme ceux de son enfance. Tant pis si l'heure était plutôt au déjeuner... ou au dîner. Elle ne savait jamais sur quel pied danser en parlant du repas du midi. Selon qu'elle était avec des Français ou des Québécois. Elle en riait encore quand elle repensait à l'anecdote que lui avait racontée Bertrand à ce sujet.

Il venait d'arriver au Canada et sa voisine d'immeuble lui avait lancé une invitation un jour qu'elle l'avait croisé dans l'ascenseur :

— Venez donc dîner dimanche prochain. Ça nous fera plaisir, mon mari et moi, de vous faire découvrir quelques-unes de nos spécialités et ça vous changera de vos repas de célibataire.

Le dimanche en question, Bertrand avait traîné toute la matinée, mangeant tardivement mais légèrement dans la perspective du repas copieux qui allait sans doute lui être servi. Vers une heure, alors qu'il allait prendre sa douche, la voisine était venue sonner à sa porte pour lui demander si quelque chose n'allait pas. Pourquoi tardait-il? Était-il malade?

Pris de court, Bertrand avait eu un éclair de lucidité et

compris qu'il avait été victime d'un quiproquo linguistique et culturel. Il venait de se rendre compte qu'on l'avait invité pour le repas du midi, alors que le dîner se prenait le soir en France!

Se confondant en excuses, il avait expliqué à la brave dame qu'il n'avait pas voulu leur poser un lapin, qu'il s'agissait d'un malentendu et demanda dix minutes supplémentaires, le temps de se rendre présentable. Il arriva donc une heure et demie après l'heure où on l'attendait, mais il avait dans chaque main de quoi étancher une bonne soif.

Tout en préparant son repas, Catherine souriait en se rappelant la façon toute latine avec laquelle Bertrand lui avait relaté l'incident. Le cher homme! Son visage s'imposa alors à son esprit et elle eut soudain envie qu'il soit là. Se pouvait-il que la mort de Mathieu la rapproche comme jamais de son mari? Cette pensée la laissa songeuse...

Elle découvrit qu'elle avait une faim de loup. Son jeûne volontaire durait depuis presque vingt-quatre heures. Elle dressa la table en un tournemain et se confectionna un « petit » déjeuner qu'elle se réservait quand elle venait à la *Colombière* : un œuf sur le plat, quelques tranches de bacon et deux épaisses tartines de pain d'habitant – dont ils se régalaient à chacun de leurs voyages – grillées légèrement et recouvertes des délicieuses confitures de framboises qu'elle avait confectionnées l'été précédent. Une théière entière d'un thé noir, sans sucre ni lait, fut sa seule concession au régime « santé » de ses menus habituels.

Puis elle monta s'habiller, car la pluie avait cessé et il lui tardait de retrouver son jardin. Exceptionnellement cette année, son mari et elle avaient écourté leurs vacances au Canada parce que Bertrand souhaitait effectuer des travaux dans leur pied-à-terre charentais. Elle avait donc passé le mois d'août avec la tribu habituelle composée des enfants et petits-enfants de Bertrand, des enfants de ses cousins qui s'arrêtaient en coup de vent lui faire la bise, d'amis de passage dans leur région, d'enfants d'amis... Épuisant!

Le jardin était encore mouillé. Entretenues par Bernard, un voisin agriculteur qui venait aussi tondre la pelouse, les vivaces avaient encore belle allure. Les chrysanthèmes et les hortensias courbaient leurs boules détrempées. Quelques roses pleuraient leurs pétales fanés. Catherine s'avança jusqu'au fond du jardin, là où le regard embrassait, sur l'autre rive, le cap Tourmente, sombre avancée dans l'eau profonde. Elle arracha une longue herbe qu'elle se mit à mâchouiller. Elle fixait l'horizon en se disant que ces collines, qu'on appelait ici montagnes, l'avaient toujours fascinée tout en l'angoissant légèrement. « Même aujourd'hui, elles me donnent le frisson. Surtout aujourd'hui! » songea-t-elle.

Son village lui faisait ressentir une profonde tranquillité. La lumière et les nuages s'y amusaient en se mariant avec l'eau où certains voyaient le fleuve; d'autres, la mer. Devant elle s'étalait l'estuaire majestueux du Saint-Laurent. Le vent du large se mêlait harmonieusement aux hautes herbes et aux chants d'oiseaux. L'air frais et pur lui apportait la typique odeur iodée du fleuve qui devient océan.

La *Colombière* était bâtie près de la pointe d'Argentenay, à l'extrémité est de l'île, là où la route tourne le dos aux Laurentides pour faire face à la riante côte sud piquée des clochers pointus de ses villages. Contournant la balançoire pour descendre jusqu'à la rive, elle évita de porter son regard plus à l'est, là où, au-delà du cap Tourmente, on devine le littoral rectiligne qui court jusqu'à l'entaille de la rivière du Gouffre, à Baie-Saint-Paul. Le père de Mathieu avait possédé une goélette à l'époque, comme tous ceux de son village. Il gagnait sa vie en transportant des *pitounes* et réussissait à faire vivre une famille de douze enfants. Elle imagina le village s'étirant en longueur, entre mer et cap, l'église parallèle au large et le cimetière tout en haut, dominant le fleuve.

— Stop! On change de direction, ma fille. Point de promenade de ce côté. La morbidité est malsaine et stérile. Garde tes larmes pour plus tard, quand tu te pencheras sur sa tombe!

Catherine soupira et accéléra sa marche. Sa conversation du matin avec Marie-Luce avait été salutaire. Elle s'était purgée du malaise qui l'habitait depuis des semaines. Torturée par son désir de revoir Mathieu et de reprendre le fil d'une relation dont elle conservait un souvenir à peine émoussé par le temps, elle ne s'était jamais arrêtée pour réfléchir aux suites qu'une telle liaison pouvait avoir. Aujourd'hui, elle constatait qu'elle aurait été impuissante à en imaginer l'issue. La duplicité n'était pas son fort. Elle était trop entière pour cela et elle en serait probablement venue à détester Mathieu de lui faire assumer ce rôle. C'était jouer avec le feu et Marie-Luce avait bien raison. On ne bâtit jamais rien de solide sur des ruines!

Une chose était sûre : elle avait fait le bon choix à l'époque. Elle aimait incontestablement Bertrand, même si c'était d'un amour différent. Qui a décrété qu'il était impossible d'aimer deux hommes en même temps? « On aime bien tous ses enfants, aussi nombreux fussent-ils! » se dit-elle. Il était non seulement son mari mais aussi son meilleur ami, sa moitié préférée, comme elle l'appelait en le taquinant. Elle éprouvait pour lui de la tendresse et de l'affection et aussi de la reconnaissance pour avoir accepté si aisément d'élever sa fille. Sa présence lui aurait été d'un immense réconfort à cet instant. Elle était sûre que la jalousie qu'il avait éprouvée pour Mathieu se serait effacée devant la mort de celui qu'il considérait comme un rival à retardement. À juste titre? Pas vraiment, réfléchit Catherine. Les deux hommes étaient complémentaires, mais allez donc expliquer cela à un mari. « Cela doit relever de la psychanalyse, sûrement! » conclut-elle. Puis elle se dépêcha de rentrer, car la pluie venait de reprendre et la nuit avait entrepris d'envahir le jardin.

Elle pénétra dans la maison et se dirigea vers le bureau où elle gardait toutes ses cartes routières. Comme elle louait une voiture différente chaque année, c'est dans un tiroir du vieux secrétaire de son grand-père qu'elle gardait cartes et brochures de voyage. Bertrand et elle avaient souvent profité de leurs séjours au Canada pour partir explorer quelque coin qu'ils voulaient connaître depuis longtemps ou que des amis leur avaient vanté. Catherine n'avait pas besoin de carte pour aller dans le comté de Charlevoix, il va sans dire. Elle voulait seulement estimer la distance qu'il lui faudrait parcourir le lendemain.

Elle s'installa à son bureau, alluma son ordinateur portable, prit une disquette et l'inséra à gauche, dans la fente prévue à cet effet. Elle appela à l'écran le fichier *Mes documents*, l'ouvrit et cliqua sur un autre fichier baptisé *Ma correspondance*. Une fois ouvert, ce fichier révéla la liste par mois de tous les courriels échangés avec Mathieu et protégés par un mot de passe. Elle copia tout sur la disquette et vérifia que l'opération s'était bien déroulée. Puis elle fit glisser la souris sur l'ensemble des fichiers et cliqua sur *Supprimer*. C'était fini! Mathieu avait disparu de son ordinateur. Elle sortit ensuite un sac, y fourra une paire de chaussures de marche, une veste chaude, un parapluie, par mesure de précaution. Puis elle y ajouta l'étui contenant la disquette.

Le sommeil commençait à la gagner. Elle ne lutta pas et décida de se coucher tôt pour partir de bonne heure le lendemain matin. Elle s'arrêterait déjeuner en chemin, quelque part dans un casse-croûte sur le boulevard Sainte-Anne, et poursuivrait ensuite sa route jusqu'au village de Petite-Rivière-Saint-François. Elle ferma son ordinateur, rangea son bureau, éteignit la lumière et monta se coucher. Demain serait un jour nouveau!

Chapitre 24

LE DERNIER AVEU

La grille du cimetière n'était pas fermée. Catherine avançait en frissonnant et en serrant autour de ses épaules la veste légère de son tailleur. Elle avait oublié les rigueurs de son pays et la fraîcheur précoce d'un début d'automne maussade. D'un pas hésitant, elle marchait dans les allées et cherchait un nom ou plutôt une terre fraîchement remuée. Elle n'osait demander au bedeau les indications qui lui auraient fait trouver plus rapidement l'emplacement qu'elle cherchait. Déjà, elle appréhendait le moment, la minute où elle allait lire le nom qui avait si souvent hanté sa pensée, pendant tant d'années. Puis elle aperçut un monticule de terre recouvert de fleurs à peine fanées. Sa poitrine se serra et elle se demanda si elle pourrait aller jusqu'au bout, si ses jambes n'allaient pas fléchir sous elle. « Pourquoi ne prévoit-on pas de bancs dans les cimetières? » Ses cinquante-cinq ans lui semblaient alourdis d'un siècle et elle avait l'impression de les paraître ce jour-là plus que jamais.

Elle se reprit et redressa le buste. Sa décision était prise. Aujourd'hui, elle allait enterrer son Mathieu à elle, celui qu'elle seule connaissait. L'homme qui reposait sous cet amas de fleurs fanées était le mari d'Isabelle, le frère, l'oncle, l'ami d'étrangers. Il n'avait rien à voir avec celui qui lui écrivait de façon si personnelle, comme s'ils avaient vécu en dehors du temps et des contraintes gouvernées par le personnage qu'il était pour les autres. Comme elle l'avait aimé! Jamais elle ne pourrait l'oublier. Un extrait du *Journal* de Jules Renard, lu peu de temps auparavant, lui revint à l'esprit : « Les défauts de nos morts se fanent, leurs qualités fleurissent, leurs vertus éclatent dans le jardin de notre souvenir. »

Elle prit ensuite le temps de lire l'épitaphe, comme pour s'en pénétrer, incrédule encore quant à la disparition de cet homme qui mordait dans la vie avec tout l'appétit d'un fauve gourmand. La mort lui avait volé le dernier rendez-vous qu'il lui avait donné, celui pour lequel elle avait été prête à faire fi de toute retenue.

Catherine fixa longtemps l'inscription gravée sur une simple croix de bois. Sans s'en rendre compte, elle se mit à parler à voix haute, à s'adresser à ce nom, à cette épitaphe de toute évidence temporaire. Elle agissait comme si celui dont le nom avait été hâtivement inscrit était encore vivant. « Tel qu'en Lui-même enfin l'éternité le change... »[6] Elle inventait ses réponses et lui donnait la réplique. Il n'était plus à personne maintenant. Il était autant à elle qu'à elles toutes. Elle pouvait le monopoliser, personne ne pourrait jamais plus le lui reprocher. Elle l'avait tant aimé et haï à la fois. Que de fois, après l'avoir vu partir pour l'autre bout du monde, avait-elle maudit le jour où elle l'avait rencontré!

Il avait disparu en lui laissant un secret dont la révélation lui avait porté un tel coup au cœur et qui l'accablait d'un fardeau si lourd à porter! S'il avait pu savoir que cette lettre allait être la dernière qu'il lui écrivait, aurait-il tu ce qu'il avait à lui apprendre? Elle avait du mal à contrôler le tremblement de sa voix parce qu'elle s'était mise à pleurer.

« Mathieu, ta confidence m'a bouleversée. Je suis à la fois si heureuse que tu aies pu être enfin père – même sur le déclin de ta vie – et si malheureuse de ne pas avoir été la mère. Cet enfant que j'aurais tant aimé te donner, une autre l'a fait à ma place. C'est moi qui aurais dû avoir cet enfant. Moi, je t'aimais, alors qu'elle, elle ne te connaissait même pas avant de coucher avec toi.

« Je vais te dire une chose que je n'ai pas osé t'avouer de ton vivant, Mathieu Bernier. En 1973, j'avais arrêté de prendre la pilule pendant un moment, jouant en quelque sorte à la roulette russe avec le destin. Je sais que j'aurais eu à élever cet enfant toute seule si je l'avais eu. Avec sa demi-sœur qui aurait été de onze ans son aînée. Mais que m'importait, j'y tenais tant à ce petit! Quand j'ai obtenu ma place à l'Univer-

---

6. *Le tombeau d'Edgar Poe*, Stéphane Mallarmé.

sité d'Ottawa, je me suis ressaisie. J'ai pensé à mon avenir, à celui de ma fille et à celui – hypothétique – de cet enfant qui n'avait pas voulu venir dans mon ventre. Et je me suis dit : « Le destin sait ce qu'il fait. Inch' Allah!

« Je voudrais pouvoir te haïr de n'avoir pas mis en moi une étincelle de toi, mais je n'y arrive pas. Je suis sûre que ton fils te ressemble et qu'il est aussi beau que son papa. J'aimerais le connaître et me dire qu'une parcelle de toi respire et te survit! Comment faire puisque je ne connais même pas son prénom? Pourquoi n'es-tu pas allé au bout de ta confidence? Tu savais pourtant que je n'aurais jamais flanché devant la responsabilité dont tu m'honorais, moi ton amie. Comment as-tu pu douter de mon attachement à tout ce qui est toi?

« Je suis désemparée, Mathieu, j'ignore ce que je dois faire. Que sait ta femme au juste? Ne crois-tu pas que tu aurais dû lui faire confiance et tout lui avouer? Elle aussi a terriblement souffert de n'avoir eu qu'un ventre vide et rien à chérir de toi après quarante ans de vie commune. Cet enfant, elle l'aurait sans doute accueilli avec plus d'amour maternel en réserve que de jalousie à l'égard d'une étrangère. Je te le dis en tant que femme!

« Je te promets une seule chose, c'est de faire mon possible pour retrouver ton fils et, si la fortune me sourit, de lui raconter son père, cet homme merveilleux que je n'oublierai jamais. »

Revenant de décharger une brouette de fleurs fanées dans l'enclos à compost, Théo, le bedeau, aperçut une inconnue en train de parler à une tombe. Il nota la cinquantaine attrayante, le teint clair sous des boucles courtes bien coiffées. Également l'élégance du tailleur marine et du sac assorti aux chaussures de cuir souple, sûrement inconfortables pour marcher dans l'allée de gravillons. Des bribes de phrases lui parvinrent, portées par le vent. La brise d'automne agita un pan de sa veste et il la vit frissonner. La silhouette de cette femme lui était inconnue. Il ne l'avait jamais vue auparavant. Pourtant, le village était petit et peu peuplé. Ils étaient tous partis à la ville et les seuls locataires de ce lopin de terre pour l'éternité étaient les rares paroissiens qui restaient ou les expatriés qui avaient choisi de revenir à leur sol natal.

Ne sachant trop quelle attitude adopter et conscient de l'émotion qui étreignait cette étrangère, il choisit de descendre vers la remise pour qu'elle continue d'ignorer sa présence. De la fenêtre qui s'ouvrait à côté de l'armoire où il rangeait ses outils de jardinage, le bedeau jeta un coup d'œil furtif vers l'allée principale du cimetière. Il lui tardait de finir son travail, car il devait encore préparer la messe du lendemain et Berthe l'attendait. Elle tenait à tout prix à être prête de bonne heure pour sa soirée hebdomadaire de bingo, et le souper allait sûrement être sur la table quand il rentrerait. Mais la vue de cette étrangère penchée sur la tombe de Mathieu Bernier l'intrigua. Comptait-elle y passer la nuit?

Qui pouvait-elle bien être? Il avait bien connu le Mathieu qu'on avait mis en terre dernièrement. Quel joyeux luron dans son temps! Et quelle menace pour les gars du village qui l'avaient vu partir pour la ville avec soulagement. La présence de cette femme le troublait. Elle venait vraisemblablement de loin, à en juger par la voiture garée près de l'entrée dont la plaque de devant vantait les mérites d'une agence de location.

Inconsciente d'être ainsi examinée, Catherine remonta frileusement le col de sa veste comme pour se couvrir davantage. Son regard erra sur la colline boisée qui s'élevait abruptement, sur le fleuve où Mathieu, enfant, avait sûrement navigué avec son père. Elle essaya de l'imaginer alors, mais elle ignorait presque tout de son enfance. Elle l'avait connu adulte, marié et imbriqué dans une vie débordante de voyages, d'activités, d'intérêts divers et de femmes éparpillées au hasard de ses déplacements. Qu'il eût choisi de passer l'éternité ici, au cœur de ses Laurentides, lui qui avait roulé sa bosse sur toutes les surfaces du globe, témoignait de son caractère.

Elle était seule avec, pour unique fond sonore, le bruissement des feuilles d'automne poussées par le vent. Elle sortit la disquette de son sac, hésita un moment et regarda autour d'elle. Elle ne vit pas Théo qui était reparti vers l'église sans qu'elle se soit aperçue de rien. Ôtant ses gants, elle se pencha vers la terre meuble et gratta le plus profondément qu'elle le put, s'aidant d'un couteau de poche qu'elle avait sorti de son sac. La fente lui semblant suffisamment profonde, elle prit la disquette et l'enfouit le plus loin possible. Puis, elle masqua le tout avec la terre déplacée qu'elle recouvrit d'une gerbe de glaïeuls moins flétris que les roses et les lis dont le parfum fade lui donnait mal au cœur.

Jetant un dernier regard à l'inscription fraîche, aux lettres à peine sèches, elle tourna les talons et se dirigea vers sa voiture, stationnée dans l'impasse, sous un tilleul. Avant de clore le chapitre *Mathieu* définitivement, il lui restait encore une tâche à accomplir : essayer de retrouver son fils.

Chapitre 25

LE CHEMINEMENT POSITIF

Catherine conduisait distraitement. Après avoir grimpé la longue côte qui rejoint la 138 et repris la route pour Québec, elle avait réglé sa vitesse sur celle des camions décompressant constamment dans leur lente descente vers la plaine. Elle n'était pas pressée. À sa gauche, la pointe de son île commença à se dessiner; elle aurait quasiment pu situer sa maison.

Elle se sentait comme une malade fraîchement opérée chez qui les effets de l'anesthésie tardent à se dissiper. Elle ne savait plus très bien qui elle était ni ce qu'elle faisait là. Elle sentait qu'elle pleurait à cause de ses joues mouillées, mais elle ignorait comment cela avait commencé et quand cela allait finir. Des écluses s'étaient ouvertes dont elle n'était plus maîtresse. Elle pleurait la mort de Mathieu, certes, mais aussi le souvenir de ses trente ans dont elle avait voulu prolonger la portée.

Elle se mit à réfléchir à sa conversation de la veille avec Marie-Luce. Les paroles de son amie faisaient leur chemin dans la solitude vitrée de sa voiture. Qui était l'homme dont elle portait le deuil? Que savait-elle au juste de lui? Elle n'avait jamais vécu avec lui, jamais soigné ses bobos, jamais subi ses sautes d'humeur. Elle ne l'avait connu que superficiellement, comme amant d'abord puis comme ami et confident. Ce n'est qu'au cours des six derniers mois qu'il avait commencé à s'ouvrir à elle et qu'elle avait senti une tendresse nouvelle dans les lettres qu'il lui écrivait. C'était un homme très fier, un peu vaniteux sur les bords et extrêmement conscient de son importance. Il ne portait même pas ses lunettes en sa présence et quand elle avait découvert qu'il était myope, par accident, un jour qu'il avait laissé son étui dépasser de sa poche, il avait paru ennuyé. À l'époque, cependant, ces détails passaient inaperçus à ses yeux, car elle était éblouie par sa forte personnalité. Elle n'avait jamais rencontré quelqu'un dans son genre auparavant. Elle était flattée qu'il l'ait remarquée, elle la jeune divorcée sans caractère particulier.

Catherine se rendait compte qu'elle avait bâti autour de cet homme une image déformée par le prisme de ses illusions et par l'image qu'il lui projetait et qu'elle idolâtrait, l'effigie d'un être composé de toutes pièces à partir de la perception qu'elle avait conservée de lui. Elle devait se l'avouer, Mathieu était un inconnu pour elle. Comment était-il dans le quotidien? Seule sa femme aurait pu en témoigner.

Il lui avait paru vieilli en janvier, la dernière fois qu'elle l'avait vu. Elle n'avait pas voulu l'admettre alors, éblouie qu'elle était par le portrait du Mathieu de quarante ans qu'elle voyait à travers lui. Mais – dans son souci d'impartialité – elle devait reconnaître que lorsque Bertrand et lui s'étaient trouvés côte à côte, elle avait eu la vision fugace d'un Mathieu éclipsé par la prestance de Bertrand. Ce dernier portait bien sa cinquantaine presque révolue. Et ce sourire séduisant, comment pouvait-elle ne pas le voir? Plus grand que Mathieu, Bertrand était aussi plus mince, car son ancien séducteur s'était un peu laissé aller dans sa campagne natale. Non pas qu'il fût moins séduisant mais, aperçue de près, toute sa personne laissait apparaître les légères fissures de l'âge. Bref, elle avait été aveuglée à l'époque, mais sa mémoire visuelle avait néanmoins enregistré ces petits détails qu'elle lui restituait aujourd'hui.

Catherine roulait à présent en pleine circulation, ayant dépassé Sainte-Anne-de-Beaupré. Elle attrapa un mouchoir en papier dans la boîte à ses côtés, car elle avait peur qu'on remarque son visage défait. Elle se tamponna les yeux, s'essuya le visage et se sermonna intérieurement.

Elle s'aperçut qu'elle pleurait autant la mort de Mathieu que l'écroulement de ses chimères. Il était temps qu'elle se reprenne, qu'elle rentre à la maison et qu'elle renoue le fil d'une vie normale avec sa famille et ses amis. Avec son mari surtout. Dans un éclair de lucidité, Catherine eut l'impression qu'elle revenait d'un très long voyage, qu'elle était épuisée et qu'il lui faudrait éplucher une à une toutes les couches de lassitude qui l'encombraient avant de se sentir à nouveau bien dans sa peau.

Inévitablement, elle en aurait encore pour un certain temps à traîner un vague à l'âme et à soigner la douleur qui résulte de la perte d'un être cher. Elle n'allait pas guérir du jour au lendemain! Elle savait aussi qu'il resterait un point vulnérable, quelque part entre sa tête et son cœur, qui risquait de lui rappeler à l'occasion l'ancienne douleur.

La première chose qu'elle allait faire en rentrant à la maison serait d'appeler Bertrand à ses côtés, de lui demander de venir la rejoindre. La *Colombière* n'était-elle pas l'endroit le plus propice pour remettre tout en ordre, pour la libérer de ce poids qu'elle traînait depuis des mois? Auparavant, elle irait faire des courses et inviterait sa fille, son gendre et ses petits-enfants à souper pour le lendemain. Elle saurait bien se ménager quelques instants, seule, avec Valérie pour lui dire que sa visite au cimetière lui avait clarifié l'esprit et qu'elle avait fait ses adieux à son ancien amour à sa façon. Mais avant tout, il lui fallait s'arrêter à la maison des Bouchard. Marie-Luce devait se faire du mouron en la sachant sur la route.

« Elle doit sûrement m'imaginer en train de brailler comme un veau. Il faut que je la rassure sans plus tarder! »

Elle s'arrêta aussitôt sur l'accotement et fouilla dans son sac d'où elle sortit son cellulaire qu'elle alluma. Composant le numéro de sa complice de toujours, elle lui dit simplement : « Fais du café, j'arrive du cimetière. » Et c'est avec un regain d'optimisme qu'elle emprunta le pont de l'île.

Chapitre 26

SONI

— ... Comment s'appelait votre maman?
— Sarina.

Catherine a mal dormi. Ce nom, prononcé la veille par ce jeune étranger, elle l'entend encore résonner dans sa tête. Il lui est revenu comme un boomerang, après toutes ces années. Elle se sent un peu coupable de ne pas avoir ressenti, hier, toute la compassion exigée par les circonstances, mais elle n'y pouvait rien. Cette femme – et ce ne pouvait être que la même! – elle l'aurait volontiers vouée aux gémonies en apprenant son existence, douze ans auparavant. Elle devrait se repentir intérieurement de lui avoir fait alors subir mille morts par la pensée, talonnée qu'elle avait été par les aiguillons d'une jalousie à retardement, car son destin n'avait pourtant rien eu d'enviable.

Dès qu'elle avait compris le lien qui existait entre Sarina et Soni, Catherine s'était doutée que le nom de Mathieu allait être prononcé. Se pouvait-il que douze années se soient écoulées depuis sa mort? Sachant qu'elle risquait d'ouvrir un abîme de souvenirs pénibles, prêts à surgir de sa mémoire, elle aurait voulu pouvoir échapper à la curiosité qui la poussait à questionner le jeune homme, mais elle s'en était sentie incapable. Telle une dent qui élance et qu'on ne cesse d'effleurer du bout de la langue, elle n'avait pu retenir sa conscience de vouloir assouvir sa soif de savoir.

Ce matin, après s'être levée à l'aube, sans faire de bruit, elle s'est enfermée dans sa grande cuisine pour ne pas réveiller Soni. Il est encore très tôt, mais elle décide de lui préparer des crêpes pour le déjeuner. Comme toujours, c'est dans l'action qu'elle se réfugie quand elle veut analyser les idées qui la tourmentent. Puis, elle rit encore de la mine gourmande du jeune homme devant le modeste repas qu'elle lui a servi la veille. Le pauvre enfant ne doit pas se faire dorloter souvent, pense-t-elle. S'il a encore une mamie, elle doit sûrement habiter son île, ce qui fait loin pour se faire chouchouter!

Elle fouette la pâte, met le café en marche, dresse le couvert. Pendant qu'elle répète machinalement les gestes de tous les matins, son cerveau déroule comme une cassette vidéo les événements de la soirée précédente. Elle revit la scène, s'entend poser des questions à Soni, qui lui répond abondamment. Elle a besoin de ressasser tout ça dans sa tête. C'est si inattendu, si subit! Les replis de son subconscient s'ouvrent comme une corolle et font remonter à la surface des sentiments qu'elle gardait scellés depuis des années.

— Comment votre mère connaissait-elle mon existence? lui avait-elle demandé, le premier choc passé. Qui lui avait parlé de moi?

— C'est mon père qui lui avait signalé votre existence, dans une lettre que nous pensons être la dernière qu'il lui ait adressée, puisque nous n'en avons pas trouvé d'autres, ma sœur et moi. J'ignorais absolument tout de vous, car elle n'a jamais mentionné votre nom une seule fois devant nous. Or, après avoir lu cette lettre – et comme je sais qu'elle n'avait plus eu de nouvelles de mon père depuis cette année-là – j'ai pensé que vous étiez la seule personne à pouvoir m'aider à retrouver sa trace. C'est alors que j'ai décidé de partir à votre recherche.

— Vous ne m'avez toujours pas dit le nom de votre père, lui avait-elle demandé, n'attendant qu'une confirmation de ses soupçons et essayant de paraître naturelle.

— Il s'appelait Mathieu Bernier, mais je ne porte pas son nom si cela vous intrigue. Je suis son fils naturel. Ma mère avait pensé qu'il me serait plus facile de porter le sien, Lucas.

— Tu es le fils de Mathieu? J'aurais dû m'en douter! Quelque chose en toi ne m'est pas tout à fait... comment dirais-je... inconnu. Non, ce n'est pas ça. C'est comme si j'avais en face de moi le visage de quelqu'un perdu de vue depuis fort longtemps, dont je n'arrive plus à trouver le nom. Tu es son fils!

Interdit, Soni avait fait oui de la tête. Catherine avait alors pâli et s'était appuyée sur le garde-fou de la galerie, qu'elle avait serré des deux mains. Elle était parvenue à dissimuler son trouble et à dire :

— Excusez-moi, Soni, je dois vous paraître...

Elle avait repris le vouvoiement et se gourmandait intérieurement en se traitant de vieille folle. Se ronger les sangs de façon pareille pour un fantôme!

— Je vous en prie, ne faites pas attention à une vieille toupie comme moi. Continuez, je vous écoute.

— Maman est morte d'un cancer du sein l'an dernier. Elle n'avait pas cinquante ans. À sa mort, ma sœur aînée et moi avons retrouvé dans ses affaires toutes les lettres que mon père lui avait écrites. Elle les avait conservées. Comme je vous l'ai dit, dans celle qui remonte à l'été de mes dix ans – et nous sommes à peu près sûrs que c'était la dernière, car nous n'en avons pas trouvé postérieures à cette date – mon père transmettait vos coordonnées à ma mère. Il lui donnait une adresse à Paris en lui écrivant que, s'il lui arrivait quelque chose et qu'elle soit obligée d'entrer en contact avec lui d'urgence, elle pouvait compter sur vous à tous moments. Il ajoutait que vous étiez une amie fiable. Que vous lui viendriez en aide, si besoin était. Malheureusement, ma mère a mis son orgueil et sa fierté en paravent, entre mon père et elle, et elle n'a jamais osé faire appel à vous pour connaître la raison de son silence.

Soni s'était interrompu. Il s'était penché pour entourer ses genoux de ses deux bras et avait fait craquer le fauteuil d'osier. L'appui-bras montrait des signes d'usure. Quelques brins avaient perdu leur souplesse de roseau et se redressaient comme de petites hampes qui s'accrochaient à la manche de sa veste. Son silence subit avait fait percevoir avec plus de netteté la trille d'un merle perché dans le saule voisin. Son regard s'était arrêté sur l'œuvre patiente d'une araignée, occupée à tisser un pont entre deux glaïeuls. Songeuse, Catherine avait suivi, elle aussi, l'avancement de la toile arachnéenne. Elle ne pouvait s'empêcher d'en comparer les ramifications aux sinuosités de sa vie : dans quelle direction le prochain fil la mènerait-il? Comment prévoir le dessin des fissures d'un morceau d'albâtre qu'on laisserait tomber de haut? Soni avait repris son récit, mais elle l'écoutait maintenant la tête baissée, perdue dans ses réflexions, parce qu'elle savait à l'avance ce qu'il allait lui dire.

— Vous voyez, mon père était déjà marié quand il a connu maman. Son épouse, au Canada, ignorait tout de ma naissance. Il n'avait jamais donné à ma mère une autre adresse que celle d'une boîte postale, parce qu'il craignait que sa femme ne découvre mon existence. Sa méfiance avait blessé maman. Quand elle a constaté qu'il ne donnait plus suite à ses lettres, elle s'est dit qu'il nous avait rayés de sa vie, elle et moi, et elle a été trop fière pour s'informer de lui auprès de vous, comme mon père le lui avait suggéré dans sa dernière lettre.

Soni s'était à nouveau tu. Il regardait cette femme, encore attrayante, et il s'interrogeait sur la place qu'elle avait occupée dans l'échiquier compliqué du passé de son père. De son côté, Catherine se remémorait l'émoi qu'elle avait ressenti, et aussi son amertume, le jour où elle avait découvert l'existence du fils de Mathieu, qui vivait quelque part en Polynésie française. Elle aurait tant aimé à l'époque retracer la piste de cet enfant, mais aucun indice dans le message de Mathieu ne pouvait la conduire à ce Soni, dont elle ignorait jusqu'au prénom, et dont elle savait seulement qu'il était né à Nouméa d'une mère mélanésienne portant le joli nom de Sarina. Étourdie par cette révélation, elle avait bien effectué quelques recherches à l'époque, ne sachant trop par où commencer ni pourquoi elle devait le faire. Elle savait maintenant que si elle avait eu le courage d'aller jusqu'à Nouméa, si elle avait osé relancer André et Pauline, les amis de Mathieu présents dans cet hôtel le soir où il avait rencontré Sarina, elle aurait probablement abouti à Soni. Mais quel sort la mère abandonnée lui aurait-elle alors réservé? Elle aurait eu le droit de lui fermer la porte, elle et son statut ambigu à l'égard de l'homme qui se dressait entre elles.

Brisant le silence qui s'était installé comme un rempart entre leurs pensées, Catherine avait appris à Soni que son père lui avait effectivement révélé son existence dans ce qui avait été son dernier message, à elle aussi. Sans lui fournir plus de détails.

— Il avait promis de tout me dire de vive voix quand il me reverrait. Ce qui ne s'est jamais produit...

Elle avait laissé sa phrase en suspens, indécise quant à la façon de corriger l'ignorance du fils. Puis elle avait décidé de tout lui révéler, là, pour que cesse de planer le spectre de l'incertitude et pour lever l'équivoque.

Elle avait commencé à parler d'une voix feutrée, reprenant son grasseyement de Québécoise, ce que Soni avait remarqué. Elle avait utilisé les mots les moins saisissants, les termes les plus délicats, les formules les moins directes pour lui apprendre que son père reposait depuis douze ans entre son fleuve et ses Laurentides, qu'il était mort tragiquement avant d'avoir eu le temps de dévoiler à Catherine tous les détails concernant son enfant vivant à Nouméa. Il l'avait chargée d'annoncer à son épouse, si elle lui survivait, l'existence de ce fils. Elle n'avait jamais pu le faire parce qu'il lui manquait les pièces essentielles.

— Je dois vous avouer, Soni, que je souhaitais beaucoup vous retrouver, mais j'étais si loin et je n'osais m'aventurer jusque dans votre pays, avec pour seul indice le prénom de votre mère...

Après un moment, elle avait ajouté d'une voix lointaine, en détournant la tête pour cacher ses cils humides :

— Votre père était quelqu'un qu'on n'oublie pas facilement.

Soni avait baissé le front pour cacher sa tristesse. Il se doutait de ce qu'elle venait de lui apprendre. Mais il avait conservé une lueur d'illusion, le vague espoir qu'un homme aux cheveux blancs allait lui ouvrir les bras au bout du long chemin parcouru pour le retrouver. Il avait hésité, par pudeur, cherchant les mots justes pour relancer la conversation. Son désir d'en savoir plus long le poussait à poser des questions, mais sa discrétion lui dictait de le faire avec beaucoup de discernement. Il lui paraissait étrange que cette dame, dont le mari était parti à la pêche, soit si émue en remuant des souvenirs touchant un autre homme, qui plus est un homme déjà marié, qui avait fait un enfant à une troisième femme, sa mère.

— Pardonnez ma curiosité et arrêtez-moi si je suis indiscret, mais... comment et quand avez-vous connu mon père? Était-ce avant qu'il rencontre ma mère?

— Ta curiosité est toute naturelle, mon petit Soni, mais peu de gens connaissent notre histoire. Puisque tu es son fils, son unique enfant, je te raconterai plus tard dans quelles circonstances nos chemins se sont croisés, pour ensuite repartir dans des directions différentes. Mais auparavant, dis-moi plutôt comment tu es parvenu à retrouver ma trace.

— Dans un premier temps, j'ai confié à des copains partis étudier à Paris la tâche de vérifier s'il y avait bien une madame Pion à l'adresse indiquée par mon père. Quand j'ai compris que vous existiez vraiment, j'ai songé à vous écrire, mais une certaine gêne m'en a empêché. Qu'allais-je vous dire? J'ai regretté ne pas l'avoir fait quand j'ai appris que vous aviez quitté la France.

— Comment alors es-tu arrivé jusqu'ici?

— En me rendant moi-même à Paris, plus tard, comme étudiant. Je suis inscrit à l'université, en sciences informatiques.

— Bravo! Tu as du courage et de l'ambition. C'est bien. Ton père serait fier de toi. Au fait, pourvoyait-il à tes besoins de son vivant?

— Je le crois, mais je n'en sais rien à part le fait que lorsque j'ai commencé à fréquenter l'école, il a versé une certaine somme à ma mère pour mes études. Elle s'est empressée de mettre cet argent de côté pour plus tard. Maman était femme de ménage dans un grand hôtel, elle travaillait régulièrement, mais elle n'aurait jamais eu les moyens de me faire poursuivre des études. Grâce à sa prévoyance, cette somme me permet maintenant d'étudier à l'étranger. Bien entendu, je trouve de petits boulots qui m'aident à joindre les deux bouts. J'ai, en outre, la chance de loger à la Maison des étudiants, boulevard Jourdan, dans le XIVe arrondissement. Et figurez-vous que – drôle de coïncidence – j'habite la Maison du Canada!

— Le destin ne nous fait-il pas parfois des clins d'yeux? Tu t'es donc rendu rue Pérignon pour essayer d'entrer en contact avec moi? J'ai peine à croire que la chipie qui nous servait de concierge t'ait donné mon adresse sans rouspéter... ou sans demander une rétribution.

— C'est-à-dire que j'ai d'abord essuyé un refus. Elle m'a dit que vous aviez quitté le pays et que votre nouvelle adresse n'était pas du « domaine public ». J'ai alors invoqué un degré de parenté, affiché mon plus beau sourire, mais rien n'y fit. J'ai senti une pointe de racisme à la façon dont elle m'a détaillé des pieds à la tête, alors j'ai mûri mon plan. Je suis revenu le lendemain avec quelques bouquins que je vous avais soi-disant empruntés. Je m'étais fait accompagner par un camarade de fac, le plus blond et le plus blanc que j'avais pu trouver. Il lui a servi son baratin le mieux rodé, expliqué que je me sentais coupable d'avoir gardé vos livres aussi longtemps et voulais me faire pardonner en joignant un petit cadeau à mon envoi. Mine de rien, il tortillait un billet de cent balles qu'il avait sorti de sa poche. Elle s'est fait un peu prier, question de montrer qu'elle n'était pas vénale, puis elle a dit : « Je m'en fous, de toute façon, elle ne reviendra plus habiter ici, après tout! » et elle est allée recopier votre adresse sur une vieille enveloppe froissée qui traînait. Je suis reparti avec l'enveloppe en poche. Ce n'est qu'une fois dans le métro que j'ai déchiffré l'adresse de la *Colombière*. J'étais bien avancé! Le Canada! Comment faire pour y aller?

« Tel père, tel fils, avait songé Catherine en réprimant un sourire. Aussi ratoureux que son père. Je vois d'ici la tête de la concierge qui n'a pu résister à une telle offensive. »

— Qu'est-ce qu'un océan de plus pour un intrépide voyageur, capable en outre de soudoyer une concierge parisienne?

— Vous êtes moqueuse, madame!

— Et toi, débrouillard, jeune homme! Ça me plaît, figure-toi! Mais continue, je te promets de garder mes remarques « moqueuses » pour moi. Comment es-tu arrivé dans ce lointain Canada?

— En reconnaissant sa paternité, mon père avait eu la prévenance de me déclarer au Consulat du Canada. Je jouissais donc de la double nationalité. Quand j'ai su que vous étiez retournée dans votre pays, je suis allé frapper à la porte de l'Office franco-québécois pour la jeunesse et je leur ai dit que j'étais prêt à aller récolter des fruits, planter des arbres, laver de la vaisselle... faire n'importe quoi... que je rêvais de travailler pendant mes vacances au Québec. On m'a accepté sans difficulté et envoyé dans la région de Joliette, à la cueillette du tabac. Pensez donc, je n'avais pas besoin de visa d'étudiant, cela facilitait le travail de tout le monde!

— Je vois d'où tu tiens ce double bronzage!

Soni avait regardé ses avant-bras brunis en riant et dit :

— D'accord, j'avais une longueur d'avance à cause de ma mère, mais mon père n'avait pas tout à fait le type nordique. J'ai souvenance d'un homme à la barbe et aux cheveux très foncés.

— As-tu une photo de lui?

— Oui, une seule qui date de plusieurs années.

Et il avait sorti de son portefeuille une photo de Mathieu, prise alors qu'il approchait de la soixantaine. Catherine l'avait acceptée des mains de Soni et l'avait examinée longuement avant de la lui rendre. C'était celle qu'il joignait à sa biographie quand il concluait une affaire et qu'il s'engageait à prononcer une conférence. Il la lui avait envoyée sur Internet et elle l'avait agrandie en la sauvegardant sous leur nom de code pour ne pas susciter la curiosité de son mari. Elle connaissait chacun des pixels de cette photo pour l'avoir regardée des centaines de fois! Un regard direct sous la barre des sourcils noirs, fournis, une bouche au léger sourire dans une barbe poivre et sel, un front à demi couvert par le débordement d'une épaisse chevelure à peine striée de blanc.

Elle avait tenté de dissimuler son émotion, mais Soni n'avait pas été dupe. Il avait vu sa main trembler et saisi le frémissement dans sa voix quand elle avait remarqué :

— Comme tu lui ressembles, Soni.

Puis, d'un ton plus raffermi, qu'elle avait voulu léger, elle lui avait pris les mains en se penchant vers lui :

— J'en oublie presque mes bonnes manières. Prendrais-tu quelque chose à boire? Tu dois avoir soif, par cette chaleur. J'allais me servir un verre de thé glacé...

— J'accepte avec grand plaisir, je vous remercie.

— Attends-moi, j'en ai pour un instant. On est mieux dehors qu'à l'intérieur, de toute façon.

Elle était rentrée dans la maison, s'était appuyée sur le chambranle de la porte et avait fermé les yeux.

« Mon Dieu, un fantôme, on dirait son père en plus foncé. »

Soni brûlait de curiosité ; il aurait voulu connaître les liens qui avaient existé entre son père et cette dame, encore attrayante, qui n'était pas sa veuve et qui s'émouvait encore à son âge à la seule vue de sa photo. Il sentait qu'elle avait envie de parler, mais il ne voulait pas la brusquer. Il était là pour écouter et il avait tout son temps. Les cours ne recommençaient qu'en octobre et, après tout, il n'avait pas fait tous ces kilomètres juste pour boire un verre de thé glacé sur une île, en plein milieu du fleuve Saint-Laurent!

Catherine était revenue avec un pichet et deux verres qu'elle avait déposés sur la table de rotin. Faisant mine de rien, elle examinait le jeune homme pendant qu'elle lui servait à boire. Il avait à peine dépassé vingt ans. « C'est encore un enfant», avait-elle constaté. Son teint basané témoignait sans conteste d'une origine étrangère. Sous une chevelure d'un noir jais, ses yeux marron avaient ce reflet pailleté de vert qui lui rappelait Mathieu. Une barbe naissante dissimulait à peine un menton carré, volontaire, étonnant dans un visage autrement adouci par une bouche aux lèvres bien découpées, s'ouvrant sur des dents d'une blancheur éclatante. « Qu'il est beau », n'avait-elle pu s'empêcher de songer, la gorge serrée, en observant discrètement son visiteur imprévu.

Désemparé devant la réaction de cette femme qui l'intriguait de plus en plus, Soni était demeuré silencieux. Pour se donner une contenance, Catherine avait fouillé dans la poche de son tablier de jardinière à la recherche de quelque chose qui ne soit pas souillé, s'impatientant de n'y trouver qu'une paire de gants maculés de terre, et s'était levée pour rentrer à nouveau dans la cuisine. Il l'avait entendue se moucher et respirer profondément. Elle était ressortie peu après, maîtresse d'elle-même et décidée à faire bonne figure devant ce jeune homme parachuté du ciel, ou plutôt débarqué de son île.

— Soni – tu permets que je t'appelle par ton prénom et que je te tutoie, n'est-ce pas? – tu dois avoir faim. Je sais comment on a de l'appétit à ton âge. Tu n'es pas beaucoup plus vieux que mes deux petits-enfants. Marielle est partie faire de la bicyclette avec des amis autour de je ne sais plus quel lac. Elle vit avec ses parents à Québec et entreprendra sa première année d'université en septembre. Elle vient souvent me voir, surtout en ce moment puisque ses parents sont partis en vacances. Rémi est moniteur dans un camp d'été et n'arrivera que samedi. Il viendra terminer ses vacances avec moi jusqu'à la rentrée, située autour de la fête du Travail. Ses cours à l'université ne reprendront qu'à la fin septembre.

— C'est vrai, votre fête du Travail ne coïncide pas avec la nôtre, le premier mai. Je l'ai appris récemment, à Joliette.

— Au fait, c'est de Joliette que tu arrives? As-tu un endroit pour dormir ce soir?

— Pas vraiment, mais je vais me débrouiller, vous savez. Quelqu'un m'a parlé d'une auberge de jeunesse, quelque part à la Haute-Ville et aussi du YMCA.

— Tut, tut... J'ai largement la place dans cette grande maison pour t'héberger. Si cela ne t'embête pas de cohabiter avec une vieille dame pour une nuit, tu peux dormir ici. Tu as le choix entre la chambre de Rémi, mon petit-fils, et celle de sa sœur, Marielle. Mon mari est parti à la pêche avec notre voisin et ne rentrera que demain en fin de journée. J'espère que la pêche t'intéresse? Parce qu'il faudra t'extasier, surtout sur les grosses prises échappées!

— Madame, la pêche, je connais; n'oubliez pas que j'ai été élevé sur une île...

— C'est vrai au fait. Alors, c'est oui pour ce soir?

Soni avait rougi et protesté en disant qu'il ne voulait pas s'imposer. À la faiblesse de ses protestations, Catherine avait deviné que son offre de le loger ne pouvait que l'arranger, vu ce que pouvait gagner un cueilleur de tabac.

— Si on rentrait casser la croûte maintenant que la logistique de l'hébergement est réglée?

Chapitre 27

LE SOUPER IMPROVISÉ

Catherine avait ramassé plateau, pichet et verres, poussé la porte moustiquaire que Soni s'était empressé de tenir ouverte, et pénétré dans l'ample cuisine d'été que son grand-père avait convertie, à l'époque, en cabinet médical. Quand elle avait repris la maison, Catherine avait redonné à cette pièce sa fonction première.

S'ouvrant sur trois faces par des fenêtres à guillotine crêpées de moustiquaires, la pièce était spacieuse, lumineuse. Un vieux poêle de fonte Bélanger servait toujours et apportait son précieux secours l'hiver ou lorsque les convives étaient nombreux. Une longue table, recouverte d'une nappe cirée et entourée de chaises en bois, occupait le centre de la pièce. Deux chaises berçantes se disputaient l'espace près du poêle, leurs arceaux posés sur un tapis tressé pour étouffer le couinement de leur bois séché. Dans un angle, près d'une fenêtre donnant sur le fleuve, Catherine avait aménagé un coin plus intime à l'aide d'une petite table ronde revêtue entièrement d'une nappe à carreaux dont la jupe effleurait le sol. Un bouquet de fleurs sauvages s'épanouissait dans un vase en étain. Le dernier numéro du *Figaro Magazine* étalait la page ouverte de ses mots croisés. Vieille habitude rapportée de France, celle d'une habituée des grilles de Laclos.

Catherine avait déposé son plateau sur le long comptoir qui courait sous deux autres fenêtres, celles donnant sur la route en haut, au-delà de la maison des Bouchard. On y avait intégré le plus discrètement possible toutes les commodités de la vie moderne, tels un lave-vaisselle, un four à micro-ondes, un réfrigérateur à double porte, un four encastré.

— Qu'aurais-tu envie de manger, Soni? Il s'en va sur six heures et on mange tôt dans ce pays. As-tu des préférences? Des allergies? On parle mieux l'estomac plein, surtout à ton âge.

— Tout ce que vous me servirez sera bon, madame Pion, j'en suis certain. Et je suis gourmand, je vous avertis!

Catherine avait brassé quelques casseroles, sorti du frigo une ratatouille faite la veille avec des légumes de son jardin. Un poulet de grain, déjà rôti, attendait sur le comptoir qu'on le découpe. Le pain de ménage, cuit par Marie-Luce, offrait sa croûte dorée au regard du jeune homme dont l'estomac commençait à gargouiller. Soni l'avait regardée dresser le couvert en songeant à son petit déjeuner, bien loin déjà. Deux assiettes avaient vite été posées sur la nappe à carreaux de la table ronde et Catherine avait prié son hôte de servir le vin, habitude à laquelle elle n'avait pas renoncé à son retour au Canada. Le *Moulin à Vent*, plein d'arôme, avait juste assez de corps.

Soni avait mangé avec l'appétit des jeunes de son âge. Après avoir avalé une dernière tranche de bon pain de ménage, tartinée de camembert, et bu une dernière goutte de vin, il avait posé sa serviette. Son corps était rassasié, mais sa curiosité ne l'était pas.

En face de lui, son hôtesse jouait avec sa coupe de vin, la faisant tourner en admirant la jambe, courte, du liquide vermeil. Elle en avait aspiré une gorgée, telle un dégustateur sur le point de donner son verdict, l'avait balayée de droite à gauche autour de sa langue puis avalée. Patient, Soni avait attendu qu'elle se mette à parler.

Elle s'était soudainement mise à rire en posant sur la table sa coupe vide. Catherine avait senti ses muscles se relâcher et la tension dans sa nuque depuis le début de son récit disparaître progressivement. Était-ce l'effet du vin... ou des souvenirs qui l'envahissaient?

— Les histoires des vieilles dames intéressent rarement les jeunes hommes, je suis donc flattée de ton attention. Mais auparavant, as-tu encore faim? J'ai une tarte au sucre digne des palais les plus fins. Je parie que tu ne connais pas cette spécialité québécoise?

— Non, et je suis curieux d'élargir mes connaissances, surtout gustatives, avait-il répondu d'un air gourmand.

Catherine lui en avait servi une pointe généreuse, se

contentant, pour sa part, d'une tasse de thé. Elle lui avait ensuite proposé d'apporter son dessert dans le salon, où ils seraient plus confortables pour bavarder.

Le mobilier hétéroclite mais harmonieux avait plu tout de suite à Soni. Catherine avait rapporté de France les meubles auxquels elle tenait le plus. Certains avaient été acquis par son mari et elle quand ils habitaient le VIIe arrondissement, d'autres avaient été soustraits à leur maison de campagne en Charente. Les plus anciens lui avaient été légués par ses grands-parents, Auguste et Madeleine, en même temps que la maison.

Soni s'était avancé vers le piano droit, qu'il avait caressé de la main. Des partitions étaient posées sur le lutrin.

— En jouez-vous? lui avait-il demandé.

— Quelquefois, quand l'appel de mes musiciens préférés se fait insistant, malgré mes vieux doigts moins souples qu'avant. J'adore la musique.

— Moi aussi. La dernière fois que j'ai vu mon père – j'avais sept ans – il m'a offert un baladeur que j'ai encore.

— Oui, ton père aimait beaucoup la musique, c'était un mélomane. Il avait un faible pour Beethoven et pour l'opéra. Lui et moi nous écrivions régulièrement et je lui nommais souvent l'œuvre que j'étais en train d'écouter. Il connaissait ma passion pour certains compositeurs et certains types de musique que je lui faisais découvrir. Il me citait le nom des artistes qui se produisaient à Québec ou Montréal ou me demandait si j'étais allée entendre tel interprète en concert à Paris.

Soni avait choisi le voltaire et Catherine s'était installée dans sa bergère préférée, près de la cheminée. Posant sa tasse sur un guéridon, elle avait demandé à son jeune visiteur :

— J'espère que tu ne m'en veux pas trop de t'avoir appris aussi brutalement la mort de ton père. J'ignorais que tu n'étais pas au courant.

Soni n'avait pas encore touché à sa tarte. Catherine avait compris que le rappel de la disparition de son père lui coupait l'appétit. Elle avait deviné qu'il se sentait étrangement seul, comme abandonné, qu'il n'avait même pas assez d'éléments dans sa mémoire pour se constituer un album de souvenirs de lui. Quel étrange destin que le sien! Orphelin de deux parents qui n'avaient passé ensemble que de brefs intervalles de vie et qui reposaient à des milliers de kilomètres l'un de l'autre.

— Vous pensez bien que je m'en doutais! S'il avait eu à me rayer de sa vie, il l'aurait fait dès ma naissance et ne m'aurait jamais reconnu. M'abandonner ainsi alors que j'avais dix ans ne correspondait pas à l'image que nous gardions de lui. Ma mère a tout de suite compris que quelque chose de terrible lui était arrivé. Elle savait qu'il avait une femme, ici, au Canada. Quand il n'a plus donné signe de vie, elle a eu le pressentiment qu'il lui était arrivé quelque chose. Elle l'a dit. Moi, je voulais avoir une preuve. C'est pourquoi je suis ici. Votre révélation m'a attristé, il est vrai, mais il y a longtemps que je porte le deuil de mon père au fond de moi.

Catherine aurait voulu se lever, prendre Soni dans ses bras et le bercer. Une réserve et une timidité soudaines l'en avaient empêchée.

— Mon pauvre enfant, si tu savais à quel point j'aurais voulu te retrouver après la mort de Mathieu. Je te l'ai dit, je n'avais pas la moindre piste, à part le prénom de ta maman. J'en ai voulu à Mathieu de ne pas m'avoir donné tous les renseignements te concernant dès le départ. Il m'avait demandé en effet de jouer le rôle de trait d'union pour le cas où il lui arriverait quelque chose. Comme s'il avait eu un pressentiment! Cet accident bête l'a empêché de mettre son plan à exécution, me laissant sur ma faim quant à ses intentions.

— Parlez-moi de lui, voulez-vous? Vous devez l'avoir beaucoup aimé. Je le sens dans votre voix quand vous prononcez son nom...

— Soni, tu réveilles soudainement un passé avec lequel j'ai fait la paix il y a plusieurs années déjà. Vers la fin de sa vie, ton père était devenu mon meilleur ami, mon confident. Et j'ai la conviction que je représentais la même chose pour lui. Nous nous étions retrouvés plusieurs années après nous être perdus de vue, et nous avions commencé à correspondre. Nous nous sommes alors découvert des affinités qui n'avaient pas eu le temps de se manifester quand nous étions plus jeunes et que ma passion pour lui m'aveuglait. Tu auras compris que j'ai été sa maîtresse, il y a si longtemps de cela... Tu vois, je te fais des confidences alors que je ne te connaissais pas il y a quelques heures à peine. Est-ce l'âge? Ou est-ce parce que j'ai un peu l'impression de le retrouver dans toi qui est son fils? J'implore seulement ton indulgence à notre égard.

Catherine avait repris sa tasse de thé qu'elle avait posée sur le guéridon et, avant de la porter à ses lèvres, elle s'était arrêtée pour admirer la finesse de la porcelaine et la délicatesse de la scène représentée, comme si elle les voyait pour la première fois. Un berger chantait la sérénade à une bergère en s'accompagnant d'un luth dans l'ovale d'une bordure dorée. Déplaçant un coussin qui la gênait, elle s'était calée dans son fauteuil et avait commencé à parler d'une voix lointaine :

— J'ai été mariée deux fois dans ma vie. Mais la parenthèse entre mes deux mariages a laissé une marque indélébile. Tu auras deviné que ces guillemets dans ma vie sentimentale ont été ouverts par ton père quand nous nous sommes rencontrés. Et refermés par lui plus d'un an plus tard quand nous avons cessé de nous voir, car cela ne pouvait plus durer, il était déjà marié. J'avais une petite fille de dix ans, mais il n'avait pas d'enfant, sa femme n'ayant jamais pu mener une grossesse à terme. Il aimait sa femme et peut-être m'aimait-il aussi à sa façon? Il lui devait beaucoup, sur le plan professionnel, entre autres, à cause de ses relations familiales. Avec l'âge et le temps, je sais maintenant que nous n'étions pas faits pour vivre ensemble. Il l'avait compris avant moi et il souhaitait de tout cœur me voir refaire ma vie et être heureuse. Comme il avait raison! Sa clairvoyance à l'époque me paraissait de l'indifférence et de la désinvolture, mais quand j'ai rencontré mon second mari, j'ai enfin connu le bonheur et j'ai pu m'épanouir aux côtés d'un homme merveilleux, que je ne méritais pas à l'époque. Voilà le cœur de l'histoire.

Reprenant le fil de son récit qu'elle avait interrompu pour se verser une autre tasse de thé, elle avait continué d'une voix plus animée :

— Ne va pas croire que ton père m'a laissée tout simplement tomber. Il m'a beaucoup aidée à changer ma vie, il m'a aiguillée sur la bonne voie pour que le reste de mon existence ne soit pas du « remplissage de survie » comme il disait avec humour.

— Comment mon père a-t-il eu l'idée, alors, de donner à ma mère vos coordonnées puisque vous vous étiez quittés et que vous aviez refait votre vie avec un autre homme?

— Je te l'ai dit, nous étions devenus de fidèles correspondants sur Internet. Ah! Il n'était d'ailleurs pas le seul à qui j'envoyais des messages électroniques, j'ai toujours aimé écrire. Mes amis pourraient te produire des liasses de lettres s'il y en a qui ont eu l'idée de les conserver. Mais avec lui, c'était spécial, il me connaissait si bien! Nous nous étions retrouvés par hasard, à Paris où je vivais encore à l'époque. Et l'idée nous était venue d'échanger nos adresses de messagerie électronique. Il était à la retraite dans sa campagne, et je pense qu'il s'ennuyait un peu, lui si habitué à courir le monde. Mes messages le désennuyaient certainement, parce que si je passais plus d'une semaine sans lui écrire, il s'inquiétait de savoir si j'étais malade ou si quelque chose n'allait pas.

Catherine avait souri en se rappelant certains messages qui commençaient par : « Où es-tu en ce moment? » Comme elle traînait toujours son portable avec elle, il ne savait jamais d'où elle lui écrivait.

— Madame Pion, votre histoire est si touchante, je suis flatté que vous ayez eu assez confiance en moi pour me parler comme vous venez de le faire. Pourquoi s'imagine-t-on toujours que les hommes méprisent les histoires d'amour?

— Mon petit Soni, si tu n'étais pas le fils de Mathieu, je... Bon, assez divagué, soyons raisonnables, la soirée est très avancée et si tu veux que je te conduise sur la tombe de ton père demain, il faut aller dormir. J'espère que tu passeras une bonne nuit malgré la triste nouvelle que j'ai été obligée de t'annoncer.

— Ne vous en faites pas, chère madame. Vous avez, au contraire, mis un terme à mes incertitudes et vous avez fait revivre la mémoire d'un homme que j'ai si peu connu.

Catherine lui avait souri. Comme il était facile de faire « revivre la mémoire » de Mathieu! Elle avait quitté sa bergère et montré le chemin de l'étage à Soni qui avait déjà mis ses affaires dans la chambre de Rémi. Elle l'avait laissé s'installer puis s'était retirée dans sa chambre. Le cadre n'avait pas changé depuis qu'elle venait y passer les vacances avec Bertrand, du temps où ils vivaient encore en France. Son mari se plaisait bien dans ce décor et ne voyait d'ailleurs pas pourquoi on le transformerait. Il aimait les murs de lattes claires, les fenêtres à lucarnes qui offraient un large appui pour s'asseoir dans leur avancée, le lit en cuivre dont l'un des poteaux était légèrement cabossé, l'armoire à pointes de diamant aux tablettes de pin blond odorant.

Retirant la courtepointe vieille d'un demi-siècle qui garnissait toujours leur lit, elle avait entendu Soni sortir de la salle de bain et refermer doucement la porte de sa chambre. Non, elle n'avait pas rêvé. C'était un petit peu de Mathieu qui était là, dans la pièce à côté. Songeuse, elle s'était dit que tout ce brassage de souvenirs était un passeport pour l'insomnie et elle était redescendue faire chauffer un peu de lait. Une fois dans la cuisine, entourée des objets familiers, dont certains remontaient à son enfance, elle s'était sentie mieux. Tassée dans l'immense fauteuil en chêne qui avait bercé trois générations de Blouin, elle avait ramené sur elle les pans de sa robe de chambre en buvant à petits coups son lait chaud parfumé de miel.

Il lui avait tardé de voir rentrer son mari le lendemain et elle avait eu une pensée attendrie pour lui. « Pardon, Bertrand, d'être allée rôder dans le jardin de mon passé où un autre homme que toi a joué un rôle prédominant. Tu n'en es pas exclu, rassure-toi, car tu attendais dans les coulisses et c'est finalement toi qui auras eu droit au « happy end ».

Chapitre 27

LA CHAMBRE DE RÉMI

Soni s'étire dans son lit. On y est bien. Puis la réalité le rattrape. Où est-il? Et la journée de la veille lui revient, par lambeaux, à mesure que sa mémoire sort de la léthargie du sommeil. Il est chez Catherine, l'ancienne maîtresse de son père, celle qui lui a appris qu'il était totalement orphelin. Dès qu'il avait découvert qu'elle avait connu intimement son père, il lui avait semblé être en présence d'un triangle dont il n'arrivait pas à comprendre la logique. Ce père si peu connu, décédé bien avant sa mère qui ne l'a jamais su.

La maison est silencieuse. Tant mieux, cela lui permettra de mieux décanter ce qu'il a appris hier. Sa longue recherche arrive à terme. Le dernier épisode sera le plus pénible. Catherine doit l'amener aujourd'hui sur la tombe de son père. Il n'a même pas de photo récente de lui. Il se recueillera sur un fantôme au visage flou, au souvenir altéré par le temps et jamais rafraîchi, à l'image imprécise conservée dans les méandres de la mémoire d'un enfant de sept ans.

Soni se demande soudain à quoi ressemble le jeune Rémi dont c'est la chambre. Il cherche une photo qui pourrait être la sienne et découvre, sur le mur de la fenêtre, un adolescent portant l'uniforme d'un club de hockey local. « Ce doit être lui », se dit-il. Il se lève et examine l'instantané. Rémi doit avoir quatorze ou quinze ans. Il est grand, bien bâti et a le teint clair. Légèrement courbé sur ses patins, il touche la glace de son bâton dans la pose d'un défenseur. « Un teint de roux, comme sa mamie, songe-t-il. Comme je l'envie de faire partie d'une vraie famille! » Il songe à sa demi-sœur qui a déjà fait sa vie, à sa minuscule chambre d'étudiant à Paris, à sa solitude en dehors des copains, à sa valise qui contient la moitié de ses possessions. « Où vais-je donc finir par atterrir un jour? Serai-je l'éternel étranger partout où j'irai? »

Du rez-de-chaussée lui parvient le délicieux arôme d'un café frais moulu. Il a faim et depuis qu'il a découvert l'abondance des petits déjeuners québécois, il a toujours hâte au matin. On ne risque pas de mourir le ventre vide ici. Après une douche rapide, il descend les marches deux à deux et pénètre dans la cuisine.

En l'entendant, Catherine lève la tête et suspend sa louche qui s'apprête à déverser une coulée de pâte dans la poêle à crêpes.

— As-tu bien dormi?

— Comme un loir!

— Viens manger, c'est prêt. J'espère que tu aimes les crêpes au sirop d'érable?

— Est-ce que le pape est catholique?

Catherine ne peut s'empêcher de sourire en constatant :

— Je vois qu'on a le sens de l'humour... C'est le genre de répartie qu'aurait eue ton père, justement.

— À propos, demande-t-il la bouche pleine, cela ne vous embête pas trop de m'emmener sur sa tombe?

— Je m'étais promis de te retrouver et je n'y suis pas arrivée. Le moins que je puisse faire, pour toi et pour la mémoire de Mathieu, c'est de te conduire à son dernier lieu de repos!

— Irons-nous seuls, vous et moi? Je veux dire... heu... monsieur Pion sera-t-il rentré?

— Monsieur Pion ne sera pas encore rentré, j'en ai bien peur, et même s'il l'était, il aura certainement à faire avec ses truites. De toute façon, il ne connaissait pas ton père, il ne l'a rencontré qu'une seule fois. Mathieu était mon ami, pas le sien.

— Ben... c'est comme vous voulez! On part quand?

— Dès que j'aurai rangé la cuisine! Il va encore faire beau aujourd'hui, profitons-en!

Catherine se verse une tasse de café et vient prendre place à côté de Soni. De le revoir ce matin lui fiche un coup au cœur, car elle lui reconnaît de plus en plus d'airs de son père avec lequel il n'a pourtant jamais vécu. La transmission de l'hérédité lui apparaît dans toute sa limpidité. Mathieu n'aurait jamais pu renier son fils! Et la femme qui le lui a donné devait être très belle.

Elle demande à Soni de lui montrer une photo de sa mère. Il va chercher son portefeuille et sort un cliché un peu froissé, datant environ d'une dizaine d'années. Très typée, elle est belle à faire pleurer. Catherine comprend et s'explique l'attirance de Mathieu. Elle remet la photo à Soni en lui disant poliment que sa maman était très belle et qu'elle conçoit pourquoi elle a pu plaire à son père. Tout en remettant son portefeuille dans son sac à dos, Soni l'observe, silencieux. Elle voit qu'il l'observe et qu'il a surpris sa réaction de mélancolie.

— Ne fais pas attention à la vieille sentimentale que je suis restée. À mon âge, il y a quelquefois des bouffées de passé qui nous remontent à la gorge...

— Madame Pion, si j'ai eu envie d'en savoir plus long sur mon père, ce n'était pas par curiosité toute bête, je vous assure. En arrivant hier, j'ignorais totalement qui vous étiez et j'étais très intrigué que mon père ait pu vous choisir comme intermédiaire entre lui et ma mère. Je sentais comme un mystère flotter dans l'air. Votre maison, vous-même, l'endroit où nous sommes, tout semblait me chuchoter une histoire que je n'arrivais pas à déchiffrer.

— Moins mystérieuse que tu ne le croyais, n'est-ce pas, maintenant que tu la connais? Tout au plus une vieille chronique sortie des « boules à mites », comme nous disons chez nous. Allons-y, il n'y a plus qu'à sortir la voiture du garage. Nous allons prendre la mienne et je conduirai. Je connais le chemin, ce sera plus simple.

Chapitre 28

LA DERNIÈRE VISITE

Catherine et Soni quittent enfin l'île vers dix heures. Le soleil est déjà chaud et le fleuve étincelle sous ses rayons. Des étals de maïs, de framboises et de pommes jaunes transparentes – une spécialité régionale – bordent la route. Les Laurentides sont moins sombres que d'habitude. Soni s'émerveille devant tant de beauté. Il n'aurait pas cru que ce pays – dont on dit qu'il est si froid l'hiver – pouvait receler autant de majestueux paysages!

Ils grimpent maintenant vers le sommet d'une longue côte, à droite de ce qu'elle nomme mont Sainte-Anne. Il regarde en bas, vers ce fleuve immense auprès duquel son père dort pour l'éternité. Depuis douze ans déjà. Il pense à sa mère qui repose sur son île à elle. Ils ne seront pas plus réunis dans la mort qu'ils ne l'ont été de leur vivant. « Sauf pour le court instant dont ma vie a jailli », constate-t-il.

Puis, c'est la descente abrupte, raide, longue de dix kilomètres et impitoyable l'hiver. L'arrivée au niveau du fleuve l'éblouit. Il s'imaginait tout autre chose, un paysage plus fermé. Cette interminable route côtoyant le Saint-Laurent et n'aboutissant nulle part le surprend. Catherine longe le fleuve puis bifurque soudain à droite, où elle s'attaque à un raidillon qui se lance à l'assaut de la colline. Elle s'arrête au bout de cent mètres et éteint le moteur.

Catherine sort de la voiture et entraîne Soni, hésitant, vers le fond du cimetière. Elle avance dans les allées vers la tombe dont elle n'a pas oublié l'emplacement. Elle n'y est venue pourtant qu'une seule fois, mais le souvenir de ce jour est demeuré gravé dans sa mémoire. Elle se souvient comment elle avait vidé la mémoire de son ordinateur de tout ce qui concernait son ancien amant, et barricadé derrière leur mot de passe le contenu de plusieurs mois de correspondance intime, qu'elle avait ensuite transféré sur disquette.

L'enfouissement de ce petit carré de trois pouces et demi près de son épitaphe a été sa façon à elle d'enterrer Mathieu, qui est, depuis, le dépositaire pour l'éternité de toute leur correspondance. Elle n'a pas besoin de cette mémoire informatique. La sienne lui suffit!

Aujourd'hui, elle vient s'acquitter d'un devoir et se libérer d'une promesse. Elle n'est plus la proie de ses souvenirs, leurs contours s'estompent, leurs limites se confondent avec la réalité des années écoulées et ils n'ont plus ce goût de cendres qu'ils avaient une douzaine d'années auparavant. Elle appréhende, cependant, le moment où elle reverra ce nom qui faisait battre son cœur si fort à l'époque.

Catherine dirige Soni vers une magnifique stèle en granit, gravée de lettres dorées. La tombe est visitée régulièrement, car des fleurs fraîches en gerbes libres jonchent le sol au pied du nom. Le jeune homme s'agenouille et elle le laisse à son dialogue muet avec celui qu'il n'a jamais appelé papa. Elle est libérée d'un grand poids. Elle a rendu un père à un fils, du moins en souvenir. Plus tard, si elle vient à connaître davantage Soni, elle complétera l'image de ce père en lui racontant les menus détails qu'elle connaît de sa vie. Il est presque seul au monde, pourquoi ne lui offrirait-elle pas le refuge de sa famille? Elle sent une main se glisser dans la sienne et un regard mouillé lui dire silencieusement merci.

Jetant un dernier regard à la pierre tombale qu'elle n'a plus l'intention de revoir, elle redescend l'allée centrale vers le portail qu'elle referme doucement. Sa voiture est stationnée près de l'entrée. Ils vont reprendre la route de l'île et rentrer. Son mari doit sûrement être revenu de la pêche.

Chapitre 29

MARIELLE

En tournant dans l'allée de gravier qui descend chez elle, Catherine aperçoit une bicyclette appuyée contre la clôture. La porte de la cuisine est entrouverte, mais elle ne s'inquiète pas. Une fois le moteur éteint, elle entend une voix qui appelle : « Cricri, Cricri, viens manger! » et distingue au pied des marches l'écureuil roux qui vient parfois quémander les cacahuètes qu'elle garde en réserve pour lui. Effarouché par l'intrusion des deux arrivants, l'animal s'enfuit et provoque aussitôt l'apparition d'une jeune fille en jeans, la queue de cheval en bataille et tenant dans ses mains un sac en cellophane à moitié plein.

— Tiens, c'est toi, mamie? Je me demandais où tu étais passée. Tu as encore oublié de fermer à clé et...

Marielle s'interrompt, interdite, sa grand-mère n'est pas seule. D'où vient ce séduisant garçon? Elle ne l'a jamais vu auparavant. C'est peut-être un nouveau voisin ou le fils de l'un des nombreux amis de ses grands-parents. Elle lisse le vieux tee-shirt, trop grand pour elle, qui pend sur son jean défraîchi et s'avance, indécise.

— Ma chérie, tu ne m'avais pas dit que tu viendrais aujourd'hui?

— Ben, j'avais envie de faire le tour de l'île en vélo avec des amis, mais ils ont préféré continuer vers Sainte-Anne-de-Beaupré. J'en avais assez des côtes et je les ai quittés au pont pour venir ici. Tu ne vas pas me chasser, mamie chérie? Même si tu as de la visite?

— Excuse-moi, mon chaton. Viens que je te présente un jeune étudiant étranger venu au Québec travailler à la cueillette de tabac. Il est passé me saluer parce que j'avais connu son père autrefois, il y a longtemps, et comme j'étais seule et que sa compagnie me plaisait, je l'ai kidnappé, comme tu vois!

Soni s'émerveille de l'aisance avec laquelle Catherine a résumé sa présence en trois mots, de la manière la plus plausible qui soit. Il n'a pas quitté des yeux la jeune fille qui rougit et il sent que l'insistance de son regard risque de paraître déplacée. Elle est ravissante et si elle ressemble à sa grand-mère quand celle-ci était jeune, il comprend aisément l'attirance de son père. Heureusement, Catherine, fort à propos, le tire de son observation.

— Mon cher Soni, je te présente la prunelle de mes yeux, mon unique petite-fille, Marielle. Elle et son frère sont les enfants de ma fille, Valérie.

Il s'avance et tend la main à la jeune fille, qui lui sourit en le priant de l'excuser pour sa tenue. Elle repousse une mèche blonde et lui montre la bicyclette qui en est la cause.

Catherine est un peu lasse. L'émotion causée par l'arrivée de Soni la veille et par la brèche ouverte dans ses souvenirs, la fatigue physique d'avoir conduit plusieurs kilomètres ainsi que la chaleur estivale lui donnent envie de s'étendre un moment. Elle rentre par la cuisine et les deux jeunes la suivent à l'intérieur. Il y fait bon et elle se sert un grand verre d'eau fraîche.

— Mes enfants, je vais vous laisser faire connaissance et vous prier d'excuser la vieille dame que je suis. Je vais m'étendre une petite demi-heure avant le retour de Bertrand. Pendant ce temps, Marielle, tu pourrais peut-être en profiter pour faire visiter les alentours à notre invité, qu'en penses-tu, ma chérie?

— S'il veut bien de moi comme guide, je suis à sa disposition, mamie. La marche ne vous fait pas peur, Soni?

— Mademoiselle...

— Je m'appelle Marielle. Je ne suis pas habituée à me faire appeler mademoiselle!

— Marielle, si vous préférez. C'est un joli prénom. Mais, je suis confus, j'abuse de l'hospitalité de votre grand-mère. Je devrais rentrer reprendre mon travail. Je ne comptais même pas rester ici, hier soir. Je suis vraiment touché de la façon dont vous m'accueillez.

— Vous savez, ici au Québec, on ne fait pas tant d'histoires. La simplicité est souvent de mise, on ne met pas toujours les petits plats dans les grands, mais c'est de bon cœur qu'on ouvre ses portes.

— Je le vois bien!

— Alors, si on commençait par l'église du village? C'est tout près d'ici et je vous raconterai son histoire quand nous serons à l'intérieur. Allons-y!

Catherine se réjouit de la sympathie qui semble être née spontanément entre les deux jeunes. Cela facilitera ses plans, car elle a l'intention d'inviter Soni à passer quelques jours avec eux, surtout si Marielle reste, elle aussi. Toute seule dans le grand appartement de ses parents à Sainte-Foy, elle sera certainement ravie de passer du temps chez ses grands-parents. Puis, si elle leur suggère de faire une promenade ensemble, c'est qu'elle veut les éloigner un moment pour se préparer à recevoir Bertrand, qui ne saurait tarder. Elle désire être seule avec lui pour lui annoncer qu'elle a retrouvé le fils de Mathieu, ou plutôt que c'est lui qui l'a retrouvée.

Après la mort de Mathieu, quand elle était venue se réfugier à la *Colombière* pour mieux absorber le choc de l'affreuse nouvelle qu'elle venait d'apprendre, elle avait demandé à son mari de venir la rejoindre au Canada. Bertrand avait perçu comme un cri d'alarme dans la voix de sa femme et il s'en était inquiété. Elle n'avait pas voulu lui fournir de détails au téléphone, lui disant simplement, pour le rassurer, qu'elle n'était pas malade, mais que sa présence lui manquait comme jamais auparavant. Elle voulait se retrouver seule avec lui, pas à Paris, mais dans sa vieille maison de l'île. La perspective d'avoir à traverser la moitié du globe n'avait pas enchanté Bertrand sur le coup, mais son instinct lui avait dicté d'acquiescer au désir de sa femme.

Une fois sur place, il avait trouvé une Catherine calme, réfléchie, presque sereine et il s'était demandé s'il n'avait pas rêvé la conversation qu'il avait eue avec elle au téléphone. Elle l'avait entouré de mille soins, avait soulevé la question de la retraite qu'il allait bientôt prendre et lui avait fait part de son envie de venir vivre sur l'île avec lui, quand il aurait cessé toute activité professionnelle. Elle lui avait rappelé leur âge, mentionné les enfants qu'ils ne voyaient pas souvent et souligné la difficulté d'être toujours écartelés entre deux maisons. Elle lui avait enfin confié que c'est la perte récente d'un ami cher qui l'avait amenée à réfléchir à toutes ces questions. En somme, c'est une retraite fermée qu'elle était venue faire à la *Colombière*.

Or, l'ami en question, avait-elle enchaîné, était celui avec lequel elle entretenait une correspondance sur Internet depuis plusieurs mois. Celui-là même qui avait provoqué sa jalousie, à l'époque, alors qu'elle avait tourné depuis longtemps la page sur leurs anciennes amours.

Omettant les détails qui auraient pu le blesser, et passant sous silence sa faiblesse des derniers mois, elle lui avait révélé que cet homme la considérait comme une confidente, qu'elle avait été flattée de jouer ce rôle et émue également de voir évoluer ainsi leur amitié, mûrie par le temps.

— Je ne te l'avais jamais avoué, Bertrand, mais quand je t'ai rencontré, je voyais encore Mathieu à l'occasion. Nous mangions quelquefois ensemble, le midi, car nous étions restés amis – sans plus – et j'avais pris l'habitude de me confier à lui et de lui demander conseil. Il était si heureux de me voir devenir graduellement amoureuse de toi, il m'encourageait à refaire ma vie et souhaitait mon bonheur. Tu ne dois pas lui en vouloir et t'imaginer que je jouais sur les deux tableaux. Quand nous nous sommes revus, à Paris, j'ai eu l'impression de retrouver un très cher et très précieux copain. Et il m'a fait un compliment fort flatteur qui s'adressait, en fait, à toi. Il m'a dit que j'avais l'air épanouie!

Bertrand l'avait écoutée en silence. Elle avait paru si touchante dans ses confidences et si naturelle en parlant de l'homme qui avait suscité sa jalousie. Il lui avait pris les mains et l'avait encouragée à continuer, car il se doutait que le plus important restait à venir.

— Or, juste avant de disparaître dans l'accident qui lui a coûté la vie, il m'a fait une révélation bouleversante. Tu comprends, en dehors de moi, à qui aurait-il pu confier un tel secret? Il avait eu un enfant avec une femme rencontrée lors d'un voyage en Nouvelle-Calédonie et il avait reconnu son fils, lui faisant même obtenir la citoyenneté canadienne. Dans son dernier message, il me demandait si j'accepterais de servir d'intermédiaire entre cette femme – avec laquelle il n'avait plus d'autre relation que celle nécessitée par leur rôle de parents – et lui, pour le cas où elle aurait à le joindre d'urgence à propos de leur fils. Il m'avait aussi demandé – et ça c'est le plus difficile – d'en informer sa femme pour qu'elle lui remette les legs qu'il comptait lui faire à sa mort. Il n'avait pas le courage de coucher cet enfant sur son testament parce qu'il ne voulait pas faire de peine à sa femme, elle qui n'a jamais pu avoir d'enfants. L'ennui, c'est que son message était incomplet. Je présume qu'il voulait d'abord s'assurer que j'allais accepter. Il comptait probablement me fournir d'autres détails plus tard...

— Que savais-tu, au juste?

— Le prénom de la mère et la ville où elle habitait, Nouméa.

— Autant chercher une aiguille dans une botte de foin!

— C'est aussi ce que je pensais.

— Sans plus de détails, tu ne pouvais ni annoncer la mort de Mathieu à cette femme ni demander à sa veuve de respecter la dernière volonté de son mari.

— J'en étais très consciente, mais cela me soulageait en même temps. Je n'aurais pas aimé être cette triste messagère... Enfin, je voulais t'en parler pour mettre les choses au clair entre nous à son sujet et pour que tu saches que sa mort m'a beaucoup touchée.

— Catherine, je suis remué par ce que tu viens de me dire. Je m'en veux encore d'avoir été aussi brutal dans mes paroles quand tu as revu cet ami. J'aurais dû mieux te juger. Dis-toi aussi qu'on ne peut pas renier son passé et arracher de sa mémoire des pages de vie entières, sous prétexte qu'elles ne cadrent plus avec ce que nous sommes devenus. Par exemple, si mon ex-femme venait à mourir avant moi, j'en aurais du chagrin. Comment oublier les bons moments vécus ensemble et, surtout, les enfants issus de nos années de vie commune? Il en serait de même pour toi si c'était George qui partait le premier.

Bertrand était donc au courant depuis ce temps de l'existence de Soni dont il ignorait encore le nom. Marie-Luce aussi, elle qui connaissait toute l'histoire. Mais les autres? Qu'allait-elle leur dire? Mieux valait bâtir immédiatement une histoire plausible qui collerait le plus fidèlement possible à la réalité, sans entrer dans des détails inutiles. Soni serait, effectivement, le fils naturel d'un ami qu'elle avait connu avant de rencontrer Bertrand. Cet ami était mort quelques années auparavant et son fils ne l'avait jamais su. C'est par un concours de circonstances qu'il avait découvert dans les affaires de sa mère, après sa mort, le nom et l'adresse de Catherine. L'ami en question avait dit à cette femme que Catherine pourrait peut-être lui être utile si elle décidait, un jour, de se rendre à Paris avec leur fils. Voilà! L'histoire se tenait. Elle laisserait à Soni le soin de raconter comment il était arrivé jusqu'à elle et d'expliquer que c'est d'elle qu'il avait appris la mort de son père. Fin du chapitre!

Catherine poussa un soupir de soulagement. De là-haut, Mathieu devait l'approuver, elle en était sûre. Elle ferait plus encore. Elle garderait le contact avec Soni, elle lui demanderait de leur écrire et de venir passer des vacances dans leur maison. C'était un jeune homme attachant, chaleureux et assoiffé d'affection. Il n'allait vraisemblablement pas retourner dans son île une fois son diplôme obtenu. Qu'allait-il devenir? Quant à contacter la veuve de Mathieu, il n'en était pas question. À supposer qu'elle soit encore vivante, comment savoir où elle habitait? Soni ne voudrait certainement pas provoquer un drame et se présenter à elle pour revendiquer sa part d'héritage. Catherine devinait que sa fierté naturelle et son amour-propre lui interdiraient une telle démarche.

Un bruit de voix la tire de sa réflexion. Elle se dépêche de mettre de l'ordre dans sa coiffure et d'appliquer un peu de rouge sur ses lèvres.

« Vieille coquette, va! » fait-elle à son miroir en quittant sa chambre.

Elle descend accueillir Bertrand qui pénètre au même moment dans la cuisine, les bras chargés de son attirail de pêche.

— À qui appartiennent le vélo qui traîne dehors et la voiture rouge dans l'entrée?

— Pour ce qui est du vélo, devine?

— Marielle, à coup sûr! Mais la voiture? Aurait-elle un petit ami?

— Pas à ce que je sache, mais qui sait ce que l'avenir nous réserve? Bertrand, il faut que je te parle avant qu'ils reviennent. Prends le temps de t'asseoir, tu rangeras tout ça plus tard et tu pourras me montrer aussi le contenu de ta gibecière, qui est bien remplie, je l'espère!

Bertrand ne s'interroge plus sur le ton impérieux de sa femme. Elle a souvent des choses *importantes* à lui dire qui ne peuvent attendre. Comme, par exemple, qu'il faudrait repeindre le cabanon, ou huiler le portillon du jardin qui grince ou encore inviter les untel à qui ils doivent depuis longtemps une invitation.

Il attrape une pomme et croque dedans, prêt à entendre la description de la dernière besogne urgente à accomplir.

— Bertrand, le fils de Mathieu est ici.

— Hein! celui qui vit quelque part, dans le Pacifique?

— C'est le seul fils de Mathieu que je connaisse et il ne vit plus sur son île mais à Paris. Il est étudiant.

— Qu'est-ce qu'il fait ici, alors?

— C'est l'été, Bertrand, et les étudiants ont souvent besoin de travailler. Il est venu travailler à la cueillette du tabac, à Joliette.

— Joliette, Joliette... ce n'est pas à la porte. Qu'est-ce qu'il fait à l'île d'Orléans? Du tourisme?

— En ce moment, oui. Il est avec Marielle qui lui fait visiter l'église. Sois un peu sérieux, mon ami, il faut que je te raconte comment il est arrivé jusqu'à moi et que je t'explique ce que nous avons fait aujourd'hui. Ce ne sera pas le moment de parler de tout ça quand ils rentreront. D'autant que je dois préparer le dîner pour quatre personnes puisque Marielle est là. Je comptais l'inviter à passer quelques jours avec nous, si tu es d'accord, et j'ai pris sur moi d'inviter Soni à rester pour la nuit.

— Ah! il s'appelle Soni... drôle de prénom, et il est parti

se balader avec Marielle, si je comprends bien? Bon, bon, je t'écoute! fait-il devant la mine impatiente de sa femme.

Catherine lui fait alors le récit des dernières vingt-quatre heures. Elle ne peut éviter d'y laisser transparaître un soupçon d'émotion, mais Bertrand ne pénètre jamais dans ce jardin-là. C'est le sien et il le respecte. Quand elle s'arrête de parler, il s'approche d'elle et lui plante un baiser sonore sur la joue avant de monter vers la salle de bain. Ce petit geste tendre la ramène au moment présent et elle le regarde s'éloigner, un peu émue. Elle l'entend marmonner qu'il doit puer le poisson et qu'il a besoin de prendre une bonne douche s'il veut être présentable pour passer à table.

À peine a-t-il quitté la pièce que la porte s'ouvre sous la pression du dos qui la pousse. Marielle rentre à reculons, les bras chargés d'un sac en papier d'où émerge la barbe de plusieurs épis de maïs. Soni la suit, un panier à chaque main. Des raisins bleus de l'Ontario et des pêches de quelque part dans la province. Catherine remarque leur air animé, les joues rosies de sa petite-fille et l'empressement de Soni qui l'aide à se décharger de son sac. Marielle fait ouf! et s'affale dans l'une des chaises près de la table.

— Je meurs de faim, mamie. Est-ce qu'on aura droit aux truites de pépé? Je sais qu'il est là, j'ai vu la voiture d'Olivier en rentrant et rien qu'à l'odeur, d'ailleurs... fait-elle en plissant le nez.

— On dirait que tu n'aimes pas le poisson?

Tiens, tiens, il a vite fait de laisser tomber le *mademoiselle* de tout à l'heure, observe Catherine en elle-même. Mais, comme elle est penchée vers l'évier, son sourire passe inaperçu.

— J'aime ça, mais c'est récent, répond Marielle. Maman a essayé tous les subterfuges possibles, mais j'étais futée! Elle n'avait pas remarqué que le chat faisait de l'embonpoint et que les boîtes de céréales baissaient à vue d'œil. Parce qu'il fallait bien que je me rattrape après avoir donné mon repas à minou!

— Marielle!

— Voyons, mamie, tous les enfants répugnent à manger

du poisson. À la cafétéria, il n'y avait que les bâtonnets panés qui avaient grâce à nos yeux. Et encore!

— Si c'est curieux! Moi, j'ai été élevé au poisson et je ne m'en suis jamais plaint. Il est vrai que la viande était chère et pas toujours de qualité, là où nous vivions. Mais, comme j'aime le poisson...

— Eh bien, tu seras choyé ce soir, mon garçon. Regardez-moi ces belles truites!

— Des truites, par exemple, j'aime ça! Surtout préparées par mamie, miam-miam!

— Mais pêchées par pépé, elles sont encore meilleures! Bonsoir, mon chaton, j'ai vu ton vélo dehors. Viens me montrer ces mollets de grande sportive; superbe! Elle pourra bientôt rivaliser avec les coureurs du Tour de France, hein, Catherine?

Bertrand vient d'apparaître, les cheveux encore humides de sa douche, fleurant bon l'eau de Cologne et confortablement revêtu d'un pantalon de toile et d'un polo assorti. Ses cheveux, encore épais, sont maintenant tout blancs; il a le teint vif et le regard pétillant. C'est un bel homme à la soixante-dixième année à peine entamée. Marielle l'adore! Elle se laisse embrasser par celui qu'elle considère presque comme son parent par le sang. L'autre, le vrai, vivant si loin dans sa Colombie-Britannique où il a pris sa retraite, est beaucoup plus proche des petits-enfants que lui ont donnés ses deux fils. Puis, d'un air mutin, elle taquine son pépé sur ses joues rasées de près et parfumées de son habituelle eau de Cologne.

Soni n'a pas encore bougé. Il suit des yeux la scène et subit le charme de la jeune fille, effervescente. Elle s'anime en parlant, son rire est communicatif, son teint hâlé de blonde-châtaine est comme illuminé de l'intérieur, elle respire la santé et la joie de vivre. Se tournant enfin vers lui, elle lui présente son grand-père en disant à ce dernier que Soni est le fils d'un vieil ami de mamie à qui elle vient de servir de cicérone. Elle taquine une fois de plus Bertrand en lui disant qu'ils ont fait des provisions aux étals du voisinage avant de rentrer, car elle ne savait pas si elle devait se fier à sa pêche miraculeuse. Elle raconte ensuite leur tournée dans les environs, s'attardant sur les commentaires amusants de son compagnon quand il a visité l'église.

— Il n'a pas eu l'air de me croire quand je lui ai dit que le premier Blouin s'était marié dans cette église au XVIIe siècle. Il croyait qu'à l'époque, seuls des Indiens vivaient au Canada!

— Malheureusement, un incendie a ravagé cette belle église ainsi qu'une partie du vieux mur qui l'encerclait. Heureusement que tous les originaux des actes étaient conservés dans le presbytère, renchérit Catherine, toujours occupée à préparer les truites qu'elle s'apprête à enrober de farine.

— C'est l'accident dont tu m'as parlé? demande Soni à Marielle.

— En effet, c'est cet homme ivre qui s'est tué en percutant le mur avec sa voiture, en mai 1988. Son véhicule a explosé et a mis le feu à l'église.

— Quelle catastrophe! J'espère que vous conservez ailleurs des traces de ces actes. Imagine qu'ils aient brûlé dans l'incendie?

— Bien sûr! Tu ne t'imagines tout de même pas que nous laissons croupir dans les sacristies de nos églises les pièces à conviction de notre Histoire sans les avoir d'abord microfilmées!

— À table! interrompt Catherine. Tu n'as pas fini d'entendre parler de notre île, Soni. Si tu restes plus longtemps ou quand tu reviendras, prépare-toi à en écouter l'histoire, fort riche par ailleurs.

— Si tu restes, je pourrai te faire faire le tour des petites chapelles égrenées le long de la route. Notre peuple était très religieux, tu pourras le constater. Les choses ont bien changé, cependant, car la plupart de nos églises ont été transformées en musées, quand ce n'est pas en boîtes de nuit! Si, si, je peux t'en nommer au moins deux. Même les vastes presbytères, bâtis pour abriter des familles nombreuses plutôt qu'une poignée de prêtres, servent à autre chose, de nos jours.

— Combien y a-t-il d'églises, sur ton île?

— Une pour chacune des six paroisses.

— Eh bien, une invitation si gentiment formulée se re-
fuse difficilement. À toi d'établir l'itinéraire, et je suis partant pour parfaire mes connaissances de l'architecture religieuse québécoise.

Bertrand et Catherine se jettent un regard de biais, puis
tous attaquent les poissons à la chair rose, délicatement rôtis
dans un beurre blond. Bertrand pressent qu'il n'a pas fini
d'entendre le prénom du jeune homme résonner dans sa
maison. Les méandres du destin sont parfois étrangement
imprévisibles, songe-t-il.

Épilogue

Catherine est en plein grand ménage de printemps qu'elle a entrepris, toute seule, malgré les exhortations de Bertrand qui l'incite depuis longtemps à prendre quelqu'un pour l'aider. C'est qu'elle a maintenant dépassé les soixante-dix ans et ses gestes sont plus lents, même si sa vivacité naturelle vient encore lui donner l'illusion d'années en moins. La journée est magnifique, le soleil de mai pénètre par les fenêtres, grandes ouvertes, et s'amuse à poser des taches de lumière sur les couettes et les couvre-lits qui pendent sur leur rebord. Dehors, Bertrand se promène lentement, inspectant leur domaine comme à chaque fin d'hiver. Il examine de près la clôture qui aura besoin d'un coup de pinceau, se penche sur les plates-bandes de tulipes qui montrent triomphalement le bout de leurs tiges, et s'émerveille, une fois de plus, devant la ténacité de la nature, prête à recommencer chaque année sa lente croissance vers l'éclatement estival après le dur hiver canadien. Tout autour de lui, les oiseaux s'égosillent dans un chassé-croisé frénétique entre leurs nids et le jardin, où ils déterrent à coups de bec énergiques la nourriture de leurs petits. Sous le toit de la galerie, il note quelques brins de paille qui dépassent du haut d'une poutre et aperçoit quatre gosiers ouverts dans l'attente de leur pitance. Il appelle Catherine pour qu'elle vienne voir, mais n'obtient aucune réponse. Elle n'a pas entendu, car elle est au téléphone.

Grimpée sur un escabeau, un balai d'une main et un chiffon de l'autre, Catherine s'apprêtait à déloger, entre les deux fenêtres de leur chambre, quelques toiles que des araignées soucieuses de leur confort avaient tissées pour y établir leur quartier d'hiver, quand la sonnerie du téléphone l'avait fait sursauter. Elle avait dévalé l'escabeau en maugréant. Déjà qu'elle avait le vertige en grimpant sur cet accessoire à la stabilité douteuse, il lui fallait, en plus, en descendre rapidement!

C'était Valérie au bout du fil, ce qui n'avait rien d'étonnant : elle téléphonait à sa mère en moyenne une fois par jour! Mais cette fois, dès les premières paroles qu'elle avait entendues, Catherine s'était assise sur le bord du lit au matelas détroussé de ses draps, afin de reprendre son souffle et de faire ralentir les battements de son cœur. Valérie venait de lui annoncer qu'ils allaient bientôt assister à une noce, et elle parlait d'une voix tout excitée. Sa fille, Marielle, venait de lui apprendre qu'elle allait se marier, qu'elle allait épouser Soni.

— Et en plus, tiens-toi bien, maman, ce n'est pas tout, avait renchéri Valérie. Je serai grand-mère et toi, arrière-grand-mère! Nous savions qu'ils habitaient ensemble depuis un moment, mais il n'était pas question de mariage avant que Marielle n'ait obtenu son diplôme. Quand Soni est venu terminer ses études au Québec, l'an dernier, ils ont décidé de faire comme tous les jeunes : essayer avant d'acheter. Leurs plans ont changé quand ils ont su qu'un enfant allait naître ; Soni n'a pas voulu entendre parler d'une naissance hors mariage. Il devait songer à la sienne, j'imagine. Enfin, j'en suis très heureuse. Il fait déjà partie de la famille et nous l'aimons tous.

Valérie n'en finissait plus de parler, de raconter, de donner des détails, sans se rendre compte que sa conversation téléphonique se résumait à un long monologue, car sa mère était demeurée sans voix. Elle avait fini par s'en apercevoir et demandé à Catherine si elle était encore au bout du fil. Catherine lui avait répondu qu'elle l'écoutait toujours, mais qu'elle était en train d'absorber la nouvelle qui lui faisait, par ailleurs, très plaisir. Valérie avait raccroché au bout de cinq minutes et Catherine était restée assise, immobile.

Bertrand la surprend ainsi un peu plus tard. Elle ne l'a pas entendu entrer dans la pièce. Le regard perdu, elle fixe l'horizon vers le nord, là où les Laurentides barrent le ciel de leurs taches mauves. Là aussi où la proéminence du cap

Tourmente dissimule un petit village au ras de l'eau. Puis elle se tourne vers son mari.

— Je te croyais au téléphone, parce qu'il me semblait avoir entendu la sonnerie. Mais comme je ne distinguais aucun bruit de conversation, je suis monté, intrigué. Qu'y a-t-il? On dirait que tu as vu un fantôme?

— Non, mais j'en ai senti un qui flottait autour de moi... C'était Valérie au téléphone. Elle m'apprenait que Marielle et Soni vont bientôt s'épouser parce qu'ils attendent un enfant.

— Mais alors? Pourquoi cette tête? Tu devrais en être heureuse!

— Ce petit qui va naître, Bertrand, n'y vois-tu pas un clin d'œil du destin?

— Je crois deviner, ma chérie, lui dit-il en lui prenant les mains. Le fantôme de tout à l'heure, c'était le sien?

— Oui, et j'ai même cru entendre son rire! Qui aurait cru, en effet, que je serais un jour l'arrière-grand-mère du petit-enfant de Mathieu!

FIN

DISTRIBUTEURS EXCLUSIFS

Distributeur pour le Canada et les États-Unis
LES MESSAGERIES ADP
MONTRÉAL (Canada)
Téléphone: (514) 523-1182 ou 1 800 361-4806
Télécopieur: (514) 521-4434

Distributeur pour la Suisse
TRANSAT S.A.
GENÈVE
Téléphone: 022/342 77 40
Télécopieur: 022/343 46 46

Distributeur pour la France et les autres pays européens
HISTOIRE ET DOCUMENTS
CHENNEVIÈRES-SUR-MARNE (France)
Téléphone: (01) 45 76 77 41
Télécopieur: (01) 45 93 34 70

Dépôts légaux
3e trimestre 2002
Bibliothèque nationale du Canada
Bibliothèque nationale du Québec

MEMBRE DE SCABRINI MEDIA

Québec, Canada
2002